おばあちゃん姉妹探偵①

衝動買いは災いのもと

アン・ジョージ　寺尾まち子 訳

Murder on a Girls' Night Out

by Anne George

コージーブックス

挿画／ハラアツシ

人生を楽しくしてくれるメアリー・エリザベスに

謝辞

次の方々に感謝を捧げます。ビル・マドックスには、なくてはならない励ましを与えてくれたことに。マルー・グレアムとフラン・ブードルフには、信頼のおける思いやりにあふれた批評をしてくれたことに。マクシーン・シングルトンには、コンピュータに関する知識と笑いを惜しみなく分け与えてくれたことに。そして〝センター・ポイント・ガールズ〟こと、ジーン・バーネットとエルシー・マキビンとヴァージニア・マーティンには、その辛抱強さと協力に。

衝動買いは災いのもと

主要登場人物

パトリシア・アン・ホロウェル……………………………退職した元教師
メアリー・アリス・テイト・サリヴァン・ナックマン・クレイン……パトリシア・アンの姉。資産家
フレッド……………………………………………………パトリシア・アンの夫
ヘイリー……………………………………………………パトリシア・アンの娘。看護師
フレディ……………………………………………………パトリシア・アンの息子
アラン………………………………………………………パトリシア・アンの息子
デビー・ナックマン………………………………………メアリー・アリスの娘。弁護士
フェイ&メイ………………………………………………デビーの双子の娘
リチャルデーナ……………………………………………ベビーシッター
エド・メドウズ……………………………………………〈スクート&ブーツ〉の前オーナー
ヘンリー・ラモント………………………………………同店のコック
ボニー・ブルー・バトラー………………………………同店の店員
ドリス・チャップマン……………………………………同店の店員
フライ・マッコークル……………………………………リフォーム業者
ケイト・マッコークル……………………………………フライの妻。食糧雑貨店を経営
リチャード・ハナ…………………………………………上院議員候補
ディック・ハナ……………………………………………リチャードの父。元州知事
ジャクソン・ハナ…………………………………………リチャードの叔父
セイラ・ハナ………………………………………………リチャードの妻
ジェド・リユーズ…………………………………………保安官

1

メアリー・アリスはキッチンのテーブルにハンドバッグをどさっと放ると、調理台までスツールを引っぱってきて尻をちょこんと乗せた。〝ちょこんと乗せた〟というのは、正確な表現ではないかもしれない。メアリー・アリスは体重が百十三キロもあるのだから。スツールはぎしっと脚を広げたが、どうにか持ちこたえている。わたしはいつの間にか止めていた息を吐きだした。

「決めたわ」メアリー・アリスが宣言した。「このままおとなしく死んでいくもんですか」

「よかった」わたしは言った。「みんな、心配したのよ。去年、あなたが髪をホット・タルト色なんかに染めるものだから――」

「シナモン・レッド」

「まあ、何でもいいけど。みんなで言っていたのよ。『メアリー・アリスも丸くなったものだ』って」

メアリー・アリスはくすくす笑った。六十五歳だというのに、いまだに若い娘のようにくすくす笑う。そして、男たちはいまだにその笑い方が大好きだ。

「あれは少しやりすぎたわね」メアリー・アリスは髪をなでつけた。「これは昔ながらの地味なライト・ゴールデン・ブロンド。あんたもこの色にするといいわ、パトリシア・アン」

「そんな面倒なこと、いやよ」オーブンのタイマーが鳴り、オートミールのクッキーを取り出した。

「だんなが元気になるわよ」

「フレッドはいまだって元気だわ」メアリー・アリスのうしろを通ってフライ返しを取りにいき、引き出しを勢いよく開けすぎて脚に思いきりぶつけた。メアリー・アリスが家からここにくるまで、今回はどのくらい時間がかかったのだろう。一分？　それじゃあ、新記録にはならない。

「でも、その髪はなんとかしたほうがいいわ」

わたしは焼きたてのクッキーを一枚すくってメアリー・アリスに渡した。熱々だ。メアリー・アリスはふーふーとクッキーを冷ました。かけらがふたつ、ターコイズ色のTシャツにこぼれた。黄色いくちばしのペリカンが〝不屈の年寄りペリカン〟という文字のうしろから、こちらをのぞきこんでいる。メアリー・アリスの胸の大きさと揺れ具合を考えれば、ペリカンにとっては困難な旅路だったにちがいない。

「ペーパータオルをちょうだい」わたしは一枚切り離して渡した。メアリー・アリスは小さな歯でクッキーにかじりついた。「んー」

「おいしい？」

「んー」

姉の近くに皿を置いた。「紅茶でも飲む？」

「んー」メアリー・アリスは二枚目のクッキーに手を伸ばした。「マウス、これ、最高よ」

わたしは音をたててグラスに氷を放りこんだ。マウス。昔々の子ども時代のあだ名だ。

メアリー・アリスが顔をあげた。

「ごめん。つい、口が滑って」

わたしはため息をついた。「かまわないわ」

「マウスは小さくてかわいいものね」

「かじることだってできるし」

「そうね。忘れていたわ」

メアリー・アリスの脚には三日月型の傷痕がある。わたしが三歳のとき、シャーリー・テンプルの人形を貸してくれなかったシスター——わたしはメアリー・アリスのことをこう呼ぶ——の脚にかじりついたのだ。父はその話をするのが好きで、カミツキガメみたいに、雷が鳴るまでメアリー・アリスの脚を放さないのではないかと思ったと語ったものだった。といっても、父も母もわたしをカミツキガメでなく、マウスと呼んでいたけれど。誰がなんと言おうとも、もしメアリー・アリスとわたしが家で生まれていなければ、両親はわたしたちがほかの赤ちゃんと取りちがえられたのではないかと、病院に調べさせたにちがいない。メアリー・アリスはブルネットにオリーブ色の肌なのに、わたしはまだらなブロンドに、真っ白な肌で生まれてきたのだから。メアリー・アリスは丈夫で、騒々しい。わたしは病弱で、物静か。わたしの歯が大きいなら、姉の歯だって大きくてもよかったはずなのに。そのほか、どこもかしこもちがっている。

「ジーン・プールという名前の女性を知っているわ。遺伝子保全《ジーン・プール》と同じ名前」メアリー・アリスが言い、わたしは微笑んだ。同じことを考えていたから。「でも、きょう話したかったのは、〈スクート&ブーツ〉という名前のカントリー・ウエスタン・バーを買ったってこと。七八号線をいったところにあるわ」

わたしは笑って、クッキーに手を伸ばした。

「去年の春、ビルとミズーリ州のブランソンにいったときにラインダンスを覚えてから、毎週木曜日の夜に〈スクート&ブーツ〉に通うようになったの。すごく楽しいのよ。あんたもフレッドと踊ってみるといいわ」

「本気?」

「もちろん、本気よ。あんたたちなんて、まだまだこれからじゃない。フレッドはまだ六十三歳なんだから。ビルは七十二歳だけど、ラインダンスに夢中よ。踊ったあとだって、ほとんど息が切れていないし」

ビル・アダムズはメアリー・アリスの目下の〝ボーイフレンド〟だ。姉がそう言っている。ビルはメディケア・サプリメント保険の勧誘にきて、そのまま居ついてしまったのだ。

「そうじゃなくて。わたしが訊いたのはその店を買うっていう話」

「もちろん、本気よ。このままおとなしく死んでいくつもりはないって言ったでしょ」

「誰もそんなこと思ってないわよ、シスター」

「それに、いまカントリー・ウエスタン・バーはとても人気があるの。みんながフリンジーな服を着て、ブーツをはいて通っているわ」

「フリンジーな服？」

「ほら、フリンジがついた服よ」メアリー・アリスはペリカンのくちばしから風船ガムを引っぱるようにして、胸から手を伸ばした。「フリンジよ。房飾り」

「どこにあるの、そのバーは？」

「〈スクート＆ブーツ〉よ。言ったでしょう。七八号線を三十キロほどいったところ。このあいだの夜、ビルとお店にいってオーナーの男性と話したら、店を売るつもりだって言うのよ。両親がふたりとも病気になって、そばにいる必要ができたから、アトランタに戻らなければいけない。経営はとても順調だから、本当は売りたくないんだけどって。確かに、フロアでは大勢がラインダンスを踊っていたから、『あら、いいんじゃない？』ってね。ロジャーだって、自分のお金をこんなふうに使ってもらえたら喜ぶでしょう。それで、けさ銀行でオーナーと会って、店を買ったってわけ」

ロジャーはメアリー・アリスの三番目の夫だった。三人の夫はみな金持ちで、姉のおかげで、幸せに死んでいった。姉は三人の夫とそれぞれひとりずつ子どもをもうけたが、夫たちが高齢だったことを考えると、それは期待以上の幸運だったにちがいない。それに、わたしから見ても、メアリー・アリスは彼らを——夫たちを——心から愛していた。そして墓参りに便利なように、エルムウッド墓地の同じ場所に三人を埋葬した。墓を買ったのは最初の夫が死んだときだったが、三人は決して文句を言ったりしないと、シスターは断言している。その三人の夫が遺した子どもたち、つまりわたしにとってのふたりの姪とひとりの甥もとてもよい子たちだ。メアリー・アリスの言うことはきっと正しい。ロジャーは自分の遺産が〈スクート&ブーツ〉に投資されることを、きっと喜ぶだろう。それが姉の望みであるなら。

メアリー・アリスがもう一枚クッキーに手を伸ばした。「一緒にお店を見にいってよ」

「これから?」

「もちろん」

「もう夕食のしたくをしないと。フレッドは食道裂孔ヘルニアだから、寝るまえに食べ物がそこを通りすぎるように、帰ってきたらすぐに食事をしたがるのを知っているでしょう」

「〈ウルトラ・スリム・ファースト〉を飲ませればいいわ。あれなら、すぐに食道を通り抜けるから」

そんなわけで、わたしは姉が新しく手に入れたカントリー・ウエスタン・バーにいくという書きおきを残して、家を出た。それを読むフレッドの顔が見られればいいのに。

「ところで、ラインダンスってなに？」わたしは姉と一緒に外に出ながら訊いた。

「楽しいわよ」

十月はアラバマで二番目に美しい月だ。いちばん美しいのは四月で、ハナミズキやアメリカハナズオウの花が咲く。この土地を初めて訪れて、山々を見たひとはたいてい驚く。確かに、ここはアパラチア山脈のはしに位置するけれど、山々は高く、秋には美しく色づく。メアリー・アリスとわたしが〈スクート&ブーツ〉を見にいった日も、いかにも十月らしい日だった。気温は二十四度、雲ひとつない空で、すべてがバターを塗ったスコーンのように黄金色に輝いていた。

「ねえ、見て」わたしは身体をそらし、姉の車のサンルーフからコバルトブルーの空を見あげた。そして眼鏡を頭にあげてくつろいだ。「最高ね」

「確かに」メアリー・アリスはかがみこんで、わたしが持ってきたビニール袋からもう一枚クッキーを取り出した。「あたしが何を考えているか、わかる？」

「何を考えているの？」

「〈スクート&ブーツ〉で、あんたたちの結婚四十周年パーティーを開いてもいいと思って。

すてきだと思わない？　子どもたちを全員呼ぶの。きっと最高よ。家族の大集合ね」

フレッドが先頭になり、家族全員が一列になって踊る様子が頭に浮かんだ。

「ねえ、フレッドって髪が短いと、実業家のロス・ペローに似ているわね」メアリー・アリスはクッキーを口いっぱいに頬ばっている。

またしても、同じことを考えていた。「フレッドのほうがいい男よ」

「シャンパンと音楽を用意するわ。あんたたちの結婚式のときには、ホロウェル家のせいで、どちらもなかったから。ずいぶん安っぽかったって、ずっと思っていたのよ。ホロウェル家のための結婚式じゃなくて、あんたたちふたりの結婚式だったのに」

「最初は義理の両親とうまく付きあうのが肝心だったの」

「それでどうなった？　あんたを訪ねてこなくなった？　おあいにくさま。あんたったら、あのおばあさんがくるたびに、ユダヤ教の戒律に則《のっと》っているみたいに、キッチンをぴかぴかに磨きあげていたじゃない」メアリー・アリスはクラクションを鳴らして、ピックアップ・トラックを追いこした。「まったく、厄介だったわ」

「あのトラックを追いこすのが？」わたしはうしろをふり返った。

「ユダヤ教の戒律を守ることよ　あたしの愛するフィリップを忘れたの？」

忘れてなんかいない。フィッリップ・ナックマン、メアリー・アリスの二番目の夫だ。

「フィリップはユダヤ教の戒律に則った、清浄なキッチンにしろと言いはったものよ」

「キッチンを清浄に保ったことなんてなかったくせに」

「そうよ。でも、それをフィリップに気づかれないようにするのは厄介だった」

メアリー・アリスはまたクラクションを鳴らして、道ばたのお店の女性に手をふった。

「帰るとき、あそこでカボチャを買っていくわ。あんたもハロウィーンの飾りにするカボチャを買わない?」

「そうね」

「結婚式の誓いをやり直すのもいいわね。最近は多いのよ、そういうひとが。牧師さまに〝スワンプ・クリエーチャーズ〟が演奏する場所に立ってもらって、あんたたちはガラスのブーツの上に立つの。どう思う、マウス? きっと、まだあのウエディングドレスを着られるはずよ。ところで、いま体重はどのくらい?」

「四十八キロ」メアリー・アリスのそばにいるといつもそうだが、わたしは次第に息が切れてきた。スワンプ・クリエーチャーズ? ガラスのブーツって?

「ずっと食欲不振だったから」

「食欲不振だったことなんてないわ!」わたしはビニール袋に手を入れて、クッキーを丸ごと口に入れた。すると、まだ口が動いているうちに、メアリー・アリスが〈スクート&ブーツ〉の駐車場に車を停めた。予想はまったくはずれ、かつては小さな店が数軒並んでいたようなL字形の建物だった。

「壁をぶち抜いたそうよ」姉が説明した。

「正面の入口はどこ？」

「口をいっぱいにしたまま、しゃべらないで。あっちよ。看板が見えない？」

メアリー・アリスが上を指さした。屋根の上に巨大なブーツがあり、横にはラインストーンらしきもので〈スクート＆ブーツ〉と描かれている。そして、その爪先が向いた下には〝入口はこちら〟と記された矢印があった。

「日差しが目に入ったせいで見えなかったのよ」嘘だ。いつもわかりきったことを見逃すと姉に責められるが、今回は確かにそのとおりだった。

メアリー・アリスは上を向いて、看板に見とれた。「夜になったら、ライトアップされるわ。ほら、アラバマ劇場の正面で電飾が走るように点滅していたでしょ？　あんなふうに光るの。すごく目立つのよ。七八号線のずっと向こうからだって見える。ただ、電球がいくつか切れているから、帰りに〈Kマート〉に寄って買うつもり。ビルがかえてくれると言うから」

ビル？　七十二歳のビルが屋根と看板の上にのぼるっていうの？「メアリー・アリス」名前を呼んだけれど、姉はもう車から降りていた。

そして大精霊だかなんだかを呼び出すネイティブ・アメリカンのように、両手をあげた。

「きれい！」

わたしは六十歳の女。身長百五十四センチ、体重四十八キロ、白髪頭で、四十年間ひとりの男性と連れ添い、三人の子どもの母であり、ふたりの孫の祖母で、身長百七十八センチで体重百十三キロ、六十五歳のバー経営者で、ラインダンスに夢中になっている金髪のメアリー・アリス・テイト・サリヴァン・ナックマン・クレインの妹だ。ああ、もう！

わたしは車から降りた。「シスター、あの看板にビルをのぼらせてはだめよ」

「だいじょうぶよ」メアリー・アリスはわたしの肩をつかんで、自分の身体にぐいと引き寄せた。「すてきでしょう？」

「むむむ……」姉の豊満な胸の上でうめいた。

「きっと気に入ると思ってた。さあ、なかを見て」

引っぱられて二、三歩よろめいていると、メアリー・アリスは膝のあたりにぶら下げていたハンドバッグを引っぱりあげて鍵を探しはじめた。姉のハンドバッグは普通じゃない。特大サイズで、たいていの女性であれば地面に引きずってしまうほど長いストラップがついている。どこかで特別にあつらえているのだ。それなのに、ものが見つからない。わたしのハンドバッグの内側には鍵をかける小さなフックがついていて、メアリー・アリスにもいくつかあげたけれど、姉には使う気がないとわかって、もうやめた。いま、わたしのハンドバッグを開けたら、鍵はちゃんとそのフックにかかっている。あらゆるものと同じく、きちんと。

メアリー・アリスが車の座席にハンドバッグの中身を残らず空けようとしたとき、〈スクート&ブーツ〉の入り口ドアが開いて、男が声をかけてきた。

「ミセス・クレイン！」

姉はにっこり笑った。「こんにちは、エド」メアリー・アリスは呼びかけに応えた。「もうきていたとは思わなかった」

ハンドバッグのストラップを肩に戻すと、わたしの腕をつかんで、いま開いたドアのほうに引っぱっていった。

「こちらの方から店を買ったの」そう説明する。

「引っぱらないで！」わたしは怒って言ったが、無駄だった。

「エド、このひとは妹のミセス・ホロウェル。お店をどうしても見たいと言うから、連れてきちゃった」

「初めまして、ミセス・ホロウェル」

エドが挨拶をしたが、湿った手で弱々しく握手をしたのが意外だった。クラブの用心棒ができそうな外見だからだ。三十代だろうが、頭はすでに禿げかかっている。白いTシャツを着ているせいで、筋肉のみならず、前腕の〝ようこそ、緑あふれるマウイへ〟というメッセージ入りフラガールのタトゥーも目立っていた。

エドは汗をかいた額をフラガールでぬぐって、なかに入ろうと言った。

「少し片づけをしていたんです」

「まあ、親切なのね」メアリー・アリスはエドのわきを通り、わたしもそのあとをついていった。姉は店に入るとすぐにまた、両手をあげたネイティブ・アメリカンの格好をした。


「マウス、ちょっと訊くけど、ここはあんたがこれまで目にしたなかで、いちばんすてきなお店だと思わない？」

　わたしには何も見えなかった。明るい十月の日差しの外から店内に入ったので、目が慣れるまでしばらくかかった。左側から、ちょろちょろと水が流れる音が聞こえてくる。

「水が漏れているの？」

　メアリー・アリスは笑った。

「願いの井戸よ。これがあるとトイレにいきたくなって、トイレにいけばいくほど、ビールが飲めるってわけ。そうよね、エド？」

「そのとおりです、ミセス・クレイン」

「何てずる賢い！」わたしは怒って言った。

「トイレはいきたくなるものよ、パトリシア・アン」

流れる水とさっき飲んだアイスティーのせいで、その自然の原理をいやというほど理解した。

「化粧室はどこ？」

　メアリー・アリスとエドはとんでもなくおもしろい話を聞いたかのように笑った。

「連れていってあげる」メアリー・アリスはわたしの手を引いて、薄暗いなかを歩きはじめた。

「こんなところで、どうして見えるわけ？」わたしは椅子にぶつかりながら言った。

「あんたみたいに、目の桿体《かんたい》細胞と錐体《すいたい》細胞に問題がないからよ」

「わたしの桿体細胞と錐体細胞だって悪くなんかないわ」

「悪いわよ。暗がりだと何も見えないじゃない。ちゃんとニンジンを食べないから。ちゃんと食べているものなんて何もないけど」メアリー・アリスはドアを開けて電灯をつけた。

「はい、どうぞ。あたしは外でエドと話しているわ。トイレから出てきたときに見えるように、カウンターの向こうの電灯をつけておくから」

「あなたは入らなくていいの？」

「あたしの膀胱《ぼうこう》はあんたのより持ちがいいのよ」

持ちはともかく、とりあえず大きそうだ。ドアが閉まり、わたしはブーツ模様の壁紙で飾られた化粧室に残された。この壁紙を探すのには時間がかかったにちがいない。鏡の隅にまで、小さなブーツが刻まれている。便器もブーツの形をしているのではないかと半ば期待をしたけれど、ブーツの形だったのはペーパーホルダーだけだった。内装業者はどこでこんなものを見つけたのだろう？

少しすっきりして化粧室を出ると、メアリー・アリスとエドがカウンターにすわっているのが見えた。明かりを放っているのは、ずらりと並んだグラスの上にある大きなネオン――もちろん、ブーツの形だ。

「ビールでいいですか、ミセス・ホロウェル？」エドが自分と姉のまえの瓶を身ぶりで示した。

「妹にはコーラをもらうわ」メアリー・アリスが答えた。「あたしが取ってくる。店のことを覚えなきゃいけないし」姉はスツールから降りて、カウンターのなかに入った。「エド、コーラはどこ？」

エドはカウンターの向こうに手を伸ばして指さした。フラガールのタトゥーが少し伸びた。「踊らせることができるんですよ」エドがわたしの視線に気づいて言った。「見て。おれは関節がやわらかいから、ひじをこんなふうに曲げて、こぶしをこんなふうに握ると……ほら、タトゥーが踊るでしょう」

「上手ね」

そう言いながら、わたしはなんだか現実感を欠いていた。一時間まえはバーミングハム郊外でオートミールのクッキーを焼きながら、夫にどんな夕食を食べさせようかと悩んでいたのに、いまはカントリー・ウエスタン・バーにすわって、うさん臭い目をした男がタトゥーを踊らせているのを見ている。シスターはこの目に気づいているのかしら。両目がやけに近すぎる。契約書をじっくり読んでから署名し、法的なことをデビーにまかせたのであればいいけれど。デビー・ナックマンは姉の二番目の娘で、弁護士であり、神がこの世に与えてくれた最もかわいらしい双子の女の子を持つシングルマザーだ。

「はい、どうぞ」姉が冷たい濡れた缶を差し出した。

「ナプキンはない？」

「なかったと思うけど」

エドがもう一度指さすと、メアリー・アリスはナプキンをひとつかみ持ってきた。

「パトリシア・アンは飲まないのよ」エドに説明する。「アルコールが入っているものも食べないの。ラム酒が入ったチョコレートをパトリシア・アンとあたしに送ってこられるおじがいたのね。それが、すごくおいしくて！　全部、あたしが食べちゃったわ」

「送ってくる」わたしは言った。

「何ですって？」

「パトリシア・アンとわたしにチョコレートを送ってくるおじがいた」

「あー、うるさい」メアリー・アリスがカウンターのうしろから戻ってきた。「妹は三十年学校で教えていたの」憐れむように首をふりながらエドに言った。

「アルコール・アレルギーなのよ」わたしはエドに説明した。どうして言い訳しなければいけないのかはわからないけれど、すべてメアリー・アリスのせいだ。「喉が詰まって、目が腫れて、鼻が真っ赤になって――」

「ゲロを吐くの」メアリー・アリスが言った。「マウス、エドはもうよーくわかったみたいよ」なるほど、エドは少し後ずさっている。「ねえ、店のなかをもっと見せてあげる」

そこはテーブルと椅子がきちんと一カ所に集められていて、軍隊さえそのまま詰めこめそうだった。メアリー・アリスはテーブルと椅子を動かさないように、身体をひねったり回転させたりして、そのあいだを通り抜けた。

「ここがダンスフロア」メアリー・アリスは言った。「ちょっと待ってて。あんたにも見えるように、明かりをつけるから」暗がりのなかを歩いていき、「エド」としばらくしてから呼びかけた。「ダンスフロアの照明のスイッチはどこ?」

「ねえ、エドはいつ出発するって言ったっけ?」わたしは訊いた。

「窓の横です。左側」エドが答えた。

「わかったわ」メアリー・アリスはわたしの言葉を無視して、エドに答えた。

まもなく、ダンスフロアの周囲に隠れていた照明がぴかぴかの硬材を照らした。天井からぶら下がるスポットライトが輝き、小さな舞台と、〝スワンプ・クリエーチャーズ〟という文字が描かれ、そこから本物のサルオガセモドキの蔓《つる》が垂れ下がっているように見える黒い幕を、赤、緑、黄色とかわるがわるに染めている。その黒い幕はメアリー・アリスが照明器具のスイッチを押した側壁の窓までを覆っている。

赤、緑、黄色。スポットライトを見ているうちに、アルコールを飲んだような気分になってきた。

「エド！」

エドがやってきて、スイッチをいじった。三色のライトが同時についたままになった。

「出発するまえに、照明の使い方をきちんと教えますから」メアリー・アリスに約束した。

「ありがとう。音楽をかけられる？」シスターがわたしを見た。「これを聴いて」

オズボーン・ブラザーズの『ロッキートップ』がロボットの耳さえ聞こえなくなりそうな大音量で流れてきた。

「最高よね？」メアリー・アリスは音楽に負けないよう声を張りあげた。「さあ、踊りましょう」

わたしはコーラの缶を置くと、八歳のときに姉から教わり、やがてかなり複雑なステップをものにしたジルバを踊りながら、メアリー・アリスと一緒にダンスフロアに出た。意外なほど見事に、そのステップは音楽にあっていた。姉と一緒に踊るのはとても久しぶりで、わたしはすっかり忘れていた楽しさを思い出した。踊るテイト姉妹の復活だ。

「あまり高く引っぱりあげないで」わたしはかん高い声で言った。

「冗談でしょ！」わたしたちはメアリー・アリスのリードですばやくステップすると、ばらばらに回転し、また一緒に組んで、今度は反対側に向かってすばやいステップを踏んだ。

「このブーツを見て！　象眼細工の強化ガラスでできているのよ！　ものすごく高いんだか

ら！」

　わたしは横を通りすぎるときに、ブーツを見おろした。色のついたガラスのブーツは、照明に照らされたダンスフロアの中央にあった。

「あとで、じっくり見るわ」わたしは怒鳴った。

〝ロッキートップ、テネシーーーーーー〟曲が終わって、わたしたちがよろよろと椅子にすわると、エドが拍手した。

「すばらしい」エドが近づいてきて、わたしにはコーラを、シスターにはビールを渡してくれた。「ふたりともプロみたいじゃないですか。テレビの『スター・サーチ』か何かに出られそうだ」

「きっと、その〝何か〟ってほうね」メアリー・アリスはビール瓶を額にあてた。「あんたもこうしてみなさいよ、マウス。すごく気持ちいいから」姉の言うとおりだった。数分後、呼吸が落ち着いてきた。

「ああ、楽しかった。もう、だいじょうぶ？」メアリー・アリスが訊き、わたしはうなずいた。「それなら、いきましょう。厨房を案内してあげる。きっと気に入るわよ」

「エドについてきてもらったほうがいいかも」

「厨房にはナイフがあるのよ。たくさんのナイフが」

　わたしは笑い、メアリー・アリスのあとから、広くて白い厨房に入った。

「まあ、すごい」〈スクート&ブーツ〉の厨房は一流の店に引けを取らないものだった。「立派ねえ」

メアリー・アリスがにっこり笑った。「気に入ると思っていたわ」

わたしはクロムのミキサーや、頭上の棚で輝いている調理器具や、特大冷凍庫などに感嘆しながら歩きまわった。

「すごいわ」人工大理石の調理台やまな板に手を滑らせて、凝った料理をつくる料理人が喉から手が出るほど欲しがるような厨房機器をじっくり見た。わたしは凝った料理をつくるわけではないけれど、美しい厨房のよさはわかる。「本当にすばらしいわ、シスター。ここの売りはなに？」

「鶏の手羽の素揚げ《バッファローウィング》と、ピザと、ハンバーガー」わたしが苦々しい顔をしているのを見て、メアリー・アリスの声が消え入るように小さくなった。「フライドポテトと、カニの爪も。悪い？」

「最悪」

「シェフの特製サラダもおいしいわ」

「ドレッシングは市販のもの？」

「無脂肪よ。ヘンリーがきちんと管理しているから」

「あてさせて。ヘンリーというのは、コック？」

「シェフよ。馬鹿にしないでよ、パトリシア・アン。あなたの子どもたちは、ピザが食べたくて、うちによくきたんだから」

それは本当だ。恩知らずな子どもたち。自分たちの家で野菜を使ったきちんとした料理が食べられたというのに。

「でも、この厨房なら！　ここならあらゆる極上の食べ物がつくれるわ」

「そんなもの、誰が食べるのよ。ねえ、ピザだったら、手に持ったままラインダンスが踊れるのよ。そのほうがいいじゃない」

「そうね」

「じつは、ここはケータリングの店だったの。エドは壁を取り壊しただけで、厨房が手に入ったってわけ。いいでしょ」

「こんな田舎でケータリング業者なんてはやったのかしら」

「難しかったでしょうね。隣はギフトと工芸品の店だった。もう一度、店を開こうかと思っているのよ。ここにお昼を食べにきた女性が見ていけるでしょう」

ギフトショップは閉店しているし、ヘンリーのピザを食べるために、女性たちがお昼に店に押し寄せてくるとも思えないとは、気立てのいいわたしには言えなかった。

「商品はアトランタの卸売市場にいって仕入れればいいから。あそこ、大好きなのよ。サリーといったとき、すごく楽しかったのを覚えているでしょ？」

サリー・デルマーはクリスマス用品店を営む友人だ。ある年、シスターとわたしはサリーの仕入れについていった。メアリー・アリスはサリーが仕入れなかった品をすべて買い、わたしは死ぬほどくたびれてホテルに戻ったのだ。

「よく覚えているわ」

「あのときと同じことをすればいいのよ。もう一日予定を延ばさなきゃいけないけど。あのとき買っておけばよかったっていうものが、たくさんあったから」

「あのあと家から電話して、全部送ってもらったじゃない」

「そうね」メアリー・アリスはぴかぴかの調理台を片手でなでた。「パトリシア・アン、この店、気に入った？」

わたしは気に入ったと正直に答えた。「感謝祭の食事はここでしましょう」

「いいわね。七面鳥を五、六羽焼いて、子どもたちとその家族をみんな呼んで、連れてきたい友だちは全員招待するの。七面鳥に詰める中身がたーくさんいるわね」シスターに火をつけるのは簡単だ。メアリー・アリスはクランベリーサラダだかクランベリーソースだかオレンジ・クランベリー風味だかについてべらべらと話しだし、わたしは厨房を出た。黙っていられないだろうから。

願いの井戸のちょろちょろ流れる水とコーラのせいで、店を出るまえにもう一度トイレにいきたくなった。わたしがトイレから出てくると、メアリー・アリスは電話をかけ、エドは調理台に寄りかかり、壁に造りつけてあるフットボール形のテレビで、CNNを見ていた。わたしは店内を見まわした。この店なら確かに成功しそうだ。何て言えばいいんだろう……わたしは適切な表現を探して〝家庭的〟という言葉を思いついた。ここならくつろいで、楽しい時間を過ごせる。女性たちがお昼を食べにくるとは思わないけれど、ビールを飲みにきたり、ラインダンスを踊ったりするひとたちなら、大勢きそうだ。シスターはこの店で成功するかもしれない。

帰り道、メアリー・アリスにそう言った。太陽は地平線の下に沈んでいたが、山の高木のてっぺんはまだ黄金色に輝いている。車が紫色や水色に彩られた谷を走っていくと、急に見えはじめた星のように、家々の明かりがついていった。『風と共に去りぬ』に出てくるような美しい家が、空を背にして浮かびあがる。牧草地を横切る白い垣根。そんな景色を目にすれば、ひとは世界じゅうにやさしくなれる。だから、わたしは〈スクート&ブーツ〉をとても気に入ったし、成功しそうな気がすると言ったのだ。

「そうね」メアリー・アリスは言った。姉もきっと穏やかな気持ちになっていたのだろう。ガーデンデール近くまできて、お腹がすいたから〈ケンタッキー・フライドチキン〉に寄っていくと言うまで、ひとことも話さなかったのだから。

「これまでの人生でとても残念に思っていることのひとつが」メアリー・アリスは駐車場に車を入れながら言った。「ウィル・アレクが〈ケンタッキー〉のエクストラ・クリスピーを食べられずに死んでしまったことよ。きっと気に入ったはずだから。ウィル・アレクがカリカリに揚げた鶏の皮がどれほど好きだったか覚えているでしょう？」

ウィル・アレクはメアリー・アリスのひとり目の夫で、あごがないほど太っていた。娘マリリンができるとすぐに――ありがたいことに、マリリンには美しいあごがある――心臓発作を起こして死んだのだ。あのカリカリの鶏の皮が原因にちがいない。

「いいでしょ、パトリシア・アン。あんたが何も食べたくないのはわかっているけど、とにかく付きあってよ」

わたしは鶏のドラムスティックとモモ肉、それにコールスローサラダと、グレービーソースのかかったマッシュポテトを食べた。

「デザートは？」シスターが訊いた。

わたしは首を横にふった。

「もう、本当に小食なんだから」

2

教員だったときには、引退したら毎朝遅くまで寝ているのだろうと思っていた。でも、ちがった。実際には、長年フレッドと子どもたちと自分自身を職場や学校に送りだしていた頃と同じく、夜明けとともに目がぱっちり開いた。習慣のなせるわざだろう。それでも、起きなくていいとわかっているのは、いいものだった。ロンドンのビッグベンがそばで鳴っても目を覚まさずにしばらくまどろんでいられるフレッドに身体をすり寄せる。するとボイラーかエアコンのスイッチが入る音がして、洗剤と柔軟剤と石けんとパイプ、それに温もりと眠気が入り混じったフレッドのいいにおいを吸いこむ。ときおりフレッドがこちらを向いたときには熱烈な形で朝を迎えるけれど、情熱は若者の専売特許だと思いこんでいる子どもたちや孫たちが知ったら、きっと驚くにちがいない。でも、情熱的なほうが楽しい。仲よくしたからって、必ずしもみっともないわけじゃない。

　でも、メアリー・アリスと〈スクート&ブーツ〉を見にいった翌朝に電話が鳴ったときは、フレッドは軽くいびきをかき、わたしは娘のヘイリーの誕生日に何を贈ろうかと考えていた。

電話機はベッドのフレッド側にあった。電話が二度鳴り、フレッドが出た。というより、わたしが電話に手を伸ばしたせいで、フレッドの目が覚めたのだ。

こんな朝早く鳴る電話がよい知らせを運んでくることはめったになく、心臓の鼓動が少し速くなった。

「なに?」フレッドが言った。「何だって?」

「どうしたの?」わたしは不安になって夫のわき腹を突っついた。

フレッドが受話器を差しだした。「きみの姉さんからだ。わたしが死んだと言っている」眠そうに言った。

「何ですって?」わたしは受話器をつかんだ。「メアリー・アリス?」

「ああ、マウス! フレッドが死んだの!」

「いいえ、死んでなんかいないわ。ここにいるもの。悪い夢を見たのね」

「フレッドじゃない。エドよ。死んだのはエド。ああ、マウス! エドと言ったつもりだったんだけど。心配させちゃった? させたわよね。エドなの。エドが願いの井戸で死んでいたのよ」

わたしは片手で受話器を押さえた。「フレッド、死んだのはエドだったわ。あなたじゃなくて」

「よかった」フレッドは立ちあがって、バスルームに歩いていった。

受話器を耳に戻すと、メアリー・アリスは泣いていた。「エドが死んだの。イロリで死んでいたのよ」姉はひどく泣いていたので、言葉が聞き取りにくかった。

「イロリで死んでいた？　いったい、何を言っているの？」

「イドで死んでいたのよ、マウス。願いの井戸で首を吊っていたの」

「エドが井戸で首を吊ったの？　何てことを！」

「喉を掻き切って、滑車に吊されていたの！」

「そんな恐ろしいことを！　きっと絶望していたのね」

「マウス！」メアリー・アリスはまた泣きだした。「ちゃんと起きてよ！　しばらくしたら、また電話するから。アスピリンを飲まなくちゃ」電話が切れた。

「いったい、何なんだ？」フレッドが訊いた。

「エドが――シスターに〈スクート＆ブーツ〉を売ったひとが、ゆうべ喉を掻き切ってから滑車で首を吊って自殺したらしいの」

「そいつが何をしたって？」

「自殺したのよ」少し考えてから言った。「それ、全部は自分でできないわよね」

「だろうな」

「誰かに殺されたってこと？」次第に寒気がしてきた。フレッドがベッドに戻ってきて、隣にすわった。

「メアリー・アリスは何と言ったんだ？」

「エドが死んだって。それから、井戸のことよ。とても動揺していたわ」

「そうだろうな。メアリー・アリスには誰から連絡がきたんだ？」

「さあ。何もわからない。ただ、エドは自殺したんだろうと思っただけで。ああ、フレッド」わたしは夫にひしと抱きついた。「エドはタトゥーを踊らせることができたのよ」身体が震えてきた。

「ガウンとコーヒーを持ってくるよ」フレッドが腕のなかから出ていくと、電話がまた鳴った。わたしは受話器をつかんだ。

「エドは殺されたの？」

「ああ、マウス。きっと、ひどい状況よね。少しまえに、警察から電話があったの。湖で釣りをしていたひとたちが店のドアが開いているのを見て、コーヒーが飲めるかもしれないと思って入ったら、エドが死んでいたって」

その頃には、わたしの身体はひどく震えていた。「警察はもう何かつかんでいるの？」

「まだ何もわかっていないと思う。朝のうちに、店にきてほしいと言われたの。理由はわからないけど」メアリー・アリスはまた泣きだした。「ねえ、マウス。喉を掻き切られた井戸にあるエドの死体なんて見たくない」

「喉を切られたのは井戸じゃないわ。エドよ」

「何ですって？　何を言ってるの？」

「言いまちがいを正しただけ」

電話がまた切れた。わたしはベッドから出て、フレッドから渡されたガウンを着た。ピンク色のキルトで、入院することになった場合に備えて取っておいた上品なガウンなのに。ああ、もう。

わたしはバスルームにいき、歯をみがいて、顔を洗った。すると、また電話が鳴った。

「しゃべらないで」メアリー・アリスが言った。

「わかった」

「ひとこともよ。ひとりの男性が死んだの。殺されたのよ。あたしたちがきのう会って、あたしたちが踊ったときに拍手してくれたひと。あのすてきな若者が誰かに命を奪われた。その誰かはあたしたちが店にいたときも、近くをうろついていたかもしれない。警察はそのことを訊きたいのよ。あたしたちが何か見なかったかって」

フレッドがきて、コーヒーを差し出した。

「どう思う？」

わたしは答えずにコーヒーを飲んだ。〝あたしたち〟っていうのは、どういうことよ？わたしだって、井戸に吊された死体なんて見たくない。

「ちょっと、パトリシア・アン？」

「しゃべるなって言ったじゃない」

「ああ、もう」

「言ったでしょ。それに、エドはすてきじゃなかったわ。あの目は——」

「一時間後にね、パトリシア・アン」電話がまた切れた。私道でクラクションが鳴ったのは、二時間近くたったあとだった。外に出ていくと、メアリー・アリスはこれまで見たなかでいちばん大きくて黒いサングラスをかけていた。

「そんなものをかけて見えるの?」さらに訊いた。「わたしが運転したほうがいい?」

「答えはイエス、ちゃんと見えるわ。そして、ノー。あたしが運転する。あんたは郵便受けにぶつけるから」

「この四十五年間、郵便受けに車をぶつけてなんかいないわ」

「たまたまでしょ」メアリー・アリスが私道から車を出し、わたしたちは前日に通ったハイウェイに向かった。空は同じように青いのに、物事はあっという間に変わってしまうものだ。太陽は同じように暖かく、どういうわけか、世の中はきのうのほうが無垢だった。

「ねえ、事件について教えて」わたしは言った。

「知っていることは残らず話したわ。月曜日は定休日だから、エドはあたしたちが帰った直後に店を閉めるつもりだった。そして、あたしたちはさようならを言った。それだけよ。きのうの朝、書類すべてに署名して小切手を渡したけど、エドはまだここにいて、二週間は店を手伝うと言ってくれたわ。エドのことは何も知らない。店の財政状況がとてもいいということと、アトランタに帰らなければならないと話していたこと以外は。恋人とか何か、そういうひとがいるのかさえ知らないの。会ったのは、ビルとお店に踊りにいったときだけだったから」

「強盗よ。小切手を現金に換えたことを誰かが知っていたんだわ」

「銀行で書類に署名したから、エドは小切手をそのまま預金したわ。あたしの目のまえで。それに――」メアリー・アリスは、さっきのわたしのように身体を震わせた。「――エドの死に方よ。警察はまるで処刑されたみたいだったと話していたわ」

「何てこと！」

「わたしたちが着くまでに、残らず片づいていればいいけど」

片づいていたけれど、片づいていないものもあった。車が駐車場に入っていくと、黄色いキャンヴァス地の遺体袋が救急車に運ばれるのが見えた。メアリー・アリスがブレーキを踏みこんだ。「ひーっ」叫び声が響いた。

「うっ」わたしは勢いよくまえに飛び出し、シートベルトに締めつけられて息を吐き出してうめいた。

「エドだわ」メアリー・アリスは両手で口を押さえた。

わたしは自分の身体を三つに裂きかけているシートベルトを何とかゆるめようとした。

「見て、マウス。エドの遺体が救急車に運ばれているわ」

「見えない」わたしは答えた。「脳に血がいってないんだわ」

メアリー・アリスが手を伸ばして、わたしのシートベルトをはずした。「エアバッグじゃなくてよかったわね」

わたしは胸をさすりながら、車のまえの光景に目をやった。パトカー三台、消防車とレスキュー隊（もう救えないとは思うけど）、そしていま扉が閉められた救急車。わたしたちがそのまま見ていると、隊員たちが運転席に戻り、救急車は赤色灯をつけずに駐車場から出ていく。急ぐわけではないから。初めて気づいたことだけれど、赤色灯をつけて高速で走っていく救急車より、サイレンを鳴らさず、赤色灯もつけていない救急車のほうが不吉かもしれない。

〈スクート&ブーツ〉のまえと駐車場の一部には〝犯罪現場につき立入禁止〟と書かれた黄色いビニールテープが張られていた。メアリー・アリスが車をいちばん遠い隅のスペースに停め、わたしたちは車から降りた。救急車はわたしたちのまえでハイウェイに出ていき、通りすぎるときに運転手が手をふった。わたしたちはふたりで手をふり返し、顔を見あわせて、その呑気なふるまいを恥じるかのように、あわてて手をおろした。

「血を見るのはいや」わたしは言った。「お店には入らない。ぜったいに」

「あたしだって、きれいになるまでは入らないわ。いきましょう。とにかく、車のまえにいる警察官に訊いてみないと。何を話したらいいのか、まったくわからないんだから」

「何というひとに会うの？」

「電話をかけてきたジェド・リユーズという男のひと」

「あなたはエドが死《デッド》んだとジェドが言ったとフレッドに言ったの？」

メアリー・アリスは足を止めて、わたしをにらみつけた。「黙って」姉は言った。「パトリシア・アン、いいから黙ってて。いまは、あんたの言葉遊びに付きあっていられない」

メアリー・アリスは真剣だった。じつを言うと、わたしは不安になると早口言葉を言いたくなるのだ。

内心は死ぬほど怯えながら、早口言葉や気の利いた冗談を言っている。たぶん、長年教壇に立っていたからだろう。

「ごめんなさい」

「いいわ、許す。でも、これからは気をつけて」メアリー・アリスはいちばん近くのパトカーに近づいて、運転席にいた若い警察官にジェド・リユーズのことを尋ねた。すると、警察官は〈スクート&ブーツ〉の正面の入口を漠然と指さした。

「ここに連れてきてもらえないかしら」メアリー・アリスは言った。「ミセス・クレインがきたと言って」

「わかりました」警察官はパトカーから降りて、店のほうへ急いだ。メアリー・アリスはわたしを見てうなずいた。あの若者は母親にきちんと躾《しつ》けられていると、口に出さずに言っているのだ。わたしはうなずき返した。たぶん、そうなのだろう。でも、そのいっぽうで、姉は自分がどれほど手強そうに見えるかわかっていない。姉に飛んでみせろと言われてあの若者が飛ばなかったら、そのほうが驚きだ。

「ミセス・クレイン？」

ジェド・リユーズは刑事コロンボとは似ても似つかなかった。年は四十歳前後、長身で痩せていて、制服は折り目をくっきりつけてアイロンがかけられ、靴はこちらの姿が映るほどぴかぴかに磨きあげられている。そして、赤みがかったブロンドの髪はきちんと整えられていた。リユーズ保安官は最初にシスター、次にわたしに手を伸ばして、しっかりと握手した。

「妹のミセス・ホロウェルです」メアリー・アリスはそう言った。「妹が血は見たくないと言うので」

「無理もありません」ジェド・リユーズはぱりっとした身なりに負けないくらい、とても温かな笑顔を見せた。反射的に保安官の左手を見おろすと、そこには靴と同じくらい輝いている大きな結婚指輪がはめられていた。シスターはわたしの視線をとらえて、目をむいた。日頃から、娘のヘイリーに男性を引きあわせようとするのはやめたほうがいい、亡き夫に対する悲しみの段階をすべて乗り越えたら、自分で誰かを見つけるだろうからと言っているのだ。ヘイリーの夫トム・ブキャナンは、子づくりを考えはじめた矢先に事故で死んだ。メアリー・アリスは自らを夫を亡くした悲しみを乗り越える専門家だと言う。だが、踏むべき段階について姉が説明しはじめるたびに、わたしには〝否定〟とか〝怒り〟とか記された現実の階段が目に浮かんできて、ヘイリーはどの段階にいるのだろうかと考えてしまうのだ。そのあいだも、ヘイリーの女性としての時計の針は大きく音をたてて進んでいるわけで、そう思うと、夜も眠れなくなってしまう。

「でも、おふたりには店に入っていただかなければなりません。何かおかしいところや、おふたりが店を出たあとになくなったものがないかどうかを確認していただくために」ジェド・リユーズはシスターを見て微笑んだ。

「ミスター・リユーズ、あたしはお店のことはよく知らないの」

「保安官と呼んでください」

「リユーズ保安官」メアリー・アリスは敬意と重々しさを肩書きにこめた。「このお店はきのう買ったばかりで、しかも正直に言うと衝動買いのようなものだったから、エドが弁護士に渡してくれた設備の目録さえまだ見ていないの。だって、ラインダンスを踊りにきたときには、まわりのことなんかに注意を払わないでしょう」ひと息ついてから続けた。「清潔でさえあれば」

リユーズはまた微笑んだ。「ミセス・クレイン、何か妙だと気づくことがあるかもしれないというだけですから。こんな残忍なことが起こったにしては、店はほとんど荒らされていない。椅子も倒れていなければ、争った形跡もない。レジの金まで残っていました」

「もしかしたら、自殺なのかも」わたしは言った。

「その可能性は薄いでしょう」リユーズの目が鋭くなった。

「お店には入りたくないわ」シスターが言った。「ぞっとするもの」

「申し訳ありません、ミセス・クレイン」リユーズ保安官はうしろを向いて、わたしたちがくぐれるように、黄色いビニールテープを持ちあげた。押しの強さはシスターといい勝負だ。〈スクート&ブーツ〉のドアは開いたままになっていた。なかは暗く、十月らしい陽光の下から店内に入ってきたきのうと同じように見えた。だが、奥に入ってみると、電灯が煌々《こうこう》とついていた。水が流れていない願いの井戸の上には、スポットライトがある。わたしは目をそらして、バーカウンターの上のブーツ形ネオンを見た。そしてこの空間に恐怖を感じるとともに、わずかに吐き気を催した。

「パニック発作を起こしそう」メアリー・アリスがわたしの思いを正確に口にした。

「だいじょうぶですよ」リユーズ保安官がやさしく言った。「注意深く店内を見まわして、どんなに些細なことでも、きのうとちがうことがあれば教えてください。お願いします。捜査の役に立ちますので」リユーズはそう付け加えた。

わたしはブーツ形ネオンから目を離して、店内を見まわした。スポットライトも、ダンスフロアに隠れている照明も、すべての明かりがついている。きのうは家庭的な店だと感じたことを思い出した。そんなこと、いま思い出したってしょうがないのに！〝スワンプ・クリエーチャーズ〟という文字から垂れ下がったサルオガセモドキの蔓さえ、恐ろしく見える。わたしは願いの井戸のほうに目をやった。きのうと同じに見える。ありがたいことに、血はついていなかった。

「変わらないように見えるわ」メアリー・アリスがやはり願いの井戸を見ながら言った。

「ゆっくり見てください」リユーズ保安官が椅子を引っぱってきた。「さあ、ここにすわって」メアリー・アリスは腰をおろし、行儀がよい女学生のように、テーブルの上で手を組んだ。リユーズ保安官はわたしにも椅子を引っぱってきた。「さあ、ミセス・ホロウェル」

わたしたちは数分間、何も言わず、ただ店内を見つめていた。わたしはダンスフロアと横の窓にかかっている黒い幕を見つめた。それから、バーカウンターと、輝くグラスを。

「何か、気がついた？」シスターが訊いた。

「いいえ。あなたは？」

「何も」

「わたしはエドの名字も知らなかったのよ」

「メドウズ。正式な名前はエドワード・メドウズ」

「いい名前ね」

「ええ」シスターはテーブルを指で叩いた。リユーズ保安官も指でテーブルを叩いている。

わたしも。まるで、演奏されている歌の曲名をあてるゲームをしているみたいだった。わたしが叩いているのは『ウイリアム・テル序曲』。

「『ローン・レンジャー』の主題歌だ」リユーズ保安官が言い、わたしたち三人は互いに微笑んだ。

「きのうとちがうところがあったわ」シスターがわたしの肩の向こうを見て、とつぜん言った。「ロープとバケツが井戸からなくなっている！」

「ロープはミスター・メドウズに巻かれていて、バケツはもう鑑識にあります。井戸の底で発見しました」

「ああ、そう」メアリー・アリスはがっかりした声を出した。

「ミスター・メドウズについてと、〈スクート＆ブーツ〉を買ったことについて、すべて教えていただけますか？」

「ええっと、友だちのビル・アダムズとミズーリ州のブランソンでラインダンスを覚えて――」

「すみません」わたしは口をはさんだ。「化粧室は使えるかしら？」

「ええ」リユーズ保安官が答えた。「もう検証作業はすんでいますから」

確かにすんでいるようだった。ブーツの形が刻まれていた鏡の隅が削られているだけでなく、ペーパーホルダーもねじをゆるめられて、壁からぶら下がっている。わたしはハンドバッグからスイス製のアーミーナイフを取り出して（数年まえに自分で買ったものだ）、ねじをしめた。もう少しきちんと留めたほうがよさそうだけれど、しばらくはもつだろう。わたしが自分の作業に満足して化粧室を出ると、テーブルのシスターとリユーズ保安官のそばに、男性がひとり加わっていた。

「そんな、まさか――」男性が声をあげているところに、わたしは近づいた。「まさか、エドが殺されたなんて！」わたしを見あげると、彼の顔に驚きが浮かんだ。「ホロウェル先生？」

「ヘンリー？　ヘンリー・ラモント？　あなたなの？」

「嘘みたいだ！　ホロウェル先生！」ヘンリーはすばやく立ちあがって、わたしを包みこむようにして抱きしめた。「ホロウェル先生、驚いたなあ！」

ヘンリー・ラモントはハンサムな若者に成長していた。わたしの息子のアランと同じように、高校を卒業したあと身長が五センチ伸びて、百八十センチはありそうだ。ブロンドの髪はいくぶん濃くなったけれど、二十代後半だというのに、四十歳になってもバーテンダーに身分証明書の提示を求められる恵まれた男性たちのような顔をしている。

「ふたりは知りあいなの？」メアリー・アリスが訊いた。

「二年間、飛び級のための授業で、英語を教わっていました」ヘンリーはもう一度わたしを抱きしめてくれた。「ああ、ホロウェル先生、ぼくを覚えていてくれたんですね」

「もちろんよ、ヘンリー。あなたは最高の生徒だったもの。本当に最高だった」

「いいえ。最高だったのは、先生です。『マクベス』に連れていってくださったのを、いまでも覚えていますよ。マクベスの首が突き刺さった剣が、雷鳴の下でふりまわされる幕切れも」

「それに、バンコーの幽霊。あれは、すごかったわ」

「〈スクート&ブーツ〉でお互いを褒めあう会を開いているわけね」メアリー・アリスが言った。

「マクベスとバンコーが殺された話をするなら、こちらの事件について話しませんか？」リユーズ保安官が椅子を指さした。ヘンリーとわたしは互いに微笑んで、腰をおろした。

「ところで、あなたはこんなところで何をしているの、ヘンリー？　最後に聞いた話では、あなたはアイオワで作家になるための研究会に参加していると耳にしたけど」

「ヘンリーはコックなの」メアリー・アリスが言った。

「姉はきのう、あなたのことを自慢していたのよ」わたしはヘンリーの手を軽く叩いた。ヘンリーは将来を嘱望《しょくぼう》された生徒のひとりで、文章を書く才能に恵まれていた。どうして、そのヘンリーが〈スクート&ブーツ〉で簡単な調理をするコックとして働いているのだろうか。

「話せば、長くなります」ヘンリーがわたしの考えを読んで言った。

「あなたは『まさか、エドが殺されたなんて』と言いましたね」リユーズ保安官が言った。

ヘンリーは保安官のほうを向いた。

「はい。エドはとてもまっすぐな性格でした。ぼくはここにきて半年ですけど、これだけは言えます。エドは女性のお客さんたちが好きでした。どのひとも。でも、誰かひとりと特別に親しくなって、その恋人を煩わせたりしたことは一度もなかった」

「常連はいる?」

「もちろん。たくさんいますよ。ぼくは裏で働いているから、表にはあまり顔を出しませんけど、それでもときどき知っている顔がきていますから」ヘンリーはメアリー・アリスに笑いかけた。「ここにいるミセス・クレインみたいに」シスターもにっこり笑った。「ボニーのほうが、そのあたりはわかると思います。ボニー・ブルー・バトラーです。それか、ドリス・チャップマンか。ただし、ドリスは二、三週間まえに辞めましたけど。どこかに引っ越す予定だったと思います。それから、新人の女の子のセイディー何とかっていう子。店にきて、まだ数日ですが」

「ほかに、厨房で働いているひとは?」ジェド・リユーズは手帳を出してメモした。

「アルバイトがふたり。たいていは大学生を雇っています。いまはマークとテッドで、ぼくは名前しか知りません。マークはぼくの調理の手伝いで、テッドは皿洗い。どこに住んでいるのかも知りません。でも、ボニー・ブルーなら、たぶんわかるんじゃないかな。彼女はみんなのことをよく知っているから」

リユーズ保安官が手帳から顔をあげた。「彼女にはもう連絡してあります。そろそろ、くるでしょう」

「なかなか興味深い名前ね」わたしは言った。

「自分はきっと両親が『風と共に去りぬ』のアトランタ炎上の場面を見ているときにできたんだって言ってますよ。両親はものすごく影響を受けたにちがいないって」ヘンリーは笑った。「本当かも」

「うちの子のひとりは『カサブランカ』を見ているときにできたわ」メアリー・アリスが言った。「ほら、ヒロインが飛行機に乗って、ハンフリー・ボガートをふり返る場面があるでしょう。あれにやられちゃったの。レイトショーで」

ジェド・リユーズが大きく咳ばらいをした。わたしたちは保安官を見た。「よろしいでしょうか。先を続けたいのですが」

「ええ、どうぞ」メアリー・アリスはそう言ったが、話題は変えなかった。「ほかのふたりの子ができたのは休暇中だったか、うっかりしていたか、そんな理由ね」

善良で規律に厳しいリユーズ保安官は無言を通すという教師にはおなじみのわざを使い、少し長すぎるくらい黙っていた。わたしたちも、まったく反応しなかった。

「ミスター・ラモント」リユーズ保安官が口を開いた。「ここ数週間で、店で何か変わったことは起きませんでしたか？　ミスター・メドウズが誰かと言い争っていたとか。何か、思いあたることは？」

井戸の死体よ。変なのは、それ。

わたしはそう思ったけれど、口をつぐんでいた。

「いいえ」ヘンリーは記憶を呼び起こそうとして時間をかけた。「きのうエドから、店をミセス・クレインに売って、自分は一、二週間後にアトランタに帰ることになったと聞きました。エドはとてもよくしてくれて、給料はきちんと期日に払ってくれたし、特別に忙しかった週は少し上乗せしてくれることもありました」

「きのうは、ここで何をしていたのですか？　定休日でしょう」

「エドから電話があったんです」

リユーズ保安官はもう一度手帳を出した。「どんな話にしろ、定休日でなく、きょう話せたのではないですか？」

「ええ。エドはたぶん店が売れたことに興奮して、誰かに話したかったんだと思います」

「何時頃でしたか？」

「たぶん二時頃だったと」

「わたしたちがエドと会ったのは、そのあとです」わたしは言った。「暗くなるまえにここを出ましたけど、そのときはちゃんと生きていましたよ」

リユーズ保安官がわたしを見た。「ミセス・ホロウェル、わたしは情報を集めているだけです。あなたのすばらしい生徒さんを殺人罪で告発しているわけではありません」メアリー・アリスがテーブルの下で、わたしを蹴った。わたしは地獄に落ちろという目で姉を見た。

「これは強盗でも、場当たり的な殺人でもありません。計画的な殺人であるのは明らかです。そうだとしたら、誰かが、もしかしたらあなた方三人のうちの誰かが、鍵となる情報を握っているのに、事件には関係ないと思いこんで、話さずにいるのかもしれない。ミスター・メドウズはひとりきりで生きてきて、ひとりきりで殺されたわけじゃない。誰かに死んでほしいと思われたんです。それも、殺され方を見ると、その誰かはミスター・メドウズをひどく恨んでいた」リユーーズ保安官はトランプの手品をするかのように、両手を広げた。「ところでミスター・ラモント、あなたがアイオワから帰ってきた理由を教えていただけますか」

ヘンリーが指の関節を鳴らした。すっかり忘れていたけど、これが彼の癖だ。「ドラッグを売っていたからです」小声で言った。

そのとき、入口から騒がしい声が聞こえてきた。

「ああ、ヘンリー!」

まるで、メアリー・アリスの写真のネガを見ているようだった。身長百八十センチ、体重百十キロ(以上)、髪はプラチナで、肌はダークチョコレート。

ヘンリーが椅子をひっくり返して、すばやく立ちあがった。

「ボニー・ブルー！」彼女の広い胸に包まれて、ヘンリーが見えなくなった。

「褒めあう会の輪が広がったわね」

メアリー・アリスがぶつぶつ言った。

3

ボニー・ブルー・バトラーは巨体に似あわない身軽さで、寄せ集められたテーブルのあいだをすり抜けて、こちらにやってきた。慣れているのがわかる動きだった。うしろからヘンリーがついてくる。

ボニー・ブルーが現れるまえのヘンリーの告白に、わたしは驚いていた。ヘンリー・ラモントがドラッグを売っていたなんて！　どんな教師も、ときおり心の琴線に触れる子どもがいることを認めるだろう。その子は特別にかわいい顔をしているわけでも、賢いわけでも、経済的に恵まれていないわけでもないかもしれない。それでも、どこか自分とぴったりあうところがあって、どちらの毎日も豊かになるのだ。ときには、それが自分の子どもに対する愛情に危ういほど近づいてしまうこともある。三十年の教員人生で、わたしがすっかり心を奪われた生徒は四、五人いただろうか。ヘンリーはそのひとりだった。だから、ヘンリーが才能を活かせなかったと思うだけでつらかった。それなのに、ドラッグを売っていたなんて！　ヘンリーの言うとおりだ。そこには長い話があるのだろうし、わたしはその話を聞きたかった。

「ミセス・バトラー」リユーズ保安官が立ちあがって、ボニー・ブルーのために椅子を引いた。「どうぞ、こちらに」

「あたしに選択肢があるのかしら」ボニー・ブルーは椅子にすわったのではなく、倒れこんだように見えた。椅子はきしんだが、何とか持ちこたえた。リユーズ保安官はまず自分が名乗り、次にわたしたちを紹介した。ヘンリーは慎重な様子で、自分の椅子に戻った。わたしはヘンリーを見たけれど、彼は視線をあわせようとしなかった。

「ミセス・クレインのことは知っているわ」ボニー・ブルーはメアリー・アリスを見て言った。「ラインダンスが上手なお客さんでしょう」

「ありがとう」メアリー・アリスは微笑んだ。ほくそ笑んだというほうが近いかもしれない。

「ミスター・クレインの動きがいいってこともね」ボニー・ブルーが付け加えた。

「ミスター・クレインなら二十年ほどまえに、あらゆる動きを止めてしまったわ」わたしは言った。

「十五年まえよ」メアリー・アリスが正した。

「あら、二十年まえよ、シスター」

「あなたたち、姉妹なの？　嘘でしょう！　ぜんぜん似てないじゃない。ヘンリー、ふたりが姉妹だって知っていた？　似ていると思う？」

「目元が似ているかもしれない。でも、姉妹だとは知らなかった」

「身体の動きがいい男性は、ご主人じゃなくて恋人なのね」とボニー・ブルー。

リユーズ保安官が片手でテーブルを叩いた。残りの全員が飛びあがった。

「お願いしますよ」いらだった声で言った。「ひとりの人間の遺体を安置所に運びこんだんです。今回のことで興奮されているのでしょうが、真剣に聞いてもらえますか」

「ええ、いつでもどうぞ」ボニー・ブルーが答えた。「ヘンリー、コーラをもらえる？　喉がからからなの」ヘンリーが腰をあげた。「ダイエットコークね。みなさんも何か飲みたいんじゃない？」

メアリー・アリスとジェド・リユーズとわたしは首をふった。ヘンリーがバーカウンターにいるあいだ、リユーズは指先で額を押さえていた。

「頭痛ね」メアリー・アリスがささやいた。「アスピリンを持ってない？」

わたしはハンドバッグに手を入れて、強力な鎮痛剤の瓶を取り出してシスターに渡した。姉はうなずいて、リユーズ保安官のまえに瓶をそっと置いた。すると、ヘンリーがボニー・ブルーのコーラを持って戻ってきた。

「ヘンリー、保安官にもコーラを持ってきて」シスターは言った。「薬を飲むのに必要だから。男らしく見せたいひとは、自分にも感情があるってことを知られたくないのよ」

ヘンリーがふたつ目のコーラをまえに置くと、リユーズ保安官は鎮痛剤の瓶を開けて、薬をいくつか取り出した。

「さてと」ボニー・ブルーが言った。「エド・メドウズについて知っていることと、誰がエドを殺したのかってことを訊きたいんですよね？」

「ええ。ご協力いただければ、ありがたいです」ジェド・リユーズはまた手帳を取り出した。

「ディドリーよ」

「誰ですって？」

「あたしが知っているのはそれだけ。ディドリーという名前だけ」

リユーズ保安官は手帳に〝ディドリー〟と書いたにちがいない。そのあと立ちあがって、コーラの残りをひと口で飲みほすと、部下たちに確認してくるが、すぐに戻ってくるので、誰も帰らないようにと言って離れていった。

「神経質なひとね」ボニー・ブルーはリユーズがドアから出ていくのを見ながら言った。「手が震えていたわよね？」同情して首をふった。「厄介な仕事をしているんだものね」ため息をついた。「でも、とりあえず仕事があるだけいいわよ。ミセス・クレイン、この店をどうするつもり？」

「できるだけ早く開店するつもりよ。きちんと準備を整えて、どんな状況にあって、何がどこにあるのか把握しなくちゃならないけど。でも、お給料はきちんと払うつもりだから」シスターは手にしていたティッシュペーパーを折ったり開いたりした。「ただ、殺人事件が起きたせいで、お客が寄りつかなくならないかしら」

「ああ、それはないわ。事件のおかげで、お客が押し寄せてくるはずよ。ハロウィーンには身動きできないくらい集まるでしょうね」

「ボニー・ブルー!」

「だって、本当のことじゃない、ヘンリー。わかっているくせに」ボニー・ブルーはシスターの手を軽く叩いた。「心配いらないわよ」

ボニー・ブルーの言ったことはしごくもっともで、わたしは笑いがこみあげてきた。三人がわたしを見た。「井戸にすわらせるチケットがいるわね」わたしはそう言うと、ますます大きな声で笑った。

「バケツも戻しておかないと」シスターも笑いだした。

「ああ、ひどい話!」わたしはテーブルに突っ伏して叫んだ。「かわいそうなエド」

全員が息を切らすほど笑っているところに、リユーズ保安官が戻ってきた。何かおかしいと思ったのだろう。急いで近づいてきた。

「保安官」ボニー・ブルーが言った。「わたし、ちびっちゃったみたい」

それを聞いて、わたしたちはさらに大笑いした。メアリー・アリスはいつも笑いながら泣くので、ぼろぼろのティッシュペーパーを目にあてている。「あたしもよ」喘ぎながら言った。

「ミスター・ラモント、落ち着いたら、厨房にきてください」リユーズ保安官は踵《きびす》を返すと、ぎこちなく歩いていった。

「保安官は、痔ね」ボニー・ブルーが小声で言った。「あの歩き方を見て」

シスターはテーブルに頭をぶつけるほど、また激しく笑いだした。

ヘンリーが音をたてて椅子から立ちあがった。わたしたちが顔をあげると、ヘンリーはもう笑っていなかった。「もういったほうがよさそうだ」静かに、真剣な顔で言った。

「だいじょうぶよ、ヘンリー」ボニー・ブルーがその背中に声をかけた。ヘンリーは片手をうしろに向けてふった。

「パトリシア・アン、非常識で感情的なふるまいだったわ」シスターが涙をぬぐいながら言った。

いつもであれば、姉にこんなふうに言われると、また笑いがこみあげてくるのが普通だったが、今回はちがった。わたしはヘンリーの細い肩を見つめ、厨房の扉を押し開けて、なかに入っていく姿を見送った。

ボニー・ブルーは手の甲で涙をぬぐった。「まったく、何が何だかわからない」

シスターとわたしは、ボニー・ブルーの言葉には何らかの意味があるのだろうと考えて、うなずいた。笑いは爆発したときと同じくらい急速にしぼんでいった。

「エドは悪いひとじゃなかった。もっと悪い男なら、いくらでも見てきたわ」ボニー・ブルーはコーラから垂れた水滴がテーブルに残した輪を指でなぞった。「ふかすところはあったけど、それほど悪い人間じゃなかった」

「ふかすって?」メアリー・アリスが訊いた。

ボニー・ブルーがわたしを見た。

「いつもはもう少し頭の回転がいいんだけど」わたしは言った。「わたしより少しばかり年上で、あなたよりはずっと年寄りだから」

「若そうだけど」

「整形手術のおかげ。あちこちね」

「おふたりさん、そんな話はやめて」シスターが言った。「ミセス・バトラー、エドのことを教えて」

「ボニー・ブルーでいいわ」

「こっちは、メアリー・アリス」わたしはシスターを指さした。「わたしはパトリシア・アン」

「オーケー」ボニー・ブルーはコーラを飲みほすと、缶に巻いてあったナプキンをはずしてテーブルをふいた。「そうねえ……まず、エドはマリンズという男のひとからここを買ったの。サム・マリンズよ。マリンズはここでガソリンスタンドと釣りの餌を売る店をやっていたわけ。湖で釣りをするひとたちがいるから、餌がたくさん売れたのよ。〈カウンティ・ライン〉という店だったわ」

「覚えているわ!」メアリー・アリスが叫んだ。「タール紙を貼った古い小屋の裏庭で、コーンミールのなかでコオロギを飼っていたのよ」

「それよ」ボニー・ブルーはうれしそうだった。「とにかく、ミスター・マリンズはかなりのお金を稼いだあと、〈カウンティ・ライン〉は田舎くさいと考えたわけ。それで、小屋を壊して、この小さなショッピングセンターを建てたのよ。ミスター・マリンズがレストランを経営して、妹さんがケータリングを引き受けたのね。でも、二日しか続かなかった。コーンミールが使われている料理があると、お客は真っ青になったから」

「あなたはそこで働いていたの?」シスターが訊いた。

ボニー・ブルーはうなずいた。「でも、いま言ったように、お店はすぐに閉まってしまって、エドに売られたの。ミスター・マリンズはフロリダに引っ越したはずよ。気むずかしいおじいさんだったわ。ずっとコオロギを売っていればよかったのに」

リユーズ保安官が厨房から出てきて、保安官補のひとりを呼んだ。ボニー・ブルーは厨房の扉のほうを見て、話を続けた。

「それが二年まえだったかしら? とにかく、ある日あたしが出勤したら、ここでエドとミスター・マリンズがにっこり笑っていて、エドがこの店を〈スクート&ブーツ〉という名前のカントリー・ウエスタン・バーに変えるつもりだけど、あたしにはそのまま働きつづけてほしいって。あちこちにブーツの飾りをつけたり、ダンスフロアをつくったり、すべての準備が整うまで約一カ月かかったわ。工事のあいだ、あたしはデトロイトの姉に会いにいっていたから、まさかエドがそのあいだの給料も払ってくれるなんて思ってもみなかった。でも、払ってくれたのよ。驚いたの何のって」

ボニー・ブルーは店内を見まわした。「この内装だって、安くはなかったはずよ。こんなふうに変えるには何日もかかったんだから。でも、エドはかまわないみたいだった。開店してまもない頃はお客の入りも悪かったけど、それも気にしていないみたいで。一度、金持ちなのかってずばりと訊いたけど、笑っているだけだった。でも、きっとそうよ。この店は趣味みたいなものだったのかも」

「エドはそんなに悪いひとじゃないと言っていたでしょう。ということは、多少は悪いところもあったのね」シスターが言った。

「ねえ、あのひとは月経前症候群みたいだったのよ。ここで働いていた女の子、ドリスを知っているでしょう？　あの子に、エドは生理まえみたいに機嫌が悪くなるから、気をつけて観察してみるといいと言ったの。ドリスはそんなことあり得ない、月経前症候群であるはずがないと言ったけど。それで、あたしはカレンダーに印をつけて見せたの。ドリスは納得したわ。で、あたしたちは二十六日ごとに、文句を言われないように気をつけるようにしたってわけ。エドは二日間だけいらいらして、そのあとは飲みはじめた。ときには飲みすぎちゃって、倉庫に寝かせて毛布でくるんだこともあったし、姿が見えないと思ったら、どこかで酔っぱらっているなんてこともあった。それも悪酔いしてね。えっと、きょうは?」

「日にち?　十月十日よ」

「それじゃあ、エドが殺された理由にはならないわね。来週までは平気なはずだから」

「とにかく、エドが、その……体調不良になったときは、どうしていたの?」シスターが尋ねた。

「じつを言えば、エドは店ではほとんど何もしていなかったのよ。タトゥーを踊らせるくらいかしら。バーテンダーとしても、あまり使いものにならなかった。たいていは大学生のアルバイトを雇っていたの。大学生たちがこのレストランを切り盛りして、バーテンダーもつとめていた。二十一歳になっていれば、お酒を出せるから。どちらにしても、たいていの客はビールしか飲まないけど。ヘンリーはエドの調子が狂う二日間、大学生にきてもらうことにしていた。彼らも連絡があることをわかっていたし。カレンダーに印をつけているから」

「そこが最大の謎よ」わたしは言った。

「月経前症候群よ。覚えているでしょう?」

「ちゃんと覚えているわ。忘れるほど時間がたっていないもの」

「恋人はいたの?　奥さんとか、家族は?」メアリー・アリスが知りたがった。

「バーカウンターの上に、おっぱいが並んでいたわ。ずらりと」

「何ですって?」シスターが訊いた。

ボニー・ブルーはゆっくり話した。「女性客はエドに会うためにくるのよ。いつも、みんなバーカウンターに群がっていた。エドが甘いお菓子で、みんなは糖分が欲しくてたまらないみたいに」

「別に、彼と会っても何とも思わなかったけど」わたしは言った。

「あたしもよ」ボニー・ブルーはコーラを厨房のほうにふった。「だから、ドリスに言ったの。『ねえ、ドリス。これって、何なの? あたしはエドについて何か見逃しているの? そうは思えないんだけど』って。ドリスは笑って、質問の意味を取りちがえてなければ、あんたは何も見逃していないだろうけど、エドをじっと見たことがあるかって訊くの。だから、『エドが何をしているところ?』って。そうしたら、にっこり笑ってこう言ったわ。『じっと見ていれば、わかる』って。だから、その日の午後、ひとり目の女性客がきたあと、ドリスに言われたとおりに、じっと見ていたのよ。なるほど、確かにわかったわ」ボニー・ブルーはここで息をついだ。

「何がわかったの?」シスターが訊いた。

「エドが女性の手に触れたの」ボニー・ブルーは言った。「それだけよ。女の客がきて飲みものを注文したりカウンターにすわったりすると、エドはお客の手の甲に触れるわけ。手をなでる感じ。それだけよ。それだけで、哀れな女たちはめろめろになっちゃうの」

「手をなでられただけで？」シスターは疑わしそうな顔をした。

「お客ひとりひとりに、自分はあなたのことを気にかけている、理解しているって語りかけているようなものなのよ」わたしは説明した。「もちろん、お酒の勢いもあるでしょうけど」

ボニー・ブルーはわたしに顔をしかめて見せてから、メアリー・アリスのほうを向いた。

「妹さんの言うとおり。ドリスはあたしより先に気づいていた。あたしが鈍かったのよ。ヘンリーでさえ気づいていたんだから。いつだったか、エドの癖を知っているかって尋ねたら、『手をなでるやつ？』って。自分が馬鹿みたいに思えたわ。まあ、あたしは一度もなでられたことがないから。カウンターにも寄りかからないしね」

「もしかしたら、それだけですまなくて、女性客の恋人かだんなさんに見つかってしまったのかも」メアリー・アリスが言った。

「かもね」

それからしばらく、わたしたち三人は黙ってすわっていた。ふたりのことはわからないけれど、わたしはエドの指先で手をなでられただけで慰められた孤独な女性たちのことを考えていた。うまいたぶらかし方だ。エドは大きな力を持ったような気になっていたにちがいない。でも、エドの握手は弱々しかった。あの手の何が、そんなに魅力的だったのだろうか。

「理解できないわ」ボニー・ブルーが言った。

「女性たちは寂しかったのよ」わたしは言った。

「そして、暴力沙汰が起きた」シスターが付け加え、またティッシュペーパーの切れはしで目を押さえた。

ボニー・ブルーが厨房を見やった。「保安官はヘンリーに何をしているのかしら」

「何をしている？」息を呑んで訊いた。「保安官がヘンリーに何かしているって言うの？」

わたしは立ちあがりかけた。

ボニー・ブルーがわたしの腕をつかんだ。「保安官があの子を動揺させているんじゃないかって思っただけ」

わたしは腰をおろした。「そんなこと、許さない」

ボニー・ブルーはとまどった顔で、わたしを見た。

「ヘンリーはパトリシア・アンのお気に入りの生徒だったの」メアリー・アリスが説明した。

「そうなの？　あの子に何を教えていたの？」

「英語よ。ヘンリーはきっと次世代のフォークナーになると思っていたわ」

「もう少し時間をあげて。ヘンリーはきっと立ち直るから」

メアリー・アリスが遠慮なく言った。「彼は少しばかりまわり道をしたと話していたわね」

「たまたま災難にあったのよ」

「ドラッグを売っていたのよ」わたしは言った。

「たまたまよ」

たまたまドラッグを売るなんてことがあるだろうかと考えていると、厨房の扉が開いて、リユーズ保安官と保安官補とヘンリーが出てきた。

「あらやだ、この目の前の光景のどこがまずいと思う？」シスターが小声で言った。

まずいのは、保安官補の手がヘンリーの腕をつかみ、店の外に連れていこうとしていることだった。ヘンリーはうなだれ、こちらを見ようとしない。

「ヘンリー！」ボニー・ブルーが叫んで、立ちあがろうとした。だが、あまりにも椅子にはまりすぎてしまっていた。立ちあがったときには、ヘンリーはもうドアの外で、リユーズ保安官がわたしたちのテーブルのわきに立っていた。

「みなさん」リユーズ保安官が口を開いた。「ミスター・ラモントにはご同行いただいて、お話をうかがいます。ご足労いただき、ありがとうございました。今後もご協力ください。ミセス・クレイン、〈スクート&ブーツ〉について今後の計画が立てられるように、こちらでの検証が終わり次第ご連絡します。連絡がつくようにしてくだされば」

「どうしてヘンリーを連れていくの？」

ボニー・ブルーが怒って言った。ふたりは背丈が同じくらいで、ボニー・ブルーが顔をぐっと近づけると、リユーズ保安官は後ずさりして椅子にぶつかった。ボニー・ブルーはリユーズ保安官のシャツをつかんで、床から持ちあげそうなほど大きく見えた。

リユーズ保安官は立ちあがった。

「いくつか質問があるんです、ミセス・バトラー。それだけですよ」

「よく聞いて。ヘンリーはこれまで一度も間違ったことなんてしてないんだから」

「それなら、心配することはないでしょう」リユーズ保安官はテーブルから離れかけた。

「みなさん、ありがとうございました」

「ヘンリーは弁護士が必要になるの？」メアリー・アリスが尋ねたが、リユーズ保安官には聞こえていなかった。あるいは聞こえなかったふりをしたのかもしれない。

「そうよ」ボニー・ブルーが言った。「手錠が見えたでしょ」

「デビーに電話して」わたしはシスターに言った。「恐ろしいことが起きたから、デビーが必要だって」

「デビーって？」ボニー・ブルーが知りたがった。

「あたしの娘のデビー・ナックマンよ」シスターが答えた。「弁護士なの」

「電話して」ボニー・ブルーはまだテーブルの上にあった鎮痛剤に手を伸ばした。「ああ、どうしよう」

4

デビーは事務所で待っていると言ってくれた。起きたことを説明するのも、メアリー・アリスとわたしのふたりがかりだった。シスターが早口でまくしたてたせいで、デビーはフレッドがどういうわけか井戸で死んだと思いこみ、わたしが電話に出て、どんな問題が起きたのかを正確に説明すると、とてもほっとしていた。

「パットおばさん、ここにきてから、すべてを詳しく説明してくれればいいから」デビーが言った。

「でも、ヘンリーは手錠をかけられていたのよ。彼が無実であることは、命を懸けてもいい」

「とにかく、こっちにきて、パットおばさん。もう依頼人のところに戻らなければならないから」

わたしはカウンターに電話を置いた。

「話の途中で切られたんでしょ」メアリー・アリスは不機嫌な顔でストローを折っている。

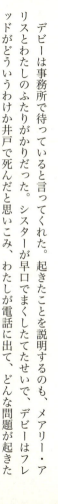

「このストロー、白鳥に見える?」

「馬鹿なことを言わないで」

「馬鹿なことじゃないわ」メアリー・アリスはストローを指に巻きつけた。

「途中で切られたわけじゃないわ。あのやさしい子がそんな真似をするはずないじゃない」

「あら、するわよ。ただ、礼儀正しく切るだけで」

「そんなことないわ」

「連絡がついた?」ボニー・ブルーが化粧室からのんびりと出てきた。

「会ってくれるって」

「よかった。ヘンリーはすごくいい子だって伝えてね」

「もう言ったわ」

「いい子すぎて、世間の流儀についていけないのよ」ボニー・ブルーは(シスターのものと瓜ふたつの)ハンドバッグをカウンターに置いた。「それはそうと、誰かがトイレの鏡を割ったみたいよ、メアリー・アリス」

「きっと警察官ね」シスターは険しい表情で目を細めた。「あのリューズっていう保安官、気に入らないわ」

ボニー・ブルーも目を細めた。「ヘンリーに手錠をかけて連れていったのよ!」

わたしはふたりがリューズ保安官の悪口を言っているのを聞いて、どこか論点がずれているような気がしていた。いちばん重要なのは、喉を掻き切られた死体が運ばれていったことなのだから。そんなことは、日常では起こらない。わたしはふいに先週読んだ、夫の死体を発見した女性のニュースを思い出した。新聞記者はこう書いていた。〝妻は夫の頭がないのを見て、ひどく不安になった〟そのとき、わたしはこう思った。〝不安〟？　そんな言葉を使うなんて、あきれた記者だ、と。でも、いまこういう状況になって、ひとはいったん頭のなかの小部屋に恐怖をしまっておいて、あとから対処するものだと理解できた。

「デビーに会いにいきましょう」わたしはシスターに言った。

〈スクート&ブーツ〉を出ると、気分がよくなった。暖かな日差しが意外なほど心地いい。州間高速道路《インターステート》に向かっていくと、ブロンドの長い髪の女性が牧草地で、馬を走らせている姿が目に入った。きのうの夕方に見とれた『風と共に去りぬ』のような大きな屋敷に向かっている。美しい絵のようだった。

車はインターステートに乗った。「ずっと考えていたんだけど」シスターは速度を落として、トレーラートラックが大きな音をたてて通りすぎていくのを待ってから、そのうしろに車をつけた。「あんなふうに店を買うなんて、早まったかもしれないわ。もう少し、慎重に見極めるべきだったかも」

わたしは〝当然よ〟と言いたかったけれど、ここは何も言わずにいるのが賢明だと判断した。そして、町に出るまでずっと黙っていた。

デビーの事務所はバーミングハム南部にあるヴィクトリア朝の屋敷を改築した古い家だった。バーミングハム南部は百年まえには富裕層が暮らす地域だったが、いまは変わりつつあった。荒廃した大きくて古い屋敷は、いまや垢《あか》ぬけたアパートメントや事務所に変えられているのだ。デビーの家は両方を兼ねていた。住まいは二階にある。デビーはその家を気に入っていたが、向かいに公園があり、ベビーシッターのリチャルデーナが毎日フェイとメイを遊ばせることができるのが、いちばんの理由だった。メアリー・アリスはその地域と公園に対して不信感を抱いていて、歩道でふたりの人間が話しているのを見ると、ドラッグの取引が行われているのだと決めつける。そして、リチャルデーナについても、犯罪に手を染めやすい性質だと言って怪しんでいた。

「リチャルデーナは自分を守るためにだんなさんを撃ったのよ、ママ！」デビーは強く言った。「足を狙ったんだから！」

「それなら、どうして足から九十センチも上にあたったの？」

「たまたまよ！」

いずれにしても判事はデビーの主張を信じ、リチャルデーナが懲役刑を免れて落ち着いてから、双子が生まれたのだ。リチャルデーナは愛情深くてやさしい女性で、メイもフェイもよくなついている。リチャルデーナの前夫がもう子どもをつくれない身体になってしまったという事実を気にするのは、メアリー・アリスだけだ。いや、前夫も気にするだろうけれど。

それに、メアリー・アリスが気にしていることは、もうひとつある。フェイとメイの父親のことだ。ある日デビーは、自分はもう三十五歳で、子どもが欲しくなったから、自らの手で何とかすることにして、大学病院でいわゆる人工授精を受けたと母親に言ったのだ。

「そんなこと、信じられる？」あのとき、シスターにそう訊かれた。「前髪が鼻まで届いている、バーニーっていう男が父親だと思うのよ」

それでも双子が生まれると、メアリー・アリスはすっかり孫に夢中になり、バーニーに似ているかさえ、確認しなかったようだ。そして大学病院の不妊治療科に多額の小切手を送ることまでした。感謝の印だと言って。きっと、いつか精子提供者の記録を見るつもりでいるのだろう。

わたしたちがデビーの事務所に着いたとき、双子の女の子たちは昼寝をしていた。デビーはブルージーンズをはいて、正面の階段で、ピーナッツバターとバナナのサンドイッチを食べ、ダイエットソーダを飲んでいた。

「まあ、ずいぶんくだけた格好だこと」シスターが言った。

「きちんとした服装は裁判所にいくときだけよ」デビーは冷静に答えた。「ふたりともすわって。コーラか何か飲む？」

「その階段にすわらせるつもりなら、立っているほうがまし」シスターはヤナギ細工の椅子を引っぱってきた。「子どもたちは？」

「彼女は買い物にいったわ」デビーは隣のベビーモニターを身ぶりで示した。「声が聞こえるからだいじょうぶよ」

「そんなの、信用できないわ」シスターが言った。

デビーはわたしのほうを向いた。「パットおばさん、いらっしゃい」

「こんにちは、デビー」

「何があったの？」

メアリー・アリスとわたしは同時に話しはじめた。デビーが片手をあげた。

「ちょっと待って」

「お先にどうぞ」わたしはメアリー・アリスに言った。「あなたが関わっている事件だもの」

シスターはラインダンスの話からはじめ、〈スクート&ブーツ〉を買ったことから（この件は、デビーは知っていた）、きのう気分よくお店を訪ね、『ロッキートップ』にあわせて踊ったら、エドが拍手をしてくれたのに、井戸で殺されてしまったことや、ボニー・ブルーがおそらくは安物だろうに、自分のオーダーメイドのバッグと同じようなものを持っていたこと、そしてヘンリーが鎖につながれてリユーズ保安官に連れていかれたことまで、ほとんど息もつかずに話した。

シスターはすべて残らず、うまく話を伝えていた。詳細を語るのがうまいのだ。そして話し終えると、わたしを見た。「何か、話し忘れたことはない？」

「トイレの壊れた鏡」

「ああ、そうだったわ。それも、あんたに苦情を申し立ててほしいのよ、デビー。警官たちがあたしの店をだいじに扱ってくれなくて。それをきちんと記録させてほしいの」

デビーは母親をじっと見て、それからわたしを見た。そしてダイエットソーダの残りを飲みほして、缶をつぶした（母親は娘がそうするのをひどく嫌っている！）。「何ですって？」

「警官たちがあたしの店に敬意を払ってくれないのよ」

「なに？」

「〝なに？〟って、何よ？」

「デビーはとまどっているのよ、シスター」わたしはデビーの手を取った。「デビー、何が知りたいの？」

「エドに何が起きたの？」

「まったくもう……」メアリー・アリスはぶつぶつ言いながらヤナギ細工の椅子から立ちあがったが、文句を言いたいのは椅子のほうだったかもしれない。「自分用にサンドイッチをつくってから、あの子たちの様子を見てくるわ。パトリシア・アン、デビーにはあんたから説明しておいて」スクリーンドアを開けながら、シスターがわたしに訊いた。「あんたはサンドイッチはいらないでしょう？」わたしは首を横にふった。

「やっぱりね」メアリー・アリスはカチャリと小さな音をたててドアを開けた。

「きっと娘たちを起こしちゃうわね」デビーが言った。

「ええ、きっと」わたしたちは顔を見あわせて微笑んだ。

「それじゃあ、パットおばさん。何が起きたのか、ゆっくり話して。ママがわたしにさせたいことも」

わたしは基本的にはシスターと同じことを話したが、ときおり息をついで、デビーに質問する隙を与えた。その答えを聞いて、デビーは不安になったらしい。わたしが話し終えたとき、デビーは何と爪の甘皮をかんでいたが、それは久しぶりに見た姿だった。

「ひどい話ね。処刑されたみたいに殺されていたの？」

わたしはうなずいた。「でも、いまわたしがいちばん心配しているのは、ヘンリーのことなの。あの子にはもろいところがあるし、警察に何をされるかわからないから」

「鎖につながれていたというのは何なの？」

「手錠をかけられているのが見えたって、ボニー・ブルーが言うのよ」

デビーはため息をついた。「警察に電話をして、事情を訊いてみるわ。おそらく保安官が言ったように、話を聞くために警察に連れていっただけで、もう家に帰っていそうだけど。でも、確かめてみる。パットおばさん、警察は正当な理由なしにヘンリーを拘束できないから」

「ヘンリーは詩を書いているのよ、デビー」

「それを理由に拘束することもできないわ」デビーはにっこり笑い、それから顔をしかめた。「今回、ママはどんなことに首を突っこむつもりかしら。恐ろしい」

そばにあったモニターがとつぜんパリパリという音をたてた。わたしたちは、ふたりとも飛びあがった。するとメアリー・アリスの声が大きく、はっきりと聞こえてきた。

「おばあちゃんのかわいこちゃんたちは、もう目が覚めたの？　かわいいおめめはパッチリ開いた？」

十分後、メアリー・アリスは両わきにひとりずつ孫を抱えて出てくると、厚かましくも、子どもたちはもう起きていたのだと言った。

「ママ！」双子は大きな声でデビーを呼んで、両手を伸ばした。ふたりはいま一歳三カ月で、そっくりだった。デビーとリチャルデーナはおそらく見分けがつくのだろうが、ほかの者には無理だった。ふたりはカールした黒髪で、黒いまつ毛は赤ちゃんでは見たことがないほど長い。どこの精子バンクであっても、自分たちが紹介した成果だと自慢するにちがいない。シスターはひとりをデビーに渡したが、ひとりは自分が抱きあげた。「おばあちゃんって言って。おばあちゃんって」

「デーナ」フェイとメイはそう言うと、そろって泣きだした。

「ジュースを持ってくるわ」デビーは泣いている娘をわたしに渡した。

「まだ眠いのよ」わたしはシスターを責めた。

「ポニーボーイ、ポニーボーイ」メアリー・アリスは抱いている孫を揺らしながら、歌をうたいはじめた。

わたしはふいに、頭が割れるように痛く、ひどく疲れていることに気がついた。フェイなのかメイなのかわからないけれど、抱いている子どもがひどく重く感じられた。わたしはくるくるの黒髪に顔を押しつけて、シャンプーと赤ん坊の汗の甘いにおいを吸いこんだ。わたしまで泣きたくなった。あまりにも多くのことが、一日のうちに起きたから。

デビーがジュースを持って戻ってきて、わたしの腕からフェイを抱きあげた（「こっちにいらっしゃい、フェイ」とデビーが言ったから、こっちがフェイだ）。「顔が真っ青よ、パットおばさん」

「何か、食べたほうがいいわ」メアリー・アリスは言った。

「頭が痛いの」

「キッチンの棚に頭痛薬があるわ。リチャルデーナがよく飲むの」

「リチャルデーナはこの子たちに白い粉を吸いこむところを見せているの？」

「悪いことをしているわけじゃないわ、ママ」

わたしは立ちあがった。「カフェインが必要」

「お茶をいれましょうか？」

「自分でいれるわ」わたしは少し棘《とげ》のある言葉の応酬をしているシスターとデビーを残して、家に入った。廊下は暗くひんやりとしており、もとの家の雰囲気に似せた家具が備えつけられている。しかしながら、キッチンはきのうつくられたと言っても通りそうだった。風とおしがよくて明るく、裏にはデビーがつくりつけたガラス張りのサンルームもある。わたしは頭痛薬を見つけて飲むと、紅茶をいれるために電子レンジでお湯を沸かした。そして、まだ午後二時であることに気づいて驚いた。一日はこんなに長くなるものなの？

わたしは紅茶をサンルームに持っていって、大きな革張りのソファに腰をおろした。革についたクレヨンの落とし方をデビーに教えないと。そろそろ、やる頃だから。ソファの背に寄りかかり、木々と、落ちはじめている葉を眺めた。何もかもが黄金色！　紅茶を口にして、目を閉じる。エドは笑い、『ロッキートップ』にあわせて手を叩いていた。わたしはあわてて目を開けた。これ以上、思い出したくない。でも、目を開けたままではいられなかった。紅茶をテーブルに置き、よいことを思い浮かべながら、たまらなく気持ちのいいうたた寝を……。

「いびきをかいていたわよ」シスターの声がした。「よだれも垂らしていた」メアリー・アリスは向かいのソファにすわって、《グラマー》誌を読んでいた。

「フレッドが気の毒」

「いびきなんてかかないわ」わたしは濡れているあごをぬぐった。

「隣のテープレコーダーのボタンを押してみなさいよ」

「まさか!」

「録音したわよ。ポーチに戻ってこないから、ここで居眠りか何かしているんだろうなと思って見にきたら、がまんできなくなって。さあ、早く。ボタンを押して」

紅茶を置いたときには、小さなテープレコーダーがあることに気づかなかった。確かに、テープレコーダーの赤いライトがついている。

「殺してやる」わたしは言った。「考えられるかぎり、最悪の方法で」わたしはテープレコーダーのスイッチを切った。「子どもみたいな真似をするんだから」

「ええ、そうよ。だって、おもしろいでしょう?」メアリー・アリスは雑誌を置いて、すわり心地のいいソファに寄りかかった。そして妊娠九カ月の女性のようなお腹に、両腕を乗せた。「デビーはヘンリーを連れて帰るために、警察に話をしにいったわ」

「警察はヘンリーを拘束なんかしないわよね?」

「ええ。いくつか質問するだけだと話していたじゃない」

「でも、手錠をされていたんでしょ?」

「ボニー・ブルーはテレビの見すぎなのよ。いびきをかいていたときの様子を見たところでは、フレッドがあんたと距離を置きたがるのも無理ないわ」

わたしは罠には引っかからなかった。「ねえ、デビーはヘンリーをここに連れて帰ってくるの？」

「それはどうかしら。あんたのせいで、午後の予定がすべて狂っちゃったのよ。依頼人との約束をすべて断ったんだから」

「子どもたちは？」

「リチャルデーナと公園にいったわ。あたしたちはもう帰るって、デビーに言ったの。デビーはヘンリーと話をする必要があるから。あとで電話をくれるって」

「わかった」わたしはソファから立ちあがった。「いま、何時？」

「そろそろ四時。ずいぶん長い昼寝だったわね」

「長く寝すぎたせいで、身体ががちがち」わたしは身体を伸ばした。「市場に寄って、ゆでたエビを買っていく？　ビルに電話をかけて、うちで夕食をとらないかって訊けば？　そうすれば、一度で話がすむから」

「いいわね。家に寄って、バッバの様子を見ないといけないけど」バッバというのは、この世でいちばん怠けものの猫だ。わたしはメアリー・アリスに、バッバは朝いた場所にそのまいるにちがいないと保証した。けれども、シスターはバッバには愛や寂しさといった、あらゆる感情が備わっているのだと言って譲らない。姉の手にはいつもバッバの〝愛咬〟を受けた印であるテープが貼ってある。

「いいわ」

デビーの家を出ると、メアリー・アリスはクラクションを鳴らして、おもちゃの馬で跳ねているふたりの孫とリチャルデーナに手をふった。わたしはまだ起ききっていないせいか、ぼんやりとしていた。だから、昼寝が嫌いなのだ。頭がぼんやりしてしまうから。わたしは目をこすった。

「いびきをかいていたのは本当よ」メアリー・アリスが言った。

わたしたちはコールスローサラダの材料とエビを買った。夕食はメアリー・アリスの好物である〝シュリンプ・デスティン〟にしたいと考えて。ガーリックバターでエビを炒めたものをトーストにのせるだけ。コレステロールたっぷりで、消化も悪い！　きっとフレッドもわたしも午前二時に起きて、胃腸薬を飲むにちがいないと言うと、メアリー・アリスはこう言った。セクシーなネグリジェを着ておきなさい、と。

「すぐにすむから」メアリー・アリスは自宅に着くと、そう言った。「なかに入って。外は暑いから」

メアリー・アリスの家からは街全体が見わたせる。わたしはその眺めが好きだった。インターステートもすべて見えるし、空港を離発着する飛行機も見える。夜はとくに美しい。壁一面が窓になっていて、わたしはそこに立つのが好きだった。

太陽が沈みはじめ、ラッシュアワーがはじまっている。

「かわいいバッバちゃんに、エビを二匹あげましょうね」シスターが言った。「お腹がすいているでしょうから。そうよ、すいているわよね」一日じゅう乗っていたカウンターから、お腹をすかせたデブ猫を抱きあげてキッチンに向かう途中で、シスターは留守番電話のスイッチを押した。「デビーが帰ってきたのかも」

まず窓の清掃業者からと、昼食に誘うジェインという名前の女性からの伝言が流れ、そのあとの二件は無言で切られた。そして大きくはっきりとした、聞き間違えることのないわたしの声が留守番電話から聞こえた。「殺してやる。考えられるかぎり、最悪の方法で」

「いやだ！」

シスターがキッチンの戸口で凍りついた。そして気絶しそうなほど、顔が真っ青になった。わたしにはシスターがどう思っているのか、よくわかった。なぜなら、わたしも同じ気持ちだったから。

5

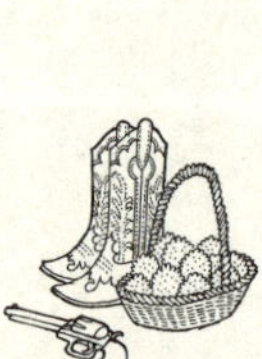

わたしたちはふたりとも度肝を抜かれて、いちばん近くにあった椅子にすわりこんだ。膝のあいだに頭を入れると、めまいは治まったが、身体の震えは止まらなかった。

「あんたがやったんでしょ？」シスターの声はまだおかしかった。

「何を？」

「いびきを録音した仕返しに、どうにかして留守電に入れたのよ」

わたしは顔をあげた。部屋はそのまま動かない。「何ですって？」

「そうよ。あんたがやったのよね？」

「どうやったら、できるわけ？ わたしたちはテープレコーダーのスイッチを切って、デビーの家を出たのよ。ソファから立ちあがって、すぐに出かけた。覚えているでしょう？」

メアリー・アリスは笑おうとした。「いいわよ、あんたの勝ち。すっかり驚かされた。あたしをびっくりさせたかったのよね？」

「何もしてないって」

シスターは留守番電話の再生ボタンを押した。またわたしの声が、考えられるかぎりの最悪の方法で殺してやると言っている。

「消して！」

「あんたが入れたんでしょう？」

シスターを脅す声よりも恐ろしい考えが頭に浮かび、わたしは飛びあがるようにして立ちあがった。「デビーの家に誰かがいたのよ、シスター！　警察に電話して。早く！　九一一よ！　警察を呼んで！　急いで！」

「ええっ。いやだ！」ようやくわたしの言うことを信じたシスターが受話器を握って、震える手で電話番号を押した。そのあいだ、わたしはずっと息を止めていた。

「リチャルデーナ？　デビーはいる？」シスターはうなずいた。「子どもたちはどこ？　あなたと一緒にキッチンにいるの？　よかった。よく聞いて。詳しいことはあとで説明するから、いますぐフェイとメイを連れて、隣のミセス・ハディンの家にいってちょうだい。ミセス・ハディンが留守だったら、ドラッグストアに連れていって。ひとがいる場所に。お願いよ、リチャルデーナ。それから、サンルームには入らないで。とにかく、早く家を出て。すぐにそっちにいくし、警察もくるかもしれない」メアリー・アリスは口を閉じた。「ううん、リチャルデーナ、ナイフも銃もいらない。とにかく子どもたちを連れて、そこを出て」シスターは電話を切った。「ナイフか銃を持っていたほうがいいかって訊かれたわ。孫の近くにナイフと銃を置いているなんて！」

「九一一に電話して」わたしは言った。

「デビーの自動車電話にかけてみるわ。あの家に戻ってほしくないから」

シスターがまた電話番号を押しはじめると、わたしは窓まで歩いていった。太陽はもう地平線にかかり、ヘッドライトをつけた車もいる。何もかもがまっとうに見え、わたしの脅し文句がシスターの家の留守番電話に残ることになった、まっとうな方法を考えはじめた。もしかしたら、ボタンをひとつ押すだけで電話をかけられる機能があり、そのボタンにシスターの番号が登録されていて、双子のどちらかがそのボタンを押したのかもしれない。でも、それだと理屈が通らない。テープレコーダーのスイッチを押して、巻き戻さなければならないのだから。よちよち歩きの子どもにそんな芸当はできない。身体がまた震えてきた。家路を急ぐ車の列に目をやった。フレッドもあのなかにいる。ふいにフレッドに抱きしめてほしくなった。そうすれば、安心できるから。

シスターはデビーと話していた。何が起きたのかを説明するのに苦戦しているのだろう。

「家に入らないで」シスターは言った。「あたしたちが着くまで待っているのよ。双子はお隣か、ドラッグストアにいるはずだから」

「あの子ったら、真剣に取ってくれないのよ」シスターは受話器を置いて、わたしに言った。

「留守番電話のテープを持っていって、警察に聞いてもらうわ」

キッチンで音がして、わたしたちはふたりとも飛びあがった。入口にはエビをくわえたバッバがいた。キッチンの床を見ると、エビの入った包みが破れている。バッバだって、一日じゅう無駄に力をたくわえていたわけではないらしい。わたしはバッバをつかまえて、裏口から外に出した。

「デビーは警察に電話するって？」わたしは食器棚からボウルを取り、床に両手足をついて、バッバに漁られた夕食の残りをひろった。

「電話すると言っていたわ」わたしがエビをボウルに入れているあいだ、メアリー・アリスは戸口に立って爪をかんでいた。

「よかった」わたしはボウルを流し台に持っていってエビを洗い——シュリンプ・デスティンにすることで、バッバのバイ菌が消えてくれればいいけれど——それを冷蔵庫に入れて、掃除用具入れからモップを取ってきた。

「急いで、マウス！　早くデビーの家にいかないと。床は戻ってきてからふけばいいから」

「なに？」わたしは言った。「何なの？」

メアリー・アリスはとまどった顔で、わたしを見た。「いくっていったでしょ」

「メアリー・アリス」わたしはモップを持って、姉に近づいていった。

「何よ」メアリー・アリスは少し後ずさった。

「ここは誰の家の床？」

「あたしのよ」

わたしはモップをメアリー・アリスに突きつけた。「自分の猫がキッチンの床にこぼしたエビの汁をふいて」

メアリー・アリスはモップが中世の拷問道具であるかのように手にした。

「洗剤を使ってね」

わたしはそう言って、キッチンを出た。フレッドと話したい。もう家に帰ってきているかもしれない。やさしいフレッド。やさしくて、気持ちが和むフレッドと。

「どこにいるんだ！」わたしがもしもしと言うと、フレッドが受話器の向こうから怒鳴りつけてきた。「心配していたんだぞ」

やさしくて、気持ちが和むフレッド。「シスターの家にいるの」

「まあ、そうだよな。でも、電話をかけたのに、誰も出なかったから。ニュースでメアリー・アリスが買った店で起きたことは見たから。とにかく、帰ってきてくれ、パトリシア・アン」

「シスターはニ、ュ、ー、ス、で〈スクート&ブーツ〉を買ったんじゃないのよ、フレッド」時には、言葉の訂正が細かすぎたと、すぐに気づくこともある。沈黙が長く続いた。「ねえ」わたしは言った。「きょうはいろんなことが起きたの。あなたには信じられないだろうけれど」

「信じるさ。メアリー・アリスが関わっているなら」フレッドの声は冷ややかだった。「とにかく帰ってくるんだ、パトリシア・アン」

「帰る手段がないのよ」

「十分で迎えにいく」次に聞こえてきたのは、ツー・ツー・ツーという音だった。受話器を置くとすぐに電話が鳴って、わたしは驚いた。「じゃあ、あとで」電話に出ると、フレッドが言った。思わず頬がゆるみ、結婚の神に感謝していると、メアリー・アリスが洗剤と〈ヴィクトリア・シークレット〉のピーチとヒヤシンスの香りのローションを持って近づいてきた。

「デビーと話していたの？」

「フレッドとよ」

「さあ、いきましょう」メアリー・アリスはハンドバッグを探した。「警察がもうきているかもしれないから」

「わたしはフレッドをここで待つわ。迎えにくるの。デビーの家にいっても、わたしは必要ないでしょ」

「わかった。あとで電話して、警察が何と言ったか教えるわ、マウス」メアリー・アリスはバッグのひもを肩にかけた。「ええっと、テープは持ったし。ほかに必要なものはないわよね？」あたりを見まわした。「何もなし。出ていくとき、警報器をセットしていって。いい？」

シスターにまかせるのよ。一緒にいかないことに、あらゆる反論が返ってくると思っていたのに、姉はこれっぽっちも文句を言わなかった。

それどころか、わたしを抱きしめさえした。

「ありがとう、マウス。きょうは、いろいろ面倒をかけたわね」

シスターが出ていくと、わたしは六十年のあいだに何度も経験させられたように、また口をぽかんと開けたまま取り残された。そして数分後、不機嫌な顔をしたフレッドがやってきて、やはり不機嫌な顔をしていたバッバを玄関に入れた。

「どこかの馬鹿者が」フレッドが言った。「猫を外に出していた」

結婚して初めて覚えた教訓のひとつが〝嘘をついてはいけないけれど、すべてを話さなくてもいい〟だ。そうすれば夫婦のあいだで、ある程度の威厳が保てる。それに、それはやさしさでもある。たとえば、フレッドはわたしがノースカロライナで平和に一週間を過ごしていると思っていたから、心安らかでいられた。でも、ナンタハラ川で急流下りなんかをすると知っていたら、ひどく心配しただろう。話さなかったから、心配させずにすんだのだ。でも、もしフレッドに急流下りをするのかと訊かれたら、もちろんすると答える。ぜったいに嘘はよくないと思うから。

けれでも、フレッドがバッバを抱いて入ってきたとき、わたしは〝すべてを話さない〟ルールを忘れ、井戸で死んでいたエドの話から、二分ほどまえに聞いた留守番電話に残されていた脅し文句まで、すべてを話してしまった。

フレッドはじっと耳を傾け、わたしが息つぎをするたびにうなずいた。わたしはすべてを話し終えると、期待をこめて夫をじっと見た。

「このにおいは何だ？」フレッドが訊いた。

「エビと、洗剤と、ピーチとヒヤシンスのローション」

「なるほど」

「夕飯にするつもりだったのよ。エビ」

「モリソンの店で何か買って帰ろう」

わたしはハンドバッグを持って、警報器をセットした。外に出ると、西の地平線に陽の光がうっすらと残っている。きょう一日がまるで一週間のように長い。

「さて」車に乗りこむと、フレッドが言った。「最初から話してくれるか？」

わたしはエド・メドウズの死体が願いの井戸でどんなふうに発見され、わたしたちの目のまえでどんなふうに救急車に乗せられたかというところからもう一度話しはじめた。

フレッドはテレビで、遺体が救急車に運びこまれる様子を見たと話した。

わたしは身震いした。「わたしが見たところと同じね」

フレッドはわたしの手を軽く叩いた。「ひどい話だ」

「ええ」

どちらもしばらく口をきかずにいると、しばらくしてフレッドが「保安官は何と言っているんだ？」と訊いてきた。

もう残らず話したと思ったけれど、わざわざそう指摘して波風を立てることもないだろう。

「ギャングの仕業だと考えているみたい。ドラッグに関わることかも。わからないけど。やり口がひどいから」

「やり口がひどい？」

「殴って、喉を切り裂いて、水に沈めて、縛りあげたのよ。三回殺したようなものね」

「ひどいな」

「それで、ヘンリー・ラモントを逮捕したのよ。ヘンリー、わたしが教え子のヘンリー・ラモントの話をしたのを覚えている？」

フレッドはわき道に車をゆっくり入れた。「フォークナーと、ウェルティと、オコーナーをたしたような作家になると話していた子だろう？ 覚えているよ。その子がどうして今回の事件に関わっているんだ？」

「間違いなのよ。ヘンリーは〈スクート&ブーツ〉でコックをしているんだけど、ドラッグで問題を起こしたことがあるのを保安官が知って、鎖でつないで連れていったの」

「鎖を見たのか？」

「ううん。わたしは見なかったけど、ボニー・ブルーが見たって」

「ボニー・ブルーというのは？」

「〈スクート&ブーツ〉で働いている、とてもいいひとよ。メアリー・アリスに似ているの。ただし、ボニー・ブルーはアフリカ系アメリカ人だけど」

「黒いのか？」

「フレッド、その言い方は差別的だわ」

信号で停車しているあいだ、沈黙が続いた。フレッドはハンドルを指で叩いている。

「なあに？」わたしは言った。

「〝なあに〟とは、どういう意味だ？」

「何を考えているの？」

「アフリカ系アメリカ人のメアリー・アリス。メアリー・アリスがふたりか」

「会えば、わかるわよ。バッグまで似ているの」

フレッドはレストランの駐車場に車を入れた。「パトリシア・アン、この件にはもう関わらないでくれ。ぜったいに。いいね？」

「わかった」わたしは同意した。「でも、わたしがどうしてシスターを脅したのか、警察は理由を訊きたがるでしょうね」

「メアリー・アリスを脅したのか？」

「テープレコーダーで、いびきを録音されたときに。本当かどうかはともかく、メアリー・

アリスはわたしがいびきをかいていたと言っていたわ」

「話がよくわからないんだが、何か聞き逃したのかな?」

もう話したことだったけれど、わたしはもう一度留守番電話に残っていたメッセージについて説明した。そして話しながら、わたしに一緒にくるように言いはることなく、デビーの家に急いだときのシスターの様子を思い出した。姉はもうデビーの家に着いて、警察官に説明し、危険のまっただなかにいるというのに、わたしは〈モリソンズ〉の持ち帰り用の駐車場にいる。もう少し、文句を言ってくれてもよかったのに。

「たぶん、簡単に説明がつくんじゃないか」フレッドがわたしの脚を軽く叩いた。「夕食は何にする?」

この言葉を聞きたかったんでしょう? それなのに、どうして気持ちが楽にならないの? フレッドがえらそうに言うから? ちがう。フレッドがあの場にいて、わたしがきょう味わったような感情の揺れを感じたわけじゃないからだ。

「野菜」わたしは答えた。「どんな野菜でもいいから。わたしは車で待ってる」

フレッドが車から降りるとすぐに、わたしは座席の下に手を伸ばして携帯電話を取り、シガレット・ライターにつなげた。シスターはとっくにデビーの家に着いているはずだ。

二度の呼び出し音で誰かが出て、激しい息づかいが聞こえてきた。次に聞こえたのは、低いうなり声と喘ぎ声。「ああ、ああ!」

わたしは心臓が止まりそうになった。「デビー！　あなたなの？　デビー？」

「ああ、パットおばさん。フェイがこんにちはって言ったのよ。また受話器を取ろうとしているわ。おばさんに〝こんにちは〟って言って」

「あー？」デビーが娘に挨拶を教えている声が聞こえてくる。「パットおばさんよ。こんにちはって」

「あー？」

「こんにちは、フェイ」心臓が正常な速さに戻った。

「あー、あー、あー」

愛らしい子どもが受話器を握っている様子が目に浮かんだ。ときおり、孫たちが近くで暮らしていないことが、とても寂しく思えることがある。アランのふたりの子どもは十代でアトランタで暮らし、フレディは子どもは欲しくないと話している。それに、フレディが住んでいるのもアトランタだ。唯一の望みは、ヘイリーがとても子どもを欲しがっていること。ときどき、ヘイリーがデビーのように、バーミングハムにあるアラバマ大学の精子バンクにいってくれればいいのにと思ってしまう。でも、ヘイリーは夫であり、子どもの父親である男性も欲している。一度そういう愛情を知ったからこそ、そういう愛情を手に入れることができると知っているのだ。

「パットおばさん？」デビーの声が聞こえてきた。

「そっちはどうなっているの？」

「留守番電話のメッセージのこと？ 別に。ママが大げさなのは知っているでしょう。リチャルデーナがサンルームに入ったときにテープレコーダーがついているのに気づいて、スイッチを切ったと言っているわ。そのとき双子も一緒だったから、何が起こったっておかしくないもの」

「でも、スイッチはわたしが切ったはずだけど」メッセージを聞いたときに、最初に取り乱したのは自分だとは言わなかった。

「警察に電話した？」

「まさか、しないわ」

「本当に、たまたまだと思う？」

「もちろん」

デビーの声がやけに自信ありげで呑気だったので、不安は治まってきた。もしかしたら、過剰な反応だったのかもしれない。もしかしたら、双子のひとりがたまたま正しい順番で、テープレコーダーに触れてしまったのかも。

「ヘンリーとは会った？」

「わたしが警察に着いたときには、もう帰されていたわ。手錠をかけられたっていう話は何だったの、パットおばさん？ リユーズ保安官は――ついでに言うと、彼はとてもいいひとだけど——ヘンリーには〈スクート&ブーツ〉で働いているひとたちや常連客について率直な意見を聞きたいから、警察にきてくれと頼んだだけだそうよ」

「手錠をかけられていたというのは、ボニー・ブルーが言ったことよ」わたしも得意気に伝えたけれど。

「手錠なんてかけられてなかったわ。今回の件にパットおばさんと母が巻きこまれてしまったのは、お気の毒だけど。ママはいまキッチンのテーブルにすわって、八オンスのグラスに入ったウォッカに見える〝身体にいい〟トディを飲んでいるわ」

「警報器はセットしたからと、お母さんに伝えておいて。あなたが家まで送ってくれるんでしょう」

「ママなら平気よ、パットおばさん。留守番電話のことも気にしないで。ひとが殺されたから、過敏になっているのよ。きっと簡単に説明がつくはずだから」

フレッドとまったく同じ言葉だ。でも、なぜかデビーが言うと、えらそうに聞こえない。

わたしがまた連絡すると言って電話を切ると、フレッドが車に乗りこんできてビニール袋を差し出した。

「マカロニとチーズ、それからライ豆とマッシュポテトだ」フレッドはうれしそうに言った。

「オレンジに、緑黄色野菜、白色野菜も買ってきた。栄養士お勧めのものだ」

フレッドはふざけているのだろうかと思ったが、追及しないことにした。「デザートは?」

「エッグ・カスタードパイだ」

わたしはビニール袋に手を入れて、発泡スチロールの小さな容器を見つけると、パイをひと切れ取り出した。かじりつくと、ナツメグとシナモンの味がする。これまで食べたなかで最高においしくて、甘くて、気持ちがやわらいだ。それで車が駐車場を出るまでに食べきってしまった。

「わたしの分も食べるかい？」フレッドが訊いた。

フレッドはからかってそう言ったのだろうが、わたしはビニール袋に手を入れて、もうひとつ小さな容器を見つけた。そして家に着いたときには、そのパイも消えていた。

6

その夜はあまり眠れなかった。胃にするりと収まったかに思えたパイは、鉛のようにもたれている。悪夢にも悩まされた。わたしはとうとう起きあがって、居間に入ってテレビをつけた。けれども、何の慰めにもならなかった。わたしが見た地元局は午前二時に前日の午後十時のニュースを再放送していた。エドの遺体が救急車に運ばれていく様子を見て、あのときと同じように胃が締めつけられた。だからテレビを消して、本を読もうとした。それでやっとソファでうつらうつらしてきたところで、コーヒーを運んできたフレッドに起こされた。

「寝かせておこうと思って、自分で用意したんだ」フレッドが言った。「でも、きみがだいじょうぶかどうか確かめたくて」

わたしはありがたくコーヒーを受け取ってだいじょうぶだと答えたけれど、正直に言うと、あまりだいじょうぶではなかった。横になるには短すぎるソファで寝たせいで身体がこわばっていたし、ずきずきと頭が痛んだ。

「平気よ」わたしは強く言って、フレッドが出かけていくまで、老婆のようにうめいたり唸ったりしないよう気をつけた。

それでもアスピリンを二錠飲んで一時間もたつと、だいぶ気分がよくなった。わたしは先週末に買いこんだ大量のリンゴを片づけることにした。家族は、わたしがつくるアップルソースは世界一だと言う。二十年ほどまえに《サザン・リビング》誌で見つけたレシピを使っているだけだから、隠し味なんて何もないのだけれど。だいたい、大量のリンゴの皮をむいて、鍋をかきまわしつづけることを厭《いと》わない人間だって、わたしだけではないだろう。でも、別にかまわない。アップルソースをつくっているときのにおいも、アップルソースを詰めた容器を冷凍庫に入れるときの達成感も大好きだから。わたしにとって、それは秋の行事のひとつなのだ。

コンロのまえに立ってひとつ目の鍋をかきまぜていると、電話が鳴った。

「ホロウェル先生ですか？　ヘンリーです」ためらっているような声が聞こえた。「ご自宅に電話してしまいましたが、かまいませんか？」

「家じゃなければ、どこに電話するというの、ヘンリー？」

「そうですね。もう学校で教えていないことを、すぐに忘れてしまって」

「わたしはすっかり慣れたわ」アップルソースをかきまぜた。感謝祭とクリスマスのにおいがする。「もう平気？」

「ええ、だいじょうぶです」ヘンリーは咳ばらいをした。「ホロウェル先生？」

「なあに、ヘンリー？」

「どこかでお昼をご一緒できませんか？　ちゃんと説明すべきだと思うので」

「別に説明しなくちゃいけないことなんてないのよ、ヘンリー」

「でも、そうすべきだと思うんです」

わたしは微笑んだ。「うちの娘が〝母親は、うしろめたさを売る商店なり〟って描いてあるTシャツを持っているの。借りるといいわ」

「うしろめたさなら、もう売るほどありますから」ヘンリーの声はひどく落ちこんでいて、わたしは胸が痛くなった。あれほど有望だった少年に、何があったのだろう。

「いま、どこにいるの？」

「家です」

「それなら、おしゃべりできたらうれしいし、リンゴの皮むきも手伝ってほしいの。うちにこない？」リンゴの山を見て言った。「きょうは一日じゅうキッチンにいることになりそうだから」

「本当にいいんですか？」

「リンゴの皮をむいてくれるなら」

「得意です」

「よかった。それじゃあ、またあとで」わたしは電話を切って、アップルソースをかきまぜた。いつも朝食をとる部屋の一角につくった出窓から、朝日が射しこんでくる。ここに出窓をつくろうと長年話しあって、やっとリフォーム会社に電話したのだ。フレッドが仕事から帰ったときには、壁一面が壊されたあとだった。「あきれて離婚するなら、あなたのお金は残らず持っていっていいけど」わたしは言った。「でも、わたしのお金はもう残ってないわ」いつだって感心してしまうけれど、フレッドはあのときも笑ってくれた。

わたしはアップルソースを冷ますために、ひとつ目の鍋をコンロのうしろに置き、もう一杯コーヒーをいれて、腰をおろした。リスがヒマワリの種を食べようとして、鳥のエサ箱で逆立ちしている。垣根にはバラのピースが伝い、花を咲かせている。きのうの殺人事件がまるで別世界で起きた作りごとのようだ。いま頃メアリー・アリスはどうしているだろうかと思い、腕時計に目をやった。たぶん、まだ寝ているだろう。わたしはテーブルの上で腕を交差させて頭を乗せた。背中にあたる日差しが暖かく、次に思い浮かんだのは、夢のなかで呼び鈴が鳴っているということだった。顔をあげると、頭の重みで腕がしびれ、テーブルにはよだれで小さな池ができていた。

呼び鈴がまた鳴った。「いま、いくわ!」わたしは気持ちを落ち着けようとして叫んだ。そしてペーパータオルを一枚つかんで濡らし、よだれをふきとった。それから髪をなでつけた。やだやだ。きっと、だらしない女に見えるにちがいない。

ヘンリーはくるくると巻いた新聞を持っており、それもまた今朝のわたしがいつもとちがうことを示していた。いつもであれば、フレッドが出かけると、真っ先に愛犬のウーファーを散歩に連れていくのだ。そして帰ってきたら、新聞を手にしてテーブルにすわり、じっくり読む。これこそ、引退したあとの最高の贅沢かもしれない。それなのに、きょうはウーファーに犬用ビスケットを二枚やっただけだった。ありがたいことに、ウーファーは文句ひとつ言わないけれど。

「おはようございます。新聞が届いていました」ヘンリーも昨夜はあまり眠れなかったようだ。アフターシェイブローションの香りがするし、服にもきちんとアイロンがかけられていたけれど、目はわたしと同じくらいに充血しているし、これまで教室で何千人と見てきた疲れた子どもたちと同様に、集中力に欠けた雰囲気が感じられる。

「入って」

ヘンリーは玄関に入って、にっこり笑った。「記憶にある先生より、ずっと小さい」

「そうでしょう。いつも言われるの。子どもには、大人がみんな大きく見えるんでしょうね」

「でも、ぼくは高校生だったんですよ」

「わたしの威厳あふれる存在感のせいかしら」

「先生は確かに威厳があったから」

「本当に？　そんなつもりはなかったのに」

「ああ、いい意味で、ですよ。先生はぼくたちにすごく期待してくれたから、がっかりさせたくなかった」

わたしたちは互いに微笑み、ほんの一瞬だけ教師と輝かしい未来だけが待っている生徒に戻った。

「キッチンにいきましょう。コーヒーをいれるから。リンゴのことは冗談じゃないのよ。アップルソースをつくっているの」

わたしが廊下を歩くと、ヘンリーがついてきた。「いいにおいだ。どの家からもこんなにおいがすればいいのに」

「そうね。わたしがアップルソースづくりが大好きなのも、それが理由のひとつかも。それに、冬に備えて木の実をためておくようなものだから。冷凍庫を開けると、容器がずらりと見えるのが好きなのよ。両親は大恐慌の最中《さなか》にわたしが生まれて、メアリー・アリスもまだ小さかったから、とても苦労したの。わたしたち姉妹には両親のふるまいが身にしみているのね。少なくとも、わたしはそう」わたしが指さすと、ありがたいことにテーブルはもう乾いていた。「すわっていて。コーヒーを持ってくるから。クリームとお砂糖は?」

「両方で」

「まだ温かいアップルソースとトーストはいかが?」

「いただきます」

わたしはせっせとトーストを用意した。ヘンリーがうちのふたりの息子、フレディとアランと同じくらいの食欲だとしたら、トースト数枚にボウル一杯分のアップルソースがいるだろう。もしかしたら、二杯分かも。わたしはヘンリーをこっそり見た。わたしの母の言葉を借りれば、ヘンリーは間違いなくガリガリだ。もっといいものを食べないと。

「最高だ」わたしが皿を置くと、ヘンリーは景色と皿に顔を向けて、両方のことを言っているのだと伝えた。

「平和そのものね」わたしはコーヒーを注いで、腰をおろした。そしてヘンリーがアップルソースを塗ったトーストにかじりつき、うれしそうな顔をするのを見つめた。「あとでレシピを教えてあげる」

ヘンリーはうなずいて、口を動かした。わたしが遠まわしに彼がコックであることに言及しても、反応はない。トーストを食べ、まだ鳥のえさを狙っているリスを見ているだけで満足しているようだった。わたしもそのほうがよかった。アップルソースはいつもと同じくおいしかった。

「もっと食べる？」そう訊くと、ヘンリーはトーストの最後のひと切れで、アップルソースの残りをすくった。

ヘンリーは微笑んだ。「いいえ、もうけっこうです。とてもおいしかったけど」

「コーヒーのおかわりは？」

ヘンリーは首をふった。「ホロウェル先生、ぼくの妻はドラッグの過剰摂取で死んだんです。少なくとも、ドラッグに対する反応で死んだことは間違いありません。コカインです。まったく知らなかったけれど、妻はもともと心臓が悪くて、それで死んだのだと、医師には言われました。心房細動でした。もしかしたら、もっと早く緊急救命室に運べばよかったのかもしれない。でも、そんなこと知らなかったから!」ヘンリーは答えを探しているかのように、コーヒーカップをのぞきこんだ。

「ああ、ヘンリー。かわいそうに」わたしはとつぜんの告白に驚いてもいた。

「妻はバーバラという名前で、二十三歳でした。彼女も学生で、結婚して数カ月しかたっていなかった。コカインを買って、家に持ち帰ったのはぼくで、バーバラに勧めることさえしたんです」ヘンリーはコーヒーカップをくるくるまわした。

「常用していたの?」

「依存症ではありませんでした。先生がおっしゃっているのが、そういう意味なら。運がよかったのかもしれない。遊びのつもりでした。愚かな遊びだった。でも、そのうちに状況が変わって。だんだん、量がふえていきました」ヘンリーは首をふった。「本当に馬鹿だった」

コーヒーカップはいまにも手から落ちそうだった。「コーヒーのおかわりを持ってくるわ」わたしはコーヒーカップを手にした。ヘンリーはカップがなくなったことに気づいていないかのように、両手をこすりあわせた。

「ぼくは故殺罪で逮捕されました」

「どうして？　奥さんを病院に連れていかなかったから？」

「ぼくは妻の具合が悪いことにさえ気づかなかったんです。小説を書こうとして、凧《たこ》みたいにハイになって、寝室にいたから。想像できますか？」

「ええ」わたしはフォークナーとフィッツジェラルドを思い出した。

「警察は、ぼくが命の危険があるドラッグを妻に与えたのだと言いました」

「でも、あなたが無理に使わせたわけではないでしょう」

「物理的な意味では。結局、故殺罪では起訴されませんでした。でも、ドラッグの売買で起訴されて。隣の家の男に二度ドラッグを譲ったことがあったんです。警察はそれを見つけ出してきた」

「ああ、ヘンリー。かわいそうに。それで、どうなったの？」

「一年の実刑です」

「刑務所に入ったの？」わたしは息を呑んだ。

「初犯だったので、訓練所みたいな更生施設に入れられました。奉仕活動をして、カウンセリングを受けるんです。ぼくが最後に働いたのは、ホームレスの収容所だった。そこで、料理を覚えました」

　わたしはヘンリーのまえにコーヒーカップを置いた。

「前科はついてしまったけど、刑罰は軽くてすみました。戻ろうと思えば、復学できた。でも、勇気がなかったんです。角をまがるたびに、バーバラが歩いてくる気がしたし、彼女と同じ色の髪の女の子を見ると、一瞬だけ自分がしたことを忘れてしまうんです。バーバラはもういないんだってことも」

ヘンリーはコーヒーカップを持って、わたしの目をまっすぐに見た。「それでアラバマに戻ってきたんです。ぼくがまだ子どもの頃に父が亡くなって、母は再婚してフロリダに引っ越しました。その母ももう亡くなりました。でも、ぼくの故郷はアラバマだから、人生をやり直すならここしかないと思って」コーヒーを飲んだ。「でも、きのうみたいなことがあると、何にもならないですけど」

「そうね」わたしはヘンリーから聞いたことを、まだすべて呑みこめずにいた。

「でも、エドが殺されたことについては何も知らないんです、ホロウェル先生」

「わかっているわ、ヘンリー」

それから数分、わたしたちは何も話さなかった。

「生活が落ち着いたら、先生に連絡してお礼を言おうと考えていました」

「お礼？　何の？」

「ぼくはアイオワ大学で唯一〝横たえる〟と〝横たわる〟を使い分けられる学生でしたから」その皮肉のきいた笑みはひどく悲しげだった。

「ああ、ヘンリー」わたしは微笑んだけれど、涙がこみあげてきた。「リンゴの皮をむきましょう」

皮が落ちてもいいようにテーブルに新聞紙を広げると、ヘンリーがどちらからも手が届く場所にかごを置いた。

「どういう経緯《いきさつ》で〈スクート&ブーツ〉で働くことになったの？」わたしは果物ナイフと、ロームという品種の大きなリンゴをテーブルに置いた。

「短大を通してです。短大には高級料理の調理とレストラン経営の講座があって、小説で食べていけないのはわかっていたから。エドに雇ってもらったときは、まだ講座を修了していなかったけど、エドが必要としていたのはシェフではなくて、コックだったから問題ありませんでした。でも、まだ講座に通っています。今期で卒業です。どうしてなのか、わかりますか？」ヘンリーの顔に初めて生気が出てきた。「すごく気に入っているから。調理が好きだし、いつでもシェフになれる自信がある。じつを言うと、誘ってくれているカントリークラブもあるんです」

「すごいじゃない」

「でも、書くこともあきらめませんよ」

「よかった。文学的な料理本なんてどう？」

「いいですね」ヘンリーはふたつ目のリンゴを上手にむいて持ちあげると、クリスタルのボールであるかのようにじっと見つめた。「エドがあんなふうに殺されたなんて、いまでも信じられなくて。今夜〈スクート&ブーツ〉でやるはずだったピザナイトのことばかり頭に浮かんできて、ピザの生地が余分にあるかどうかを確認するために、早く店に出ないといけないなんて、つい考えてしまうんです。ピザの生地はまえもってつくっておいて冷凍庫に入れておくんですけど、平日にピザがたくさん出てしまうと、もっとつくらないといけないから。でも、しばらくピザナイトはできませんよね。ほかのイベントも。エドを本気で憎んでいる人間がいたんでしょうか？」

「保安官は何か手がかりをつかんでいるみたいだった？」

「つかんでいるとしても、ぼくには話してくれないでしょう。保安官はぼくの経歴を調べたうえで、常連客の素性を尋ねて、エドが誰かと争っているところを見ていないかと訊いてきました」

「ボニー・ブルーはあなたが手錠をかけられたと思ったみたい。『鎖でつながれていた！』って言ったのよ。だから、わたしも信じてしまって。警察にいって、あなたを連れ戻すつもりだったの」

「ええ、聞きました。ゆうべ、ボニー・ブルーから電話をもらって」ヘンリーはにっこり笑った。「彼女、いいひとでしょう？」

「一〇〇パーセント、あなたの味方ね」わたしは皮をむいたリンゴを鍋に入れた。「保安官からいやなことをされなかった？」

「いいえ。たいしたことじゃないけど、知っていることは残らず話しましたから。店には常連客が大勢いるんです。たとえば、ミセス・クレインとボーイフレンドとか。エドには女友だちもたくさんいたけど、ぼくはほとんど名前を知りません。でも、エドのそばにいて悪意を持っていたひとなんて見たことがないし、ここ一週間かそこらで新顔を見かけた覚えもない。保安官に話したとおり、エドはとてもいいひとに見えました。飲んでいるときは近づかないほうがいいこともあったけど、そんなに頻繁じゃなかったし。エドは従業員にうるさくなかったし、騒ぎすぎたり、喧嘩したりするひとがいても、うまく収めていた。だから正直に言って、エドが〈スクート&ブーツ〉を売ったと聞いて、びっくりしたんです。店はうまくいっていると思っていたから」

「エドはアトランタにいく予定だったのよね。ご両親の具合が悪いから、そばで暮らすことにしたんでしょう」

ヘンリーは首をふった。「いや、それはないと思います。まえに、父が肺がんで死んだせいで、ぼくは煙草を吸いたくなくなったと話したことがあったんですけど、そのときにエドが、自分が海軍にいるときに両親が一週間のうちにふたりとも死んだので、奥さんがチャールストンに残って、葬儀のすべてを取り仕切ったと言っていたから」

「チャールストン？」

「ええ、間違いありません。海岸に不動産があって、ハリケーン・ヒューゴがくるまえに売れてよかったと、エドが話していたので覚えているんです」

わたしたちは顔を見あわせた。「保安官にその話をした？」

ヘンリーは首をふった。「訊かれませんでしたし、ぼくも思いつかなかったから。話したほうがいいですか？」

「そうね。エドは町を離れる理由について嘘をついていたわけよね。重要なことかもしれない」

「たんに、恋人から逃げたかっただけかも。その彼女に追われたくなかったとか」

「あるいは、恋人の彼から逃げていたのか」

「そうかもしれない」ヘンリーは片手で持った、皮をむいたリンゴを見つめた。「でも、エドが嫉妬が原因で殺されたとは思えないんですよ」

「あまりにも残酷で、計画的だから？」わたしは肩をすくめた。「それはどうかしら、ヘンリー？　シエイクスピアを読んでいるでしょう」鍋にリンゴを放ると、金物の音がした。

「そうですね」

電話が鳴り、わたしたちはふたりとも驚いた。「きっと、姉からよ。わたしの血圧があがっているんじゃないかって心配しているんじゃないかしら」

「いま、何をしているの？」わたしが挨拶をすると、メアリー・アリスが尋ねた。

「アップルソースをつくっているわ」

「どうして？　いまならシナモンがいっぱい入った市販の〈モッツ〉か〈ラッキーリーフ〉のアップルソースが買えるのに。どっちも手づくりしたのと同じくらいおいしいじゃない」

わたしは反論しなかった。ただ、これまで数百万回も思ったこと——姉とわたしのどちらかが養女にちがいないという考えが頭をよぎっただけだ。きっと、養女はメアリー・アリスのほうだろうけれど。何といっても、わたしは母の短い上唇とブロンドの髪を受け継いでいるのだから。

「マウス？」

「なに？」

「ゆうべはあんたの電話のせいで、死ぬほど怖い思いをしたわ」

もらわれてきたのは、ぜったいにメアリー・アリスのほうにちがいない。

「ちゃんと筋の通る理由があったのよ」シスターが言った。

「何だったの？」

「たぶん、双子のどちらかのせいよ。いまどきの子どもはわたしたちよりずっと機械に強いんだから」双子はまだ一歳三カ月だということは指摘しなかった。あの子たちがいかに天才であるかを語りはじめるだろうから。「どちらにしても」シスターは続けた。「あんたがわざとあたしを怖がらせようとしたわけじゃないのはわかっているから、許してあげる」

「あら、それはどうも」

「それに、きょうは午後から一緒に〈スクート&ブーツ〉にいってもらわないと困るから」

「何のために?」

「リフォーム業者と会うのよ。いくつか、細かいところを直してもらうから」

「願いの井戸を取りはずすのね」

「それと、ほかのところも少し変えるわ」

「リユーズ保安官の許可は取った?」

「まだだけど、実際にどこかを変えるまでには連絡するわ」

「それじゃあ、本気で店を再開するつもりなのね」

「もちろん。エドに起きたことは、あたしとは何の関係もないもの。マフィアとも、ドラッグの売買とも、エドが関わってきたことがどんなことであれ、一切関わるつもりがないから。あたしはみんなが踊ったり、楽しんだりする、居心地のいいおもしろいお店をつくりたいだけ」

「それじゃあ、仕事はそのまま続けられるってヘンリーに話してもいい?」

「ええ。ヘンリーに会ったら、そう伝えて」

わたしがテーブルに目をやると、ヘンリーはリンゴの皮をむきながら、物思いに耽《ふけ》っているようだった。「ヘンリーはいま、ここにいるの。リンゴの皮をむいているわ」

「それじゃあ、刑務所に入れられなくてよかったわねって伝えておいて。二時頃、迎えにいくわ。それから、マウス。アップルソースを持ってきて」

「〈モッツ〉があるんでしょ」わたしは叫んだけれど、聞こえてくるのはツー・ツー・ツーという音だけだった。挨拶をしてから電話を切るという習慣はどこに消えてしまったの？

わたしは叩きつけるようにして受話器を置いた。「メアリー・アリスからだったわ」言う必要はなかったが、それでもヘンリーにそう伝えてから腰をおろした。ヘンリーは笑っている。

「〈スクート&ブーツ〉を再開するそうよ」

「よかった」

「本当にそう思う？」一瞬、エドのタトゥーが踊っている姿と、彼の遺体が救急車に運びこまれる様子が、目に浮かんだ。「安全だと思う？」

「たぶん」

それはわたしが聞きたかった答えではなく、ヘンリーもそれは知っていた。わたしたちは同時にリンゴに手を伸ばした。

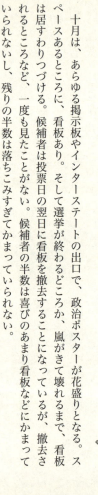

7

　十月は、あらゆる掲示板やインターステートの出口で、政治ポスターが花盛りとなる。スペースあるところに、看板あり。そして選挙が終わるどころか、嵐がきて壊れるまで、看板は居すわりつづける。候補者は投票日の翌日に看板を撤去することになっているが、撤去されるところなど、一度も見たことがない。候補者の半数は喜びのあまり看板などにかまっていられないし、残りの半数は落ちこみすぎてかまっていられない。
〈スクート&ブーツ〉にいく途中で、メアリー・アリスは誰に投票するつもりかと訊いてきたが、すぐにこう言った。
「答えなくていいわ。知っているから」
　メアリー・アリスは、いつもわたしが生粋の民主党候補者に投票することを言っているのだ。シスターは生粋の共和党候補者に投票する。これまで、ずっとそうだったと言っている。けれでも、わたしはシスターがケネディに投票したことを知っているし、シスターもわたしがマクガヴァンに投票しなかったことを知っている。ラジオで聴くと、マクガヴァンの声はピアニストのリヴェラーチェにそっくりなのだ。別にリヴェラーチェが嫌いなわけではないけれど、彼が大統領になるなんて、真剣に考えられなかった。ミスター・マクガヴァンはとてもいいひとだったし、悪かったとは思うけれど仕方ない。現代だったら、エイブラハム・リンカーンは当選しなかっただろうということは、誰もが知っている。少なくとも、あのほくろは取らざるを得なかっただろう。少なくともわたしは、あれは黒色腫だったのではないかと、ずっと気になっていた。

「日焼け止めは、何倍のやつを使っている？」わたしはシスターに尋ねた。

「三十倍よ」シスターがわたしを見た。「またエイブラハム・リンカーンのことを心配しているの？」

「あのほくろは黒すぎよ」シスターがあまりにもわたしの考えを読むので、ときおり怖くなる。

「自分にどうにかできることを心配したほうがいいわ」

もう、ママみたいなことを言って。

「わかっているわよ。ママみたいなことを言っていると思ってるんでしょ？」

わたしはうなずいた。シスターは右折のウインカーを出して、政治家のポスターが並んだランプを出た。

「政治家と言えば」シスターが言った。「あそこに住んでいるひと、知ってる？　リチャード・ハナ・ジュニア」初めて〈スクート&ブーツ〉を訪れた帰りに目にとまった牧草地の向こうの、沈む太陽を背にして浮かびあがっている家を身ぶりで示した。「来週、あの家で開かれる共和党婦人委員会のパーティーに招待されたの。あんたもいきたい?」

リチャード・ハナは共和党の上院議員選の候補者だ。そして、おそらく当選者にもなるだろう。正直に言えば、わたしが推す候補者は年寄りで、見た目も悪い。のんびりとした話し方で、頭が悪く見えるときもある。知名度もある。ただし、わたしたちの父の言葉を借りれば、キツネのように狡猾なのだけれど。いっぽうリチャード・ハナは若くてハンサムで、彼はそのうえメンフィスの広告代理店の見事な手腕によって、美しい妻とふたりの幼い娘がいる、理想的な家庭を持つ男として宣伝されていた。

「一緒にくる、パトリシア・アン?」

「いいえ」

「きなさいよ」メアリー・アリスはランプのてっぺんで車を停めて、田舎道を騒々しく走っていく古い小型トラックが通りすぎるのを待った。トラックは大量の排気ガスを吐きだしており、わたしは何とか動いている小さなエンジンを思い浮かべた。

「ぼくにはできる、ぼくにはできる」そんなふうに喘いでいるのだ。

本当にエンジンが持つのかどうか怪しいかぎりだけれど、運転者は自信ありげに、手をふってきた。わたしたちは排気ガスに巻かれない程度の距離を空けて、トラックのうしろを走った。荷台にのっている二匹の年老いた猟犬が悲しげにわたしたちを見ている。トラックが舗装されていない道に入ると、わたしはほっとした。

「見た？」わたしは言った。「あれだから、民主党に投票するのよ。フランクリン・ルーズベルトとリンドン・ジョンソンのおかげで、あのおじいさんはとりあえず、生活保護を受けられてメディケア保険にも入っているわけだから」

「馬鹿じゃないの？」メアリー・アリスはわたしを見て笑った。「あのおじいさんは、頭に穴が開く必要がないくらいに、生活保護だって必要じゃないわ。あれはジャクソン・ハナ、リチャードのおじさんよ。彼とお兄さん——知事をつとめたリチャードのお父さんだけど——で、アラバマ北部の半分の土地を持っているのよ。石炭に、材木に、牛に、運送業。そのほか何でも持っているんだから。ジャクソンは知事に立候補したことだってあったのよ。覚えてない？」

どうして忘れていたんだろう？　ハナ家は長年アラバマの政治に関わってきたのだ。父であるディック・ハナは知事として一期つとめ、二期目を目指して選挙運動をしている最中に小型機が墜落して負傷しなければ、おそらく再選されたはずだ。そして、いまは息子のリチャードが上院議員選に立候補している。だが、何よりも忘れられないのは、弟のジャクソンが政界に進出したことだった。

「どのくらい胸毛が生えているかを見せるために、テレビでシャツをめくったのよね？」

「弱虫呼ばわりされて、男らしさに疑問を抱かれたからだって、ジャクソンは言っていたわ」

「それが、あのおじいさん？」目をやると、トラックは赤い土煙のなかに消えていた。「確か、奥さんがシャツを着せようとしたら、彼が椅子の向こうに倒れてしまったのよね。アラバマ政界における史上最高の珍場面だったわ」

「ジャクソンには少しアルコールの問題があったはず」

「あのテレビ番組の司会者は、きっとその意見に賛成するでしょうね」

「覆水盆に返らず、ね」メアリー・アリスは〈スクート＆ブーツ〉の空っぽの駐車場に車を入れた。「あたしたちが付きあっているのは、ハナ家のまったく新しい世代よ。リチャードとセイラはとてもいいひとたちだし、家のなかも外見と同じで豪華なんだから。見たくない？　おしゃれなパーティーになるだろうし、招待状がたくさんあるのよ。リチャードの選挙資金に寄付したから」

「共和党風の服なんて持ってないもの」わたしは言った。「その手のパーティーでは上品に装うんでしょう？」

「馬鹿なことを言わないで。誰もあんたのことなんて気にしないわよ」

「それは、どうも」例のごとく、シスターは皮肉に気づかない。

「まだきてないようね」メアリー・アリスは店の入口のほぼ正面にある、障害者用のスペースに車を停めた。「なかに入りましょう」

「ここは障害者専用よ！」

メアリー・アリスは空っぽの駐車場を見まわした。「いやだわ、恥ずかしい！　障害のある方々が駐車する場所がないっていうのに」

「これは道義の問題なの！」

「誰もいないじゃない！」

「車を移動して！」

メアリー・アリスはため息をつくと、車をバックさせて、二区画うしろに止めた。そして車から降りると、ドアに大きな蝶が描かれ、触覚が〝モナーク・リモデリング〟という文字を形づくっている小型トラックが駐車場に入ってきた。その状態はミスター・ジャクソン・ハナのトラックと大差ない。青い排気ガスがひこうき雲のようにたなびいている。この手のトラックの所有者が石油の輸入が二度と禁止されないことを祈るのももっともだ。

トラックは障害者用の区画の反対側に停まり、年配のヒッピーが降りてきた。五十歳をゆうに超えているだろう男で、腰まで伸びた白くなりつつある髪をポニーテールに結っている。その重みで前髪が引っぱられているかのように、額の生え際がかなり後退していた。いつ見ても、ヒッピーの姿には仰天させられる。

「ミセス・クレインですか？」ゴムぞうりでやわらかな足音をさせながら、男が近づいてきた。「フライ・マッコークルです」

フライはメアリー・アリスより背が低いものの肩幅が広く、とても力強そうな印象だった。シスターがわたしのことも一緒に自己紹介すると、フライは温かくしっかりとした握手をしてきた。

わたしはここでフライに会えたことを喜んでいた。〈スクート&ブーツ〉に入って、願いの井戸を見るのが怖かったのだ。馬鹿げているのは承知しているけれど、店で起きたことを考えるだけで、胃がおかしくなる。フライ・マッコークルがいてくれれば、間違いなく安心できそうだ。

「お店にあった古い井戸のことは知っています」シスターが鍵を探しているあいだに、フライが言った。「それから、エドのことも」首をふった。「あんな目にあっていい人間なんていませんよ。そうでしょう?」わたしたちは同意した。「エドはいいやつでした。二度一緒に釣りにいったなあ」

シスターはわたしと同じで、店に入りたくないかのように、鍵をフライに渡した。フライは鍵をドアに差しこんだ。

「うちの女房から、金曜日は仕事をしていないって聞いていますか? 金曜日は釣りにいくんですよ。それぱっかりはやめられない。自分の息子にスミスという名前をつけた友だちがいましてね。その子が生まれたときに、おれたちがスミス湖で釣りをしていたんで、そいつが忘れないようにって、かみさんがつけたんです。友だちは、かみさんにこう言いましたよ。

『ひとつだけ約束する。おまえが妊娠九カ月になったら、フライとおれはワイス湖では釣りをしない』って」フライは笑ってドアを開けた。「いまじゃ、孫がいますがね」

フライはわたしたちのためにドアを持っていてくれた。わたしはフライに笑いかけていたので、メアリー・アリスが急に足を止めたことに気づかなかった。それで姉の背中にドンとぶつかり、落ちかけた眼鏡をかろうじてつかんだ。「ちょっと、シスター！」

「ああ……うう……」

「もう、痛くなんてないでしょ。さっさと歩いてちょうだい」

「ああ……」長々と息を吸いこんでいるような声だった。

「どうしたの？　電灯をつけてよ」

「ここにスイッチがありますよ」フライ・マッコークルがわたしのそばに手を伸ばして、スイッチをいれた。

「ああ……」メアリー・アリスがまた声を出した。「いやあ」

「何てこった！」フライが叫んだ。

わたしは声が出なかった。〈スクート＆ブーツ〉はめちゃくちゃに荒らされていた。テーブルはひっくり返り、切り裂かれた椅子のクッションが床に散らばり、割れたガラスがそこらじゅうできらきら光っている。

「こんなにひどいとは思わなかった」フライがあたりを見まわして、驚いた様子で言った。

わたしはやっと声が出た。「きのうはこんな状態じゃなかったわ。ゆうべ、誰かがやったのよ」

「吐きそう」メアリー・アリスはフライとわたしを押しのける勢いでドアから出ていった。わたしも吐き気がこみあげてきた。こんな荒らされ方は見たことがない。何ひとつ無事なものがないのだから。

「保安官に電話したほうがよさそうだ。トラックに電話がありますから」

わたしたちはガラスを踏みながら、慎重に店を出た。店に一歩入ったときに、どうしてガラスを踏む音に気づかなかったのだろう？

「フライが保安官に電話をかけているわ」わたしは車のなかでハンドルに頭を乗せて、エアコンを最大限に利かせているシスターに声をかけた。「胃薬を飲む？」

シスターがうなずくと、わたしはハンドバッグの横の仕切りに薬が一錠入っているのを見つけて渡した。隅には何枚もの古い領収書と一緒に、もう一錠転がっている。少し埃がついていたけれど、わたしはそれをかみくだいた。手に入る助けなら、何でも必要になる気がしたから。

数分後、車の窓が叩かれた。「お姉さん、だいじょうぶ？」フライが訊いた。

シスターは自分で答えた。「鎮静剤が欲しいわ」

フライはわたしを見た。「マントラは唱えた？」メアリー・アリスに訊いた。

「それなら目を閉じて、保安官が着くまで唱えつづけるといい。数分で着くと言っていたから」

「わたしもよ」

「ええ、もちろん」

メアリー・アリスはうめいた。

「ほら、マントラを唱えて」フライが注意した。「ミセス・ホロウェル、あなたも」フライはトラックに戻っていくと、ふり向いて手をふった。わたしも手をふり返した。

「パトリシア・アンったら」シスターが言った。「昔から、ヒッピーが好きよね」

「だいぶ気分がよくなったでしょ？」

メアリー・アリスはまたハンドルに頭を乗せた。「マントラを唱えなさい」

シスターの言うとおりだった。わたしはヒッピー運動すべてに関心を持っていた。わたし自身はヒッピーになるには年を取りすぎていたし、子どもたちは若すぎたけれど。でも、サンフランシスコの公園で花を配るなんて、すごくロマンティックだ。ただし、運動の暗い部分については考えたくないけれど。わたしが胸を打たれるのは、その純真さなのだから。

わたしは目を閉じたが、頭に浮かんでくるのは、ひどく荒らされた〈スクート&ブーツ〉の店内だった。マントラは頭に残らず、すり抜けてしまう。「ちょっと歩いてくるわ」

「手がかりを消さないようにね」

「手がかりって？」

「足跡とか、そんなものよ」

「心配いらないわ」

わたしがトラックのそばを通りすぎたとき、フライ・マッコークルは電話で話しているところだった。わたしは側面に描かれた蝶に見とれているうちに、〝フライ〟は蝶《バタフライ》からきた通り名なのだろうと思いついた。彼にはぴったりだ。ムーンに、サンシャインに、ゴッド。そうしたヒッピー独特の名前を耳にすることはもうない。名前の大半はその持ち主とともに、企業国家アメリカのなかに消えてしまった。株式仲買人がゴッド・ジョーンズではうまくないだろうから。

わたしは店のはしまで歩いていって、裏にまわった。裏には古いリンゴ園があり、葉が繁ったまま放置されていたが、まだ実がなっている木も何本かあった。この土地を所有し、このリンゴ園をつくった人々はどうしたのだろうか？　こんな十月の日には、ぴかぴかに磨きあげたような空の下に出てきて、リンゴをもいだ日も多かっただろうに。シスターには過去を美化しすぎだと言われるし、それは当たっているのだろうけれど、それでも目のまえには穏やかな古いリンゴ園が広がり、うしろにはアスファルトの駐車場と〈スクート＆ブーツ〉がある。比べてみれば、その差は明らかだ。わたしは木の下までいって、腰をおろした。リンゴがいくつか落ちていて、興奮したハチが群がっている。ハチはリンゴに夢中でこちらには気づかないけれど、わたしは少し距離を置いた。

木に寄りかかって目をつぶり、考えをさまよわせた。どうして、〈スクート&ブーツ〉があんなふうに荒らされたのだろう？　そもそも、エドはどうして殺されたの？　誰かが殺したいと激しく思うほど、エドは何かに深く関わっていたにちがいない。強盗の共犯で、分け前をもらっていたとか？　お金とか、宝石とか？

エドの腕のタトゥーが閉じた瞼《まぶた》の下で踊った。シスターとわたしが踊っていたときに、笑っていたエドの顔も浮かんでくる。救急車に運びこまれたエドの遺体も。わたしは身震いして、円を描くようにして指先でこめかみをもんだ。ドラッグだ。つまるところ、すべてがドラッグにつながることは、誰もが知っている。アラバマの田舎道に建つ小さなカントリー・ウエスタン・バーで、ほかに何があるというのだ？　姉はその混乱のまっただなかに巻きこまれてしまった。〈スクート&ブーツ〉の現状を考えれば、シスターは失敗を認めて、損失を受け入れるにちがいない。この店にはできるだけ近づかないほうがいい。

「起きて、マウス。保安官がきたわよ」ひどく遠くからメアリー・アリスの声が聞こえた気がした。「また、よだれが垂れているわ」

わたしは口もとをぬぐって、背筋を伸ばした。信じられないことに、こんなに神経が高ぶっているというのに眠っていたのだ。

「だいじょうぶ？」わたしは訊いた。メアリー・アリスの顔は真っ青だった。目は充血し、アイメイクをこすったせいで、ひどく窪んで見える。

「もう平気。マントラも胃薬も効かなかったけど。ゴミ箱で昼食をもどしてしまったわ」

「ガムはどう？」

シスターが片手を出したので、わたしはハンドバッグをかきまわして、やっとチューインガムを見つけた。シスターは包み紙をはがし、わたしは唸りながら立ちあがった。

「保安官はもう店に入っているわ。何が壊れたのか、見てほしいって」

「わたしたちが見るの？　この店のことなんて、何も知らないのに」わたしは『風と共に去りぬ』のプリシーみたいなかん高い声でわめいた。「ああ、スカーレットさまぁ！」

「わたしだって、何も知らないわよ。どこかに設備の目録があるはずだけど」

「この手のことは、もっときちんとしておかないと」わたしは文句を言った。「飛びついてから、見るんだから。いつも、そう」

わたしは口にした瞬間に後悔したが、シスターは辛辣《しんらつ》な言葉に気づいていないようだった。

「ここ、すてきよね？」シスターが言った。「フライ・マッコークルの話だと、奥さんの教会のグループがジミー・ヘイル伝道所のために、いつもここのリンゴをもいでいるんですって。それで、これからもリンゴを採っていいかと訊かれたから、もちろんどうぞと答えたわ」

「このリンゴ園はあなたのものなの？」

「そのはずよ。さあ、いきましょう」シスターはわたしがスカートを払うのに手を貸してくれた。「保安官と話さないと」

〈スクート&ブーツ〉の店内はさっき見たときと変わらず、ひどい有様だった。リユーズ保安官と保安官補が荒らされた様子をじっくり見てまわっている。当然ながら、保安官は手帳を手にし、フライ・マッコークルは瓶ビールを持ってカウンターにすわっていた。いったいどこから壊れていないスツールと、割れていない瓶ビールを見つけてきたのだろうか。店内はブルドーザーに壊されたかのようだった。リユーズ保安官はわたしたちに気づくと、めちゃくちゃななかを歩いて近づいてきた。

「おすわりになりますか？」リユーズ保安官が訊いた。

わたしたちは店内を見まわした。フライが見つけたのが、この店で唯一壊れていない椅子のようだ。

「厨房はこれほどひどくありませんから」

わたしたちはリユーズ保安官のあとから、つい二日まえに感嘆したばかりの厨房に入った。保安官の言うとおりだった。引き出しが開けられて、調理用具が散らばっていたものの、ほかの場所ほどめちゃくちゃに壊れてはいない。厨房のほうが頑丈だからかもしれない。あるいは、厨房までたどり着いたときには、犯人が疲れていたのか。いずれにしても、人造大理石の調理台のそばに、壊れていないスツールがあった。わたしたちはそこに腰をおろした。

「いったい、どうしてこんなことを？」シスターは本気で保安官に尋ねているわけではなかった。考えを口にするたちなのだ。

だが、リユーズ保安官は、メアリー・アリスの質問に質問で応えた。

「何かを探していたとか？」

「全部壊さないと、探せないわけじゃないでしょうに」

「探すものによるでしょうね」

「だって、あたしはいつだって老眼鏡とか、靴の片方とかを探しているのよ。でもマウス、あんたの家にいって、貸したのに返ってこなかった〈グッチ〉のスカーフを探したときだって、家のなかをめちゃくちゃにした？　してないわよね。あたしに言わせれば、こんなのは破壊行為でしかないわ。こんなふうに荒らすなんて。だとしたら、なぜ、そんなことを？」

「スカーフを探すために、うちを家探ししたの？」

「ドレッサーだけよ。気がつかなかったじゃない」

「でも、何かを隠していたとしたら」リユーズ保安官が言い募った。

「ワイングラスや酒瓶になんて、何も隠せやしないわ。全部割らなくてもいいのに」シスターは身ぶりで厨房を示した。「それに、お鍋や調理台の傷を見て。何の意味もないじゃない」

「森に放火するのだって、何の意味もありませんが、年じゅう起こります。認めたくはないが、おかしな人間は意外と多いものなんですよ」リユーズ保安官は手帳を開いてじっくり読んだ。「確かに、尋常ではない壊され方ですが、それでも何かを探していたんだと思います。見たところ、きちんと順序立てて探しているようだ。たとえば、椅子のクッション。ひとつも残さず、切り裂いています。たんなる破壊行為だったら、ふたつみっつ壊せば充分でしょう。ガラス製品はあとからやったんでしょう。探しものが見つからなくて、腹を立てたのかも。あるいは、破壊行為に見せたかったのかもしれません」

「ドレッサーの引き出しを開けたの？」わたしはメアリー・アリスに尋ねた。

「よしてよ、パトリシア・アン。あんたがスカーフを返さなかったのが悪いんだから」メアリー・アリスは保安官のほうを向いた。「ドラッグを探していたと考えているの？」

シスターの問いに答えたのは、ドアのところに立っていた保安官補だった。

「保安官、これを見つけました」白い粉が入った小さなビニール袋を差し出した。「女性用トイレのペーパーホルダーのなかにありました」

きのうスイス製のアーミーナイフで付け直したペーパーホルダーだろうか？　そうだとしたら、わたしの指紋がそこらじゅうについているはずだ。

「嘘でしょ」わたしは冷たい調理台に額をつけた。

8

その夜、ヘイリーがやってきて夕食をともにした。いつもであれば、娘のために特別なものを用意する。アランには妻と子どもたちがいるし、フレディも食事をつくってくれる女ともだちがいるらしいので、息子たちのテーブルに栄養のある食べ物が並ぶのはわかっている。けれども、ヘイリーはひとり暮らしで、家に帰る途中でピザ店に寄ることが多い。開胸手術を担当する看護師で、昼はほかの人々の動脈に詰まっているものを取り除くのに、夜は自分の動脈が詰まるようなことをしているのだ。本人は否定するけれど、娘のことはわたしのほうがよく知っている。だから、ヘイリーが夕食をとりにくるときは、あらゆる色の野菜を用意する。ベータカロチンも抗酸化物質もすべて取りそろえて。

けれども、きょうはリユーズ保安官にいくつも質問をされ、前日もされたように、何か以前とちがうことがないかどうか（椅子のクッションのことは除いて）確認するために、〈スクート&ブーツ〉の店内を歩かされたあと、メアリー・アリスはフライ・マッコークルに修理について相談し（そう、あろうことか、姉は店を再開することに決めたのだ！）、そのあ

とピーチシェイクを飲んで胃を落ち着かせるために、どうしても〈ハーディーズ〉に寄りたいと言った。誰でも家に入れるようにプラスチック製の偽物の岩のなかに鍵を隠しているくせに、どうしてあたしが留守中に入ったくらいでそんなに怒るのと不思議がった。さらには、古い岩よりずっといい、鍵を隠せる犬の糞を広告で見た、もちろん偽物の糞よ、あんたのために一個注文してあげるからと宣《のたま》ったのだ。もちろん、わたしはこう言い返した。メアリー・アリスはわたしのドレッサーをのぞいてばかりいる。ふたりでひとつのドレッサーを与えられてからずっと。どうして、忘れていたのだろうか、と。

「五十年まえの話よ」わたしは言った。

「そうだった?」

「あなたはいつも上の引き出しを使っていた」

「よかったわ、マウス。お互いに話が通じて」

メアリー・アリスに家まで送ってもらったときには、もう店で買い物をする時間はなかった。わたしはハムステーキと、インゲン豆の缶詰と、エンゼルケーキをつかんだ。これに、午前中につくったアップルソースをかければ、何とかなる。

ヘイリーとフレッドが同時に帰ってきた。フレッドの目鼻立ちがヘイリーの顔に移っただけで、どうしてこうも女性らしく美しくなるのだろうかと、わたしはふたりを見るたびに驚いてしまう。ヘイリーはフレッドによく似ているけれど、とても愛らしいのだ。誰もマウスなんて呼ばないだろう。メアリー・アリスと同様に、ヘイリーも知られざる祖先から、美しいオリーブ色の肌を受け継いでいた。それに赤っぽいブロンドの髪と茶色い目が加われば、美人のできあがりだ。産みの母がわたしだとわかるのは、ヘイリーが小柄なところだけだ。

「お帰りなさい」わたしは言った。

ふたりはわたしを抱きしめた。

「ハム？」ヘイリーがわたしの肩ごしに料理をのぞきこんだ。「お肉を食べさせてくれるの？」

わたしはレーズンソースをかけたハムステーキをオーブンに入れた。「これに慣れてはだめよ」

「ちょっと感動しただけよ。テーブルの準備をしたほうがいい？」

「お願い。きょうはシスターと〈スクート&ブーツ〉にいっていたの。何があったのか話しても、きっと信じられないわよ」

「きょう、また何かあったのか？」ドアから出ようとしていたフレッドが足を止めた。

「ありがたいことに、また殺人事件が起きたわけじゃないわ。手を洗ってきて。食事のときに残らず話すから」

「あの店にいったなんて感心しないぞ、パトリシア・アン」

「ええ、そうね」

「きみの姉さんはどうかしている」

「同感よ」

重大な合意に至ったかのように、フレッドは重々しくうなずいた。それから夕刊をわきにはさんで、バスルームに向かった。ヘイリーとわたしは顔を見あわせて、にやりとした。

「何があったのか、もう知っているの?」娘に尋ねた。

ヘイリーは食器棚の戸を開けて、皿を取り出した。

「双子に会いにデビーの家に寄ったの。そこで、聞いたのよ。処刑スタイルの殺人なんですってね、ママ! シスターおばさんはその男のひとのことで何か知っているの? お店を買ったのは気まぐれだって、デビーは言っていたけど。とんでもないことに巻きこまれたわね!」

「きょう、ドラッグが見つかったの」

「〈スクート&ブーツ〉で?」

「女性用トイレのペーパーホルダーのなか。お店にいったら、なかが荒らされていたのよ。明らかに、ドラッグを探すためね」

ヘイリーはテーブルに皿を置くと、銀食器が入っている引き出しに手を伸ばした。ふり返ったときには、フレッドとそっくりに口が結ばれていた。

「ママ、パパの言うとおりよ。そのお店には関わらないほうがいいわ」

「とても感じのいいお店なのよ」気がつくと、〈スクート&ブーツ〉をかばっていた。「少なくとも、そうなりそうなお店なの。シスターが楽しく過ごせそうな場所よ。シスターが世界じゅうのひとをもてなして、みんなに食べさせたり飲ませたりするのが大好きなのを知っているでしょう。あそこなら、その特性を発揮できるわ」

「そのお店にはもう、ママとシスターおばさんが巻きこまれちゃいけない特性があるみたいだけど」

「あなたの言うとおりかも。でも、ボニー・ブルー・バトラーも、フライ・マッコークルも、〈スクート&ブーツ〉には何も問題がなかったと言うのよ。リユーズ保安官もあの店からこれまでに通報があったのは二年以上まえのことで、それもスワンプ・クリエーチャーズのバンに当て逃げをした車がいたという話だったそうよ」わたしは小さな玉ネギを刻み終わると、インゲン豆の入った鍋に入れて、火にかけた。「コーンブレッドはいる?」

「ボニー・ブルー・バトラーって?」

「〈スクート&ブーツ〉で働いているひと。すてきな女性よ」

「フライというのは?」

「お店を直してくれるヒッピーのおじさん。すてきなひとよ」

「リユーズ保安官は?」

「とても有能みたい」

ヘイリーはグラスを手にした。「訊くのが怖い気がするんだけど。スワンプ・クリーチャーズっていうのは？」

「バンドよ。まだ会ったことはないけど」わたしはインゲン豆の鍋にふたをした。「ねえ、コーンブレッドは食べるの？　食べないの？」

ヘイリーは首をふった。「問題がありすぎるわ」グラスを置くと、わたしに抱きついてきた。「ママが心配なの」

「心配しないで」

わたしは娘の肩を軽く叩いた。けれども、心配するのはわかっていた。夫のトムにとつぜん死なれたことで、ヘイリーは若さの特権である怖いものなしの感覚をなくしてしまった。トムに死なれるまで、手術室の患者はヘイリーの知らない人々であり、仕事として世話をする病人だった。その家族も知らない人々だったのだ。だが、いまやヘイリーはそのひとりだった。いつ何時、誰に、何が起こるかわからない。ヘイリーはあまりにも早く、そのことを知ってしまった。

「とりあえず、コーンブレッドを焼くわ」わたしは言った。「ウーファーにえさをやっておいて。放っておかれていると思っているだろうから」

ヘイリーはドッグフードを取るために、食料庫のドアを開けた。

「デビーから、ヘンリー・ラモントの話も聞いたの。ママが彼の話をしていたのを覚えているわ」

「デビーは情報の宝庫ね」

ヘイリーは笑った。「デビーは核心に触れていない気がするけど」

ヘイリーの向こうのコーンミールに手を伸ばした。「そのとおり」わたしは認めた。夕食のとき、わたしはオオカバマダラ蝶が描かれているフライ・マッコークルのトラックや、〈スクート&ブーツ〉の裏のリンゴ園の話も含め、知っていることを残らず話した。エドのタトゥーや、クッションが切り裂かれた椅子や、トイレットペーパーのホルダーから見つかったコカインのことも。ふたりは食べながら、聞いていた。それから桃の缶詰を開け、エンゼルケーキを切り、スワンプ・クリーチャーズや、アラバマ劇場の正面みたいに電飾が走っているように点滅する外の看板について話した。ふたりは食べながら聞いていた。それからヘンリー・ラモントについても話したけれど、奥さんのことには触れなかった。最後にコーヒーをいれて腰をおろすと、わたしは言った。「これで終わりよ」

ヘイリーもフレッドもティースプーンできっちり半分の砂糖をすくってコーヒーに入れてかきまぜた。コーヒーをかきまぜる動作をぴったりそろえる競技がオリンピックにあったら、このふたりは間違いなく金メダルを取るだろう。ふたりはコーヒーを見ては、わたしを見つめ、またコーヒーを見ては、わたしを見つめた。ふたりの表情はよく似ていて、気味が悪いほどだった。

フレッドはとうとうコーヒーに口をつけた。ヘイリーも。

「きみの言うとおりだ」フレッドはカップから立っている湯気をわたしのほうに寄こしながら言った。「これで終わりだ」

ヘイリーもうなずいた。

幸いなことに、そこで電話が鳴った。ヘイリーがうしろに手を伸ばして受話器を取った。

「ママによ」わたしに受話器を差し出した。

「誰から？」

「女のひと」

「居間で取るわ」わたしはコーヒーカップを持って、キッチンを出た。フレッドとヘイリーは黙ったまま、わたしをじっと見つめていた。

「パトリシア・アン？　ボニー・ブルーだけど」

「そっちの電話を切って」わたしはキッチンの電話機で聞いているであろうヘイリーに叫んだ。カチッという音がした。

「ああ、ボニー・ブルー、その後どう？」

「あたしはだいじょうぶ。ヘンリー・ラモントから連絡があったかどうか聞きたかっただけ」

「今朝、ここにきたわ」

「〈スクート&ブーツ〉でドラッグが見つかってから、という意味よ」

「いいえ。どこで、その話を聞いたの?」

「フライ・マッコークルが奥さんに話したの。通信会社はあの奥さんを雇うべきよ。きっと、話が伝わる近道を教えてくれるでしょうから。とにかく、ずっとヘンリーをつかまえようとしているのに、見つからなくて」

「彼が心配になったの?」

「ヘンリーに知らせたいだけよ。また保安官に呼びつけられるかもしれないから」

「ああ、きっとそうよ」そんな当然のなりゆきを思いつかなかったなんて、信じられない。

「あなたの言うとおりだわ」

「ヘンリーは警察で何があったか話した?」

「ええ」

「かわいそうに」ボニー・ブルーは大きなため息をついた。「パトリシア・アン、相談しましょう。明日のお昼はどう?」

「いいわ」ボニー・ブルーの声には聞いたことのない調子が含まれていた。緊張だ。それで、わたしは不安になった。「ヘンリーが心配なのね?」

「そうかも」

「どこにいけばいい?」

「十八番街の一一三〇番地の〈ショニーズ〉でいい？」

「いいわ。メアリー・アリスにも電話するつもり？」

「ふたりだけで話したいの」

「わかった。ボニー・ブルー、もしヘンリーから電話があったら、あなたに電話させる？」

「ええ、お願い。ヘンリーはうちの電話番号を知っているから」

「わたしは知らないわ」

「鉛筆、ある？」

そばにあったので、ボニー・ブルーの電話番号を書きとめて、ハンドバッグの横の仕切りに入れてからキッチンに戻った。

「誰から？」娘が訊いた。

「教会の女性から、クリスマスバザーのためにケーキを焼いてほしいと頼まれたの」わたしのような人間に嘘発見器は必要ない。声でばれている。フレッドとヘイリーが責めるようにわたしを見た。「コーヒーのおかわりは？」わたしは訊いた。


夜のあいだずっと、わたしはフレッドに腹を立てていた。フレッドは小さくいびきをかいて、ウサギを追いかけている夢を見ているウーファーのように、ときおり身体をぴくっとさせながら寝ている。フレッドは誰を追いかけているのだろう。わたしが買い、洗っているパジャマを着て、わたしが料理した夕食を消化しているフレッドがぐっすり眠って夢を見ているのだと思えば思うほど、腹が立ってくる。

わたしは枕を殴りつけて、気持ちを落ち着かせようとしたけれど無理だった。いったいどうしてフレッドは、わたしに何ができて、何ができないかなんてことを指図する権利があると思いこんでいるのだろう？　どうして、わたしが嘘をつかなければいけないの？　これはしてもいいけど、あれはだめだとか、メアリー・アリスはどうかしているだとか言うなんて。確かにシスターはどうかしているけれど、フレッドはわたしの姉をそんなふうに言うべきじゃない。メアリー・アリスが勝手にうちに入ってきて、ドレッサーの引き出しを漁ったなんてことを知ったら、フレッドはいったい何をすることやら！　もちろん、シスターがやったことは問題だけど……ああもう、腹立たしいったら！

わたしはベッドから出て、ガウンを着て、スリッパをはいた。

「どうした？」フレッドがもごもご言った。

「あなたはわたしの上司じゃないんだから」

わたしはキッチンに入った。午前三時。居間にミルクとクッキーを持っていく。居間は冷えていたので、丸太を模したガス暖房機をつけた。ヘイリーもよ。わたしは思った。娘のヘイリーまで、フレッドやシスターと同じようにえらそうに指図する。息子たちだって似たようなものだ。アランなんて退職金の投資法を指南しようとするんだから。自分のお金を投資するくらいの判断力は持ちあわせているわ、おあいにくさま。その投資で、ちょっとした収入だってあるんだから。フレッドだろうと、シスターだろうと、ほかの誰であろうと、指図される必要なんてないし、ほかの誰かの問題だって解決してあげない。わたしは自立した女なんだから。ガルフショアーズにでもいって、夕食なんてつくらずに、海岸にすわっていようかしら。もちろん、日焼け止めはたっぷり塗って。

裏口でウーファーが伸びをした。わたしは立ちあがって、なかに入れてやった。「おまえは連れていってあげる」耳のうしろをかいてやった。「えらそうにしないもの」手を放すと、ウーファーはまっすぐコーヒーテーブルにいって、クッキーをガツガツと食べてから、キッチンに入って、調理台に置きっぱなしにしていたクッキーの箱を期待をこめて見つめた。

「海岸に連れていったら、きっと死ぬほどびっくりするわよ」

わたしは呼び鈴の音で目を覚ました。一瞬まごついたけれど、すぐに居間のソファで寝ていたこと、壁を照らしている斜めの日差しが午前半ばの明るさであることに気がついた。裏庭からウーファーの鳴き声が聞こえる。フレッドが外に出してやったのだろう。

呼び鈴がまた鳴った。わたしは髪を手でなでつけてから、誰がきたのか見にいった。こんなわたしを見たら、仰天してしまうだろう。

ドアののぞき穴から見ると、生花店の配達係がトラックに乗りこむところだった。ドアを開けると、花がたくさん咲いた大きなクチナシがポーチに置いてある。

「まあ」わたしはクチナシの鉢をなかに入れて、顔をうずめて香りを吸いこんだ。「うーん」とつぜん五月になったかのようだった。卒業式、プロム、ダンスパーティー、キス、そして結婚式。ああ、信じられない。

わたしは鉢植えをキッチンのテーブルに運び、見とれながら、そのまわりを歩いた。いまは十月よ！　この花を買うなんて、高かったでしょうに！

カードを開いたけれど、書いてある言葉は想像がついた。〝すてきでしょう！　メアリー・アリスより〟とか、そんな感じにちがいない。けれども書かれていたのは、わたしの生涯のなかでも、とりわけすてきで思いがけない言葉のひとつだった。カードには簡潔にこう記されていた。〝愛している。フレッドより〟わたしはにっこり笑って腰をおろした。どう、最高じゃない？　ガルフショアーズには、あのひとも連れていってあげないと。

〈ショニーズ〉に着いたとき、ボニー・ブルーはもう先にきていた。わたしたちはどちらもシニアスープとサラダバーを注文し、スープを取りにいった。ボニー・ブルーは黒っぽいナイロンのウインドブレーカーの上下を着ていて、〈スクート&ブーツ〉で会ったときほど大きくもなければ、迫力がありそうにも見えなかった。それどころか、きょうはおとなしそうに見える。

「ブロッコリーのクリームスープにするわ」ボニー・ブルーが言った。「うーん、いいにおい。大好きなのよ」

「わたしもそれにするわ」わたしはボウルにスープを注いで、牡蠣《かき》のクラッカーもたした。

ボニー・ブルーがびっくりした顔でわたしを見た。「それ、全部食べるの？」

「シスターから何か聞いたんでしょう」

ボニー・ブルーがにやりと笑った。

「わたしが食欲不振だって話は忘れて。姉の豊かな想像力のなかだけの話だから」

わたしたちはスープをこぼさないように気をつけながらテーブルに戻った。大勢の客が昼食をとりにくる時間には少し早く、わたしたちは隅の席を独占できた。

「ヘンリー・ラモントとは連絡がついた？」わたしは訊いた。

「いいえ。電話にも出ないの」

「町を出たわけではないわよね？」わたしはそう尋ねたが、すぐにあり得ないと気がついた。

「ううん、そんなはずないわ」

ボニー・ブルーはスープを冷ますために、水のグラスに入っていた氷を入れてかきまぜた。

「もしかしたら、出ていったのかも。ヘンリーが利口ならそうするわ」

「どういう意味？　ヘンリーがエドの殺害にもドラッグにも関係ないのはわかっているでしょう。どうして、彼が町を出なければいけないの？」

ボニー・ブルーはわたしをまっすぐに見た。

「あのやさしい子にも、不利になる事情があるの。いずれ保安官にも知られてしまうわ」

「何のことなの、ボニー・ブルー？　どういう意味？」

ボニー・ブルーは肩をすくめた。「ヘンリーとエドのあいだで起きたことよ」

「どんなこと？　エドとはうまくいっていたって、ヘンリーは言っていたのよ」

「うまくいっていたわ、たいていはね。でも、エドには生理まえみたいな時期があったって話したのを覚えてる？　二カ月まえに、これまでで最悪な時期があったの。あんな男の下ではぜったいに働けないって思ったんだから。ひどく酔って、蛇みたいに陰険だった。エドは事務室で寝入ってしまうのが普通だったから、姿が見えなくなったときも、てっきり事務室にいるんだと思いこんでいたら、ドリスの悲鳴が聞こえてきたの。お店で働いていたドリスよ」

わたしはうなずいた。

「ドリスは決してうぶな女でもなければ、美人でもないけど、エドはひどく酔っていたから、わからなくなっちゃったのね。とにかく、よりにもよって冷蔵室で事に及ぶことにした。で、ドリスが冷蔵室に入っていったら、やる気満々のエドがいたってわけ。ドリスはカウンターに追いこまれて、悲鳴をあげることしかできなかった。エドはドアを閉めて——鍵をかけた。馬鹿よね。店にふたりきりだったら、凍死していたわ」ボニー・ブルーはにやりとした。

「そうしたら、珍しいものが見られたでしょうにね」ボニー・ブルーはスープを飲んで、冷めたかどうか確かめた。「それはともかく、真っ昼間のことだったから、ドリスの悲鳴はみんなが聞いていたけど、その理由はわからなかった。それでヘンリーが鍵を持っていってドアを開けたら、かわいそうなドリスに、エドが覆いかぶさっていた。ヘンリーはやめろって怒鳴ったんだけど、その頃にはエドはもうわけがわからなくなっていたんでしょうね。とにかく、ヘンリーはフライパンを手にしていたから、それでエドを殴ったわけ。そう、エドがしていることから気をそらそうとしたのよ。エドは気絶したわ。でも厄介なことに、エドは倒れたときに金属の棚の角に頭をぶつけて切っちゃったの。十五針縫うはめになったわ。あたしがエドを緊急救命室に連れていって、酔っぱらって転んで頭を切ったと説明したの。嘘じゃないでしょ。でも、ドリスは口をつぐんでいられなかった。ヘンリーが鉄のフライパンでエドを殴って、自分の貞操を守ってくれたとみんなに話してしまったのよ。確かに、ヘンリーは守ってやったわよ。でも、ドリスの貞操を守ったわけじゃない」ボニー・ブルーはスプーンでスープを口にした。「ドリスの居場所がわかればいいんだけど。ドリスなら何があったのか知っているから。でも、エドが仕事に復帰するとすぐに、次の月曜日に辞めてしまったのよ。ねえ、エドは何も覚えていなかったはずよ。殴られたことについても、ドリスを冷蔵室に閉じこめたことについても、ヘンリーに何も言わなかったんだから。何事もなかったようにふるまっていた」

「とんでもない話ね！　女性の手に触れるだけだと思っていたのに。エドはドラッグをやっていたのかしら？」

「さあ、知らない。エドがむちゃくちゃな男だったってことは知っているけど。あれほど酔っていたのは、あのとき一度きりだったし」ボニー・ブルーはクラッカーをかじりながら、考えこんだ。「フライパンで殴ったうえに、誰かが隠していたドラッグが出てきたことで、ヘンリーは困った立場に追いやられたはずよ」

わたしはトイレットペーパーのホルダーを壁につけ直したときのことを思い出した。あのときは、ぜったいに何もなかった。

「誰かがヘンリーを陥れようとしたと思っているの？」口に運ぶ途中で止まっていたスプーンからスープが垂れて、白いシャツにしっかりついた。「あら、いやだ」わたしはナプキンをつかんだ。「落とせるかどうか試してくるわ」

わたしは女性用トイレでペーパータオルを濡らして汚れをふいた。白いコットンのブラウスについたブロッコリーのスープを取るにはペーパータオルだけでは足りないけれど、しみになるのは避けられそうだった。汚れをふいているあいだ、わたしはずっとボニー・ブルーの言ったことについて考えていた。誰かがヘンリーを陥れようとしたのなら、その理由はなんだろう？　それとも、ボニー・ブルーの早合点だろうか？　シスターとわたしが〝殺してやる〟という留守番電話のメッセージを聞いて早合点したように。その件については、わたしはまだ納得できる説明をされていないけれど。でも、ボニー・ブルーの言っていることでひとつは正しい。コカインであれ何であれ、あのドラッグは〈スクート&ブーツ〉が荒らされたときにペーパーホルダーに入れられたのだ。それだけは断言できる。

「あなたの言うとおりよ」わたしはテーブルに戻って言った。「誰かがヘンリーを陥れようとしているかどうかはともかく、彼は困った立場にいるわ。わたしはドラッグがトイレに隠されたのは、エドが殺された日ではないと保安官に伝えるわ。ペーパーホルダーを壁につけ直したのは、わたしなの。このアーミーナイフで」バッグに手を入れて、ナイフを取り出した。「見て。小さなプラスのネジまわしがついているでしょ。保安官は信じてくれるかしら」

「たぶんね。でも、ドリスがいないとだめね。アパートメントにはいないし、〈スクート&ブーツ〉を辞めてから、誰も姿を見ていないの。どこにいるのか見当もつかないし、あたしはいま七八号線沿いのトラックストップで臨時雇いで働いているから、探す時間があまりないのよ。これからも探してはみるけど、手伝ってもらえるとありがたいわ。ヘンリーを助けて」

「ええ、もちろん。詳しいことを聞かせて」わたしは冷めたスープを押しやった。「鉄のフライパンでエドの頭を殴ったのよね?」

ボニー・ブルーがにっこり笑った。

「きっとタトゥーが踊ったんでしょうね」わたしは言った。

9

ボニー・ブルーとの昼食から戻ると、わが家はとてもいい香りがした。わたしの結婚式のにおい、手にしていたクチナシのブーケの香りだ。わたしはキッチンに入ると、出窓がある朝食用の部屋のテーブルに置いたクチナシに見とれた。とても大きな鉢植えだから、食事をするときにはどかさなければならない。十月に咲いている、こんなに大きなクチナシを、フレッドはいったいどこで見つけたのだろう？　これなら、たいていのことは許してあげたくなる。

わたしは留守番電話のメッセージを聞いた。メアリー・アリス〝電話をちょうだい〟、デビー〝電話をちょうだい〟、リユーズ保安官〝電話をください〟、ベッキー・ベイツ〝教会の手作り菓子即売会に出すカップケーキのことで〟。最後の電話は、保安官の電話よりびっくりした。まるでこの電話を予期していたみたいだった。ベッキーの電話は、嘘から出たまことの紛れもない証拠だ。どうして、ベッキーはあの嘘を知っていたのだろうか。

まずリユーズ保安官に電話した。保安官は話したいことがあるので、都合がいいときに警

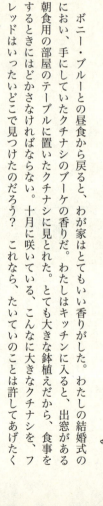

察にこられるかと訊き、くるまえに自分がいるかどうか確認してほしいと言った。わたしは明日出向くと答え、用件について尋ねた。保安官はいくつか小さな食いちがいがあるので確認したいだけだと請けあって、時間を割くことに感謝した。わたしはヘンリー・ラモントは警察にいるのかと尋ねたかったけれど、訊かないほうが賢明だと判断した。

次は、デビー。デビーはヘンリーについて知っていることを残らず聞きたがった。わたしはすべてを話した。奥さんが亡くなったことや、エドとの喧嘩のことも。それは喧嘩というより、救出というのかもしれないけれど。デビーはお礼を言ってくれたけれど、情報が必要な理由は教えてくれなかった。

次がシスターだ。マートル・ティーグの葬儀に着ていった黒いドレスの裾をあと五センチ、いやあと七センチ短くして、高そうなネックレスをするなら、ハナ家のパーティーに着てきてもいいと言うのだ。

「どこに着ていくんですって？」

「ハナ家のディナーパーティーよ。次期上院議員であるリチャード・ハナ」

「ああ」シスターから招待されていたことをすっかり忘れていた。

「膝上くらいにするの。あんたったら、きれいな脚をしているのに、ぜんぜん見せないんだもの。最低七センチよ、わかった？　それに、高そうなネックレス」

「高そうなネックレスっていうのが何であれ、そんなものは持ってないわ」

「あたしのがあるわ。ちゃんと返してくれるなら、貸してあげる」

「ねえ、あの古いスカーフのことは忘れていただけよ」

「〈グッチ〉よ」

「パーティーにいくことにしたら、自分の高そうなネックレスをつけていく。それでいい？」

「いいわ」しばらく沈黙が続き、それからメアリー・アリスが口を開いた。「リユーズ保安官が明日話を聞きたいって」

「わたしもよ」

「保安官はいったい何を訊くつもりかしら」

「さあ」

「フライ・マッコークルにお店を修理させることさえ許可してくれないのよ。あたしでさえお店に入れないの。調べがすんだら連絡すると言って」

「うーん」わたしは午後の陽光を浴びたクチナシに見とれていた。

「警察へは一緒にいく？」

「ええ。わたしが運転する？」

「だめよ、とんでもない。保安官との話は午前中にすませちゃいましょ。それでいい？」

「いいわ」

「あんたが選べるように、ネックレスをいくつか持っていくから。七センチは短くするのよ」

「七センチね」わたしがくり返すと、シスターは電話を切った。

わたしはドリスに関する情報を記した紙を手にして、じっと見つめ、何をすべきか決めようとした。何があったのか、ドリスからも話を聞くべきだろうか。リューズ保安官に知らせれば、ヘンリーがしたことは、まともな状態であれば、どんな男性もしたはずのことだとわかってもらえるだろう。そのいっぽうで、リューズ保安官は鉄のフライパンで殴ったのは少々やりすぎで、エドの頭が切れたのは金属の棚にぶつかったからだと言っているのはボニー・ブルーとヘンリーだけだと考えるかもしれない。それでもエドはドリスをレイプしようとしたのだ。わたしはため息をついて受話器に手を伸ばし、ボニー・ブルーから聞いた番号に電話をかけた。

「はい」留守番電話が答えた。「こちらはチャップマンです。ただいま電話に出られませんが、メッセージを残してくだされば、なるべく早くかけ直します。お電話ありがとうございました」

ドリスの声を聞いて驚いた。とても若くて、マリリン・モンローのささやき声のようだったのだ。わたしは電話を切った。メッセージを残しても意味はない。ボニー・ブルーは三日も続けて残しているのだから。わたしはもう一度メモを見た。ドリス・チャップマン、四十代、独身、ボニー・ブルーが知っているかぎりでは特定の恋人はなし、電話番号、フルトンデールの住所、服のサイズはおそらく十二号、過酸化水素の瓶に落ちたみたいに脱色された髪。ボニー・ブルーが言ったとおりの表現だ。なぜ〝ブロンド〟と書かなかったのかはわからない。

　わたしはバーミングハム都市部の地図を取り出して、フルトンデールにあるドリスが住む通りを見つけた。いまは午後二時ちょうど。夕食の仕度に取りかかるまでにそこへいってくる時間はある。クチナシを贈られたのだから、特別な夕食にしよう。でも、ドリスが家にいないのであれば、そこまでいって何になるの？　ドリスを見かけていないかどうか、近所のひとに訊く？　それとも行き先を知らないかって？　もしかしたら、猫のえさやりを頼まれているひとがいるかもしれない。

　訪ねてみる価値はある。それから、夕食は炒めものにしよう。フレッドの好物だから。食品店のサラダバーでカット済みの材料を買ってくればいい。ニンジンを刻んだのが誰だって、どうでもいいのだから。

　でも、まずヘンリー・ラモントにもう一度電話をかけてみた。もしヘンリーが出たら、どんな用件でかけたと言えばいいだろう。大のおとなに、ただ心配だから電話したなんて言うのはいやだから。でも、ヘンリーは出なかった。わたしはウーファーに犬用ビスケットを二枚やり、かまってやれないことを詫びてから、鍵をつかんでフルトンデールに向かった。

　ドリスが住んでいるのは、新しく開発された住宅地にある、こぎれいなテラスハウスだった。各戸が異なるパステルカラーで塗装されていて、草木も何も生えていない裸の赤土の斜面を背にしているせいで、はっとするほど目立っている。建築業者がブルドーザーで木を残らず取り除き、丘を半分切り崩して、テラスハウスを押しこんだのだろう。ドリスの部屋は黄色だった。箱庭ほどの庭には葉のない小さな木が植えられ、金網のようなもので囲まれている――保護するためだろう。正面の玄関わきには円形のコンクリートのプランターが置かれていたが、そのなかには枯れているか、あるいは枯れかけているゼラニウムがたくさん植えられていた。ドリスが家にいるのだとすれば、植物の世話をまったくしていないにちがいない。どちらにしても、裏の斜面の泥が滑り落ちてくるのを待っているだけだとしたら、あまり見込みはないだろう。このテラスハウスが建って以来、大雨は降っていないようだから。

呼び鈴を押すと、たいていの家で使っている〝ピンポーン〟という音ではなく、オーバーン大学の応援歌〝ウォー・イーグル〟が聞こえてきた。けれども、聞こえたのはそれだけだった。わたしはもう一度呼び鈴を鳴らすと、ゼラニウムの枯れた葉を二、三枚取った。そして、とうとう左隣の青いテラスハウスを訪ねた。

今度は足音が聞こえてきて、防犯用の掛け金が開く範囲で、ドアが開いた。「はい？」出てきたのは女性だった。

「ドリス・チャップマンを探しているのですが」わたしは言った。「ドリスが町を出たかどうか、ご存じではありませんか？」

「どうして?」

わたしはすばやく頭を回転させた。「ドリスが働いていた〈スクート&ブーツ〉の新しい経営者なんです。健康保険の件で話があって」神さま、嘘をつくことをお許しください!

「ドリスはフロリダにいきましたよ」女性は答えた。「冬を過ごすために」

「どこにいるか、わかりますか?」

「デスティンだったと思うわ。暖房をつけたまま出かけてくれたならいいんだけど。彼女にも言ったけど、隣の水道管が破裂すると、こっちに水が漏れてくるから」

「電話番号か何かをご存じないですか?」

「聞いてないわ。でも、お名前を教えてもらえれば、ドリスから連絡があったときに、あなたが探していたって伝えておくけれど。といっても、たぶん連絡なんてないでしょうけど」

わたしは銀行の入金票から名前の部分をちぎって、ドアのすき間から渡し、もう千回目になるけれど、名刺をつくろうと考えた。

「ありがとうございました」わたしは言った。

「どういたしまして」女性はドアを閉めたが、わたしが踵を返すと、もう一度開けた。「あの、いま思い出したんだけど。彼女の犬を預かっているひとがいるの。きっと、彼ならドリスの居場所を知っているはずよ。このまえ雨が降ったときに、キッチンの床を直してくれたの。すごく変な名前だった。虫みたいな。ちょっと待ってて、思い出すから」彼女は壁を指で叩いた。

わたしはひらめいた。「フライ？　そのひとの名前はフライ・マッコークルじゃありませんか？」

「そんな気がする。虫のような名前だったのは覚えているから」

「ありがとう。本当にありがとうございました」

わたしは危うくスキップして車に戻りそうになった。そしてドリスの家のまえから車を出しながら、土砂崩れのおそれはあるし、眺めもよくないけれど、このテラスハウスは安くないことに思いあたった。〈スクート&ブーツ〉の最低限の賃金とチップでは、住みやすい地域にあるパステルカラーのテラスハウスは買えないし、冬のあいだフロリダで過ごすことだってできない。わたしは首をふった。また、新たな謎が加わった。

わたしは夕食の買い物リストに〈ミセス・スミス〉のチェリーパイも追加した。いつもだったら家に帰り着く頃には、冷凍のチェリーパイはちょうどよく解凍されていて、あとはパイ皿にのせて焼くだけだ。わたしがやるのは、それだけ。なのに息子の嫁は最高においしいパイのレシピを教えてくれないと、ずっと怒っている。それは古きよき〝ママのアップルパイ〟的なやり取りで、わたしは〈ミセス・スミス〉の箱を捨てたせいで、真実を告げられなくなってしまった。生きていくためには、ある種の嘘が必要なのだ。

パイと、炒め物と、クチナシに対するわたしの明らかな感謝で、フレッドは珍しく上機嫌だった。

「〈スクート&ブーツ〉について、何か進展はあったかい?」フレッドはリクライニング・チェアの背にもたれて、陽気に訊いた。

「いいえ」わたしは刺繍を施しているレースを取り出しながら言った。

「何か特別なことは?」

「いいえ。友だちのひとりとお昼を食べただけ」

「そいつは、よかった」

「教会のバザーに、二十四個のカップケーキを持っていく約束をしたわ」

「いいことだ」

家はクチナシのにおいがして、夫はわたしに笑いかけている。人生を楽にするのには、ある種の嘘が必要なのだ。

「この三日間、ほとんど寝ていないように見える?」メアリー・アリスはわが家の私道から車を出しながら訊いた。シスターのこの手の質問には、どう答えても否定される。

「いいえ、まったく」わたしは答えた。

「嘘ばっかり」メアリー・アリスは小型トラックが通過するのを待って、通りに出た。「目の下がひどく腫れていて、まるで喧嘩したみたいでしょ」黒いサングラスをはずした。「ほら」

「うーん」六十年間、姉に答えを迫られるたび、そうしてきたように唸った。メアリー・アリスは今回もまたわたしの反応を真に受けて、サングラスを鼻の上に戻した。

「耳たぶもしびれているのよ。とくに左耳が。あまり眠れなかったときに、よくなるの。耳たぶがしびれるのよ。いつも話しているでしょう」

耳たぶがしびれるなんて、初めて聞いた。「うーん」

「最初の夜は、殺人事件があったし、あんたがデビーの家に誰かが入りこんでいるなんてギャーギャー言って死ぬほど脅かすから眠れなかったし、次の日の夜は店に誰かが侵入したことで不安になって眠れなかったのよ」

「それじゃあ、ふた晩じゃない」

「だから、三日よ」シスターの声に議論の余地はなかった。わたしは話題を変えた。

「きのう、フレッドがきれいなクチナシの鉢植えをプレゼントしてくれたの」

「どうして?」

「フレッドが贈りたいと思ってくれたからよ」

「フレッドらしくないわね」

もう一度話題を変えた。「きょうは、保安官は何を訊きたいのかしら」

「あの保安官は少しうるさいだけなのよ、パトリシア・アン。簡単なことよ。自分が飛べって命じて、ひとが飛ぶところを見るのが好きなわけ。彼にあわせて、シャツの糊づけをしたり、アイロンをかけたりする奥さんが気の毒だわ」

「奥さんはいないわよ」

「何ですって？」メアリー・アリスはもう一度サングラスをはずして、わたしを見た。「どうして知っているの？」

「まえを見て」わたしは前方の交差点を指さした。「ヘンリー・ラモントから聞いたの」

メアリー・アリスはどうしてヘンリーがそんなことを知っているのかとは訊かなかった。その話はきのうボニー・ブルーとお昼を食べたときに聞いたのだが、そのことには触れたくなかった。

「指輪をしていたわよ。奥さんに捨てられたのかしら」

「奥さんはあなたのご主人たちのご近所さんですって」

「エルムウッド墓地に埋葬されているってこと？」

「ええ。亡くなったのよ。二年まえに」

「ふーん」

「デビーと同い年」

「やめてよ、パトリシア・アン」メアリー・アリスはインターステートのランプに車を入れた。「お宅のヘイリーのほうがデビーよりアイロンかけがうまいわ」

今度はわたしが言った。「やめて」

リユーズ保安官の執務室は、本人の外見と同じく、簡素だった。椅子が三脚に、普通の書類棚と書棚、それにパソコンがのった机しかない。紙きれや封筒さえも。空のコーラの缶や発砲スチロールのコーヒーカップもないのだ。

リユーズ保安官は身ぶりで、机と向かいあっている二脚の椅子にすわるよう勧め、自分は机のまえに腰をおろすと、出向いてくれたことに礼を言った。

「クリーニング店」メアリー・アリスが言ってきた。わたしは保安官の糊のきいたシャツを見て、同意してうなずいた。

「何です？」保安官が訊いた。

「クリーニング店に寄らないといけないって、妹に念を押したの」メアリー・アリスは少しも言いよどむことなく答えた。「みんながまたコットンを着るようになって、クリーニング店は喜んだでしょうね？　もちろん、まだポリエステルを着ているひともいるでしょうけど」当てつけるようにわたしを見ると、保安官がこちらを向いた。

「混紡よ」リユーズ保安官によく見えるように、ブラウスの袖を突き出した。「コットン四〇パーセント、ポリエステル六〇パーセント」

「すてきだ」

「ありがとう。わたしが思うに、神さまは人間にアイロンをかけさせるつもりなら、ポリエステルをつくらなかったと思うの」

「そんなの、ちっとも道理じゃないわ」メアリー・アリスが言った。

リユーズ保安官はいまではすっかり見慣れた仕草でこめかみをもむと、メアリー・アリスに〈スクート&ブーツ〉を買うときに、エド・メドウズに対して素性調査の類いは行ったのかと質問した。

「お店の財政的なことだけ。借入金がいくらあるのかとか、そんなことよ。どうして？」

「なかなか近親者が見つからないものですから。葬儀の準備や債務の返済などについて連絡しなければならないのですが」

「エドはアトランタに帰って、病気の両親の面倒を見る予定だったのよ」シスターは言った。

「簡単に見つかるはずよ」

「エドはチャールストンの出身だったはず」わたしは言った。「それに、両親は亡くなっているわ」

「誰から訊いたの？」メアリー・アリスが訊いた。

嘘は思いつかなかった。「ヘンリー・ラモント」

リューズ保安官はうなずいた。「ミセス・ホロウェルのおっしゃるとおりです。軍の記録に、両親が死去した際に特別休暇を取ったことが記されています。どうやら、両親はあまり時を置かずに続けて死亡したようです。それに結婚していた時期があったこともわかりました。海軍から給与の扶養家族向け特別支払い分が支給されていたんです。でも、約一年で終わっている。おそらく、結婚はうまくいかなかったんでしょう」保安官は指で机を叩いた。「それから、兄弟姉妹がいたという記録はありません。チャールストンの警察に協力してもらったのですが」

「それで、あたしたちにどうしろと？」メアリー・アリスが訊いた。

「ミスター・メドウズが友人について何か話していたのではないかと。もしかしたら、〈スクート&ブーツ〉を開くにあたって、力を借りた友だちがいたかもしれない。彼をよく知っているひとが見つかれば、その人物がおばやおじ、とにかく誰かを知っているかもしれない」

「エドから誰かほかのひとについて聞いたことはないわ」シスターが言った。「それに、エドは〈スクート&ブーツ〉を買うときに現金で支払ったの。一ドルも借りてないはず」

保安官の指が机を叩く音が大きくなった。「それなら、どうしてミスター・メドウズはお店を売ったのでしょう」リユーズ保安官はひとりごとを言っているかのように、考えこみながら小声で言った。わたしたちにもわからない。

「もしかしたら」わたしは言ってみた。「まったくちがう事業をはじめるつもりだったとか。それとも、同じような店でも、ほかの場所で開くつもりだったのかも」

「でも、それならどうして両親のことで嘘をつく必要があったの？」メアリー・アリスが言った。

リユーズ保安官は肩をすくめた。それは答えのわからない、大きな疑問だった。誰がエドの喉を掻き切ったのかという疑問と同様に。

「親戚が見つからないなら、葬儀はどうするの？」メアリー・アリスは祖父が井戸から桶で水をくみあげていたみたいに、床からバッグを引っぱりあげた。きっと、すごく重いのだろう。メアリー・アリスはバッグからミント・キャンディを取り出して、保安官とわたしにひとつずつ差し出した。わたしたちは断った。

「歯に悪いから」わたしは言った。「シュガーレスにしなさいよ」

メアリー・アリスはミント・キャンディを口に放りこんだ。「シュガーレスだと、舌の裏に変な味が残るのよ。三十分まえに苦いものを食べたか、桃の枝をかんだかしたような味」

「桃の枝をかんだような味？」姉が桃の枝をもぐもぐかんでいる姿が頭に浮かんだ。

「大きな枝じゃないわよ。実についている小枝」

わたしは桃の小枝をかんだとき、どんな味がしたかを思い出そうとしたけれど、どうしても思い出せなかった。

「郡の墓地があるんです」リユーズ保安官がこめかみをもみながら言った。「それでも、全力で親戚を探しますが」

「いま、エドは遺体安置所に？」シスターが訊いた。

リユーズ保安官はうなずいた。

「凍らせて?」

小さくうなずいた。

「それなら、急ぐことないわ。ねえマウス、それだけ長く凍らされたひとって、誰がいたかしら? 有名人で」メアリー・アリスは少し考えてから続けた。「歌手のケイト・スミス? 埋葬できない理由があったんじゃなかった? 政府がアーリントン国立墓地に埋葬すべきだったと思わない? 大スターが『ゴッド・ブレス・アメリカ』を歌って。ジェシー・ノーマンか、七月四日の独立記念日の花火のときに国歌を上手に歌う、敬虔《けいけん》な女性とかが。泥のパイみたいな名前のひとよ」

「サンディ・パーティー。でも、ケイト・スミスがしばらく埋葬されなかったなんて記憶はないわ。ビリー・ローズなら長いこと凍らされていたけど」

「そっちだったかも。でも、どうしてビリー・ローズとケイト・スミスを間違えちゃったのかしらね」

「ビリー・ローズって誰ですか?」リユーズ保安官が訊いた。

メアリー・アリスとわたしは保安官がビリー・ローズを知らないことに首をふった。

「もっとも偉大な興行師よ」メアリー・アリスは断言した。「一九三九年のニューヨークで開かれた万博で水上ショーをやったの。ママとパパがパトリシア・アンにあたしを連れて

――」

「パトリシア・アンとわたし」わたしは誤りを正した。「それに、わたしはまだ三歳だったから、何も覚えてないわ」

「すごくきれいな女性たちが泳いで、エスター・ウイリアムズの映画みたいに、水中でデザインを描くの。主役の名前はエレノア・ホームズだったわ。彼女が水から出て五分後に戻ってきたときには、もう髪が乾いていた。どうやったのか、いまでも不思議なのよね。確か、彼と結婚したはずよ」

「ビリー・ローズとエレノア・ホームズが結婚したのですか？」リユーズ保安官が訊いた。

「信じられないくらい美しかったのよ」シスターは言った。「でも、あたしが気になったのは乾いた髪だった。カツラをかぶって泳げないわよね？」

「たぶん無理でしょう」リユーズ保安官が答えた。「一九三九年だったら、カツラは人毛だったでしょうから、とても高価だったはずです」

「ビリー・ローズはファニー・ブライスとも結婚したのよね？　ちがった？　映画の『ファニー・ガール』にあったわよね？」

「バーバラ・ストライサンドの主演ですね」保安官が言った。

「彼女が演じていたのが、ファニー・ブライス」

「ううん、オマル・シャリーフよ」シスターは言った。「彼女がビリー・ローズと結婚したのは、次の映画よ。とにかく、あたしが初めてテレビを見たのが、万博でルーズベルト大統領が演説したところだったから」メアリー・アリスはため息をついた。「すごくハンサムだった。彼がまわりのひとに支えられて立っていたってわかったのは何年もあとよ。お気の毒に」ミント・キャンディを保安官に差し出した。「はい。糖分が必要な顔をしているわ」

リユーズ保安官はミント・キャンディを受け取ってかんだ。メアリー・アリスとわたしは顔を見あわせた。硬いキャンディはかんだらいけないって、どっちが言う？　どちらも言うべきではないという結論が下された。わたしたちは保安官がこめかみをもみ、歯をだめにするのを見ていた。

「ほかに何かお手伝いできることがあるかしら？」シスターは尋ねた。「あたしたちはエド・メドウズのことを何も知らないから」

リユーズ保安官は微笑んだ。そして嘘ではない本当の笑顔を見せて立ちあがった。それを事情聴取終了の合図だと考えて、わたしたちも立ちあがった。

「いえ、ないと思います。ご足労いただき、ありがとうございました」

「エドの葬儀が決まったら、教えてくださる？」メアリー・アリスが言った。

「ええ、必ず」リユーズ保安官が答えた。

「エルムウッド墓地がいいかもしれないわ」わたしは提案した。

「マウス！」メアリー・アリスのふりまわしたバッグが尻にまともにあたり、わたしは保安官の執務室から押しだされそうになった。「やめてったら！」

「電話ですむ話だったわね」帰り道、メアリー・アリスは文句を言った。「そもそも、もう十回以上、話を聞いているじゃない」初めて一緒に〈スクート&ブーツ〉にいったときに気がついた道ばたの店で車を停めた。あらゆる大きさのカボチャが並んでいる。「パトリシア・アン、保安官はいらいらしていたみたいね。彼がこめかみをもんでいたことに気がついた？」わたしはうなずいた。「こっちがおかしくなりそうだったのは、もむ方向がちがっていたところよ。片手は時計まわりで、逆の手は反時計まわり。脳の機能の何かに影響するんだわ」

「何かに影響するって、どういうこと？」わたしはリユーズ保安官の独特なやり方に気づかなかったことが悔しかった。

「わからないけど、試してみるといいわ」メアリー・アリスは車から降りた。「カボチャを買う？」

「ええ」

わたしたちは平らな面がないカボチャを見つけようとして、オレンジの山のまわりを歩いた。わたしは両手でちがう方向に向かって、こめかみをもみはじめた。メアリー・アリスはその姿を見て、にやりとした。

「双子にひとつずつ」メアリー・アリスは選んだカボチャを車に乗せながら言った。「もう

ひとつは、後部座席に乗せた。

「これはフレッドに」わたしはカボチャが転がらないように、後部座席に乗せた。

「やあ、おふたりさん」頭上で声がした。顔をあげると、フライ・マッコークルが店の屋根の上ですわっていた。にっこり笑って身を乗り出し、バタフライという通り名を裏切らないつもりであるかのように、世界じゅうを見渡している。「そこで待ってて」フライが言った。「話したいことがあるから」

10

フライ・マッコークルは小屋のわきに立てかけたはしごから軽快におりてきた。ゴムぞうりがキュッキュッとはしごの横木を踏んでいる。

「奥さんたちは〈スクート&ブーツ〉にきたんですか」フライは尻のポケットから出したバンダナで額を拭った。

「保安官がなかに入れてくれないの」メアリー・アリスが答えた。「エドの親戚を知らないかって訊くためだけに、あたしたちを警察まで呼びつけたのよ。親戚どころか、エドのことなんてほとんど知らないって答えたわ」

「ご遺体を引き取ってくれるひとを探しているんですって」わたしは付け加えた。「できるかぎりのことをしないと、葬儀ができないんじゃないかしら」

「アトランタの両親というのは？」

「死んだのよ」メアリー・アリスが言った。「チャールストンで」

「何だって？」

「長い話なの。エドはあまり正直じゃなかったみたい」

「まあ、初耳ではないけど」フライはバンダナをポケットに戻した。「エドが嘘をついているときは、半分は察しがつきましたよ。あのタトゥーがいい例だ。タトゥーを入れたときの作り話が十個はあったから。それでも、うまい嘘だったから楽しめた」フライは腕についていたおがくずを払った。「でも、アトランタの話は信じていた」

「すべて嘘だったのよ」メアリー・アリスは肩をすくめた。

「ちくしょう」

わたしは共感してうなずいた。

「保安官はいつになったら〈スクート&ブーツ〉に入れるのか、言ってましたか？」

メアリー・アリスは首をふった。「言われなかったわ」

「このあと大きな仕事が二件入ることになっていて。そのまえに〈スクート&ブーツ〉に取りかかれると思っていたんだけどな」

「〈スクート&ブーツ〉は長くかかりそうもないから？」わたしは訊いた。

フライは首をふった。「いや、そうでもない」もう一度、腕を払った。「おがくずが取れないな」

「上で何をしていたの？」わたしは屋根を指さした。

「ふるいみたいに穴が開いていて。冬のあいだは、かみさんがふさいでいるんだけど、おれがプラスチックをかぶせてやるって言ったんですよ。かみさんはぜったいにやろうとしないから。防水仕様の屋根にしたいと言って」聞いたことがないほど馬鹿げた考えだというように、首をふった。

「ここは奥さんのお店なの？」わたしは訊いた。

フライはうなずいた。「みんな、バーミングハムの市場にいくでしょう。かみさんもあそこで仕入れて、ここに並べる。でも、お客は裏の畑で採れたと思うから。そんなの、わからないでしょう？」わたしたちがここで買い物をするために寄ったことを思い出し、にやりと笑った。「何がいります？ カボチャ？ トマト？」

「カボチャよ」メアリー・アリスは答えた。

「カボチャならたくさんある。好きなのを選んだら、車に乗せてあげますよ」

「ありがとう。もう選んであるの。でも、あそこのもいいわね」メアリー・アリスは山になっているカボチャのひとつに近づいていったが、わたしはその場から動かなかった。

「フライ」わたしは言った。「フロリダのドリス・チャップマンの居場所が知りたいの」

「誰だって？」フライが訊いた。

「ドリス・チャップマン。〈スクート&ブーツ〉のウエイトレスよ」

「ああ、ドリス。さあ、どこにいるかは知らないな」

「あなたなら、わかると思ったんだけど」

フライにぼんやりとした顔で見られ、隣家の女性が犬を預かっているひとの名前を正確に覚えていなかったことを思い出した。〝フライだ〟と思ったのは、この自分だ。

「思いちがいだったみたい」わたしは言った。

フライは肩をすくめた。「お役に立てたら、よかったんですけど。ミセス・クレインはまたドリスを雇うつもりなのかな」

「ええ」わたしは嘘をついた。

黒のBMWが駐車場に入ってきた。フライは顔をあげて手をふった。「リチャード・ハナだ」フライは間違いなく、ほっとしていた。

子どもたちは、わたしにはどういうわけか、どんな嘘も通用しないと言う。本当だった。それはレーダーのようなもので、あってはならない光の点が映し出されるのだ。いまは混雑している空港の管制官のような気分だった。わたしはフライがBMWに近づいていくのを見ていた。フライはドリスについてぜったいに嘘をついている。わからないのは、その理由だ。

リチャード・ハナが車から降りてきた。リチャードは大柄で、テレビで見るより実物のほうがハンサムで、ということはすごくハンサムだということだった。身長はおそらく百八十八から百九十センチくらい。三十八歳なのに、まだアラバマ大学のフットボールチームの花形選手だったときと同じ体型を維持している。外見で決まるとしたら、上院議員選では間違いなく当選するにちがいない。

「へえ」メアリー・アリスに耳もとでささやかれ、わたしは驚いた。近づいてきていたことに気づかなかったのだ。「見かけどおりに賢くて、感じがいいわね」

「彼に投票するわ」わたしは小声で言った。

「あたしも」シスターも同意した。「マウス、ハンサムなら馬鹿でもがまんできるって気づいたの?」

わたしは軽蔑するように姉を見てから目をそらした。

「賢いって言ったばかりのくせに」

「あら、彼は賢いわよ。馬鹿っていうのは、一般的な話」

シスターはめったに〝一般的な〟話をしない。ラインダンスが得意なビル・アダムズは愛の巣から追い出されないだろうか? ビルはすでにメアリー・アリスが付きあってきた大半の男性より、長く付きあっている。もちろん、三人の夫たちは例外として。でも、フライとリチャード・ハナがこちらに向かってきたので、シスターに尋ねることはできなかった。リチャードが発した冗談が受けたらしく、ふたりは駐車場のなかほどで足を止めた。そして大笑いすると、フライは年寄りのように脚を叩いた。フライの背はリチャードのあごのあたりまでしか届かず、彼の隣にいると、とても小柄に見えた。わたしたちのところまでやってきたとき、ふたりはまだ笑っていた。

「おもしろい話を聞き逃してしまったようね」シスターが言った。

リチャード・ハナは〝何でもないですよ、奥さん。仲間内の話というだけで〟といった感じで笑って、わたしたちふたりに手を伸ばした。少しもお高くとまっていない。握手する彼の手は温かかった。

「外交政策について話していただけです。お元気ですか、ミセス・クレイン」

「元気よ、リチャード。外交政策ですって？」

「ときには、ばかばかしい話もあるんですよ、ミセス・クレイン」はっとするほど歯が白い。けれども、アクリル樹脂の輝きではない。美しい歯をしたフットボールの花形選手だ。すばらしい。

「リチャード、こちらは妹のパトリシア・アン・ホロウェルよ」メアリー・アリスが紹介してくれた。

わたしは〝初めまして〟ではなく「あなたに投票します」と言ったが、それは最後の瞬間までわからない。

リチャード・ハナはすっかり興奮している女性に慣れていた。そして、あっさりとこう言った。

「ありがとうございます、ミセス・ホロウェル。感謝します」それからカボチャを指さした。「おふたりとも、わたしと同じ重大な任務でここにいらしたようですね。うちのふたりの子どもはカボチャのランタンをつくるのが、もう一日も待っていられなくて」

「もう車に積んであるの」メアリー・アリスが言った。

「さあさあ、リチャード。子どもたちにカボチャのランタンを持って帰ってあげる時間よ」

ミセス・フライらしい小柄な女性が、小屋から駐車場に出てきた。背が低くて、ふくよかで、にこにこ笑っている。

「ケイティ」当然ながら、リチャード・ハナはアラバマ訛りで呼びかけた。そして近づいていって彼女を抱きあげると、大きな音をたててキスをした。

「親戚同士のキスね」わたしがつぶやくと、メアリー・アリスが険悪な目で見た。

「やめなさい、リチャード・ハナ」ケイティがくすくす笑った。

「おれが守ってやるよ、ケイト」フライは信じられないほどチャボそっくりの歩き方で、ふたりに近づいていった。「おれの女を放せ、この野郎」

フライがこぶしを握ってふたりのまわりを歩くと、リチャードは笑いながら、羽根のように軽いかのようにケイトをふわりとおろした。ワシントンでいちばんハンサムなだけでなく、いちばん強い上院議員を選出することになりそうだ。

「よけいなお世話よ、おじいさん」ケイトは愛情をこめてフライに微笑むと、シャツをジーンズに入れて、わたしたちのほうに近づきながら、ふり返ってこう叫んだ。「カボチャは一個六ドルよ。値切りはなし」

ケイト・マッコークルはフライと同様に、見るからに昔ながらのヒッピーだった。かなり白髪が交じった明るい茶色の髪を一本の三つ編みに結って、腰まで垂らしている。ジーンズはベルボトムで、そのせいで脚が実際よりも短く見える。赤いゴムぞうりをはいた足は、爪を一本ずつ車のドアにはさんだように見えたが、どうやら緑色に塗っているらしい（そうであることを祈りたい）。きびきびとした歩き方を見ていると、その点は間違いないようだ。化粧はしていないし、おそらく一度もしたことがないだろう。肌はしみひとつなく、夫と同じく、とても若く見えるので、年齢はわからない。フライが妻のうしろから近づいてきて、わたしたちを引きあわせた。

「〈スクート&ブーツ〉を買ったひと？」メアリー・アリスがそうだと答えると、ケイトは首をふった。「かわいそうなエド・メドウズ。すぐ近くの知っているひとにあんなことが起きるなんて、誰も思わないわよね。フライはわたしがひとりでここにいるのをすごく心配するけど、わたしは気にしたことがなかった。ひとを信用しすぎるのかもしれないわねえ。もう何年も鍵なんてかけたことがないし、ここから盗んでいくものなんてピーナッツとマリファナくらいしかないから、どうしても欲しいっていうなら、持っていかせるからね」

「エドのことをよく知っていたの？」メアリー・アリスが尋ねた。「保安官が家族を探しているんだけど」

「エドはときどき寄ってくれたわよ。ゆでたピーナッツが好きでね」ケイト・マッコークルはため息をついた。「わたしはエドが好きだった。でも、生い立ちは何も聞いていないね。聞いたことある、フライ?」夫をふり返ると、フライは片方のゴムぞうりの先で、砂利道に絵を描いていた。

「アトランタにいる家族が病気になったって話だけだ」

「わたしは、それさえエドから聞いていないの。あなたから聞いただけで」

「どちらにしても、それは嘘だったから。エドの両親はもう死んでいた。きょう、保安官がこの奥さんたちに言ったんだ。エドはチャールストン出身で、両親は死んだらしい」フライは肩をすくめた。

「どうして、嘘をついたのかしらね。わけがわからない」

ケイト・マッコークルの顔に悔しさが浮かび、わたしはボニー・ブルーがケイトがあらゆる話を知っていて、噂を広げる女性だと話していたことを思い出した。でも、この話は明らかに知らなかったらしい。もしかしたら、ドリス・チャップマンの情報を与えてくれるのも、ケイトかもしれない。

シスターは、みんながそんな大嘘をついたらとんでもない世の中になる、自分の娘のデビーは弁護士だけれど、法廷で宣誓したひとたちの証言の半分は信じられないと言っていると話した。「そうよね、パトリシア・アン?」

シスターは本気で尋ねているわけではなかったので、わたしはほっとした。

「確かにそうね」ケイト・マッコークルは同情するように言うと、勇ましく胸を張って、商売に戻った。「奥さんたち、欲しいものは見つかった？」

「ふたりで四つのカボチャを車に積んだわ。あたしはもうひとつもらうわね」シスターが言った。

「スープミックスも買っていって」ケイトが言った。「口にしたことがないほど、おいしいから。あとは小さなシチュー用の肉を入れるか、脂肪を取りたくなかったら、ブイヨンを一個入れるだけでいいの。きのう入荷したばかりなのに、もうほとんど売り切れちゃったわ」

「よさそうね」わたしは言った。「いただいていこうかしら」

「あたしにもちょうだい」シスターが言った。「それから、カボチャも」

「おれが運ぼう」フライが買って出た。リチャードが立っている向こうに、大きなカボチャがあったはずだ。

　わたしはケイト・マッコークルのあとから、店のなかに入った。大きな尻を包んで伸びているジーンズはいまにも縫い目が裂けて破れそうだ。それもベルボトムだ。二十年くらいはいているのだろうか？　いや、もっとかもしれない。

　なかはいかにも昔ながらの道ばたの店のにおいがした。熟しすぎたバナナやリンゴに、根菜の土臭いにおいだ。ふたのないトウモロコシや、トマトや、オクラの箱が、ほかの野菜と一緒に、硬く固めた土の床に二列に並んでいる。そして小屋のうしろの壁に沿って、おそらくフライがつくったのだろう、小さな台とレジスターと小型テレビがのったカウンターがある。その台のうしろの壁には、手づくりのジャムやソースが詰まった瓶が並んでいる。小型テレビで騒々しく放送されているのは、クイズ番組の『ジョバディ』だ。

「こっちよ」ケイトが言い、わたしは彼女のあとについて、木の台にのぼった。瓶がガチャガチャと音をたてたのは、台をつくったフライの腕が悪いせいではないといいけれど。

「ヒューロン湖！」ケイトが急に叫んで、ふり返った。

わたしはあわててうしろに飛びのいて、台から転げ落ちそうになった。

「ああ、ごめんなさい」ケイトが手を伸ばして支えてくれた。「あのまぬけなひとたちが――」テレビを指さした。「――五大湖も答えられないものだから。質問されているのに」

わたしはまだ勢いよく鼓動を打っている心臓に片手を当てた。ここ数日で、神経がすっかりすり減っている。

「だいじょうぶ？」ケイトが訊いた。

わたしはうなずいた。「びっくりしただけ」

「悪かったわ。ちょっといらいらしちゃって。あのひとたちだってきちんと試験に通っているんだろうに」ケイトは司会のアレックス・トレベックをにらみつけた。「彼、髪に何かつけているのかしらね？先週はあんなに髪が白くなかったと思うけど」

わたしは肩をすくめた。ケイトがこの番組に激しく入れこんでいるのを見るかぎり、何も言わないほうがよさそうだ。

「つけてないかもしれないけど」ケイトがそう言ったので、わたしは何も答えずにすんだ。

ケイトは棚のほうに歩いていき、ついてくるようにと身ぶりで示した。

「スープミックスはここ――」指をさした。「――これは新しいナシのピクルスと中国漬け《チャウチャウ》。ペパーゼリーも入荷したわ。赤も緑も、両方とも」ケイトがペパーゼリーの瓶を掲げると、光が通過して、壁が赤と緑に染まった。その瞬間に音楽が鳴り、ダンスフロアで赤、緑、黄色の照明が点滅していた〈スクート&ブーツ〉が頭に甦《よみがえ》った。何か忘れていることがあるような……何か。

「小さな瓶は一個二ドル二十五セント」ケイトが言った。「スープミックスは三ドルね」

どうやら妙な顔をしていたらしい。ケイトは値段に対する不満だと受け取って、顔をしかめた。「安いと思うけど」

わたしの頭の隅では、まだ何か重要な事実がひっかかっていた。けれども、頭を道ばたの店に戻すと、ケイト・マッコークルがゼリーを持って、不満そうな顔をしていた。

「最近は瓶も高いのよ」ケイトが言った。

「ごめんなさい」わたしは言った。「一瞬、頭がずっと遠くにいっちゃって」本当は八キロほど先だけど。頭ではまだ音楽が鳴っている気がした。わたしはゼリーをひとつ手にして見とれた。「いくらって言ったかしら」

ケイトは顔をほころばせて、もう一度値段を告げた。そして言い終わると、こう言った。

「フライみたい」

「どういうこと？」

「そういうふうに、頭がどこかにいってしまうのよ。すごく遠くに。きのうなんて、メロンを出しているときに、ぴたりと手が止まってしまって。一点をじっと見つめているの。だから、おでこを叩いて訊いたのよ。『誰か、そこにいるの？』って。あのひとったら、銃で撃たれたみたい飛びあがってた。しょっちゅう、そうなるの」ケイトは棚からスープミックスの瓶をふたつ取った。「いくつ持っていく？　六個残っているけど」

「全部いただくわ。わたしも手伝うわね」カウンターまで、ふたりで瓶を運んだ。「それから、ペパーゼリーの赤と緑と、チャウチャウを一個ずつ」

ケイトは棚に戻った。「何年もまえにやっていたLSDがまだ残っているんじゃないかと思うことがあるわ」カウンターに瓶を持ってきて、ほかの商品と並べて置いた。「あの手のものって、永久に影響が残るって言うでしょう」

わたしはうなずいた。

「すごく怖かった。みんな、空を飛べるとか何とか思っていたでしょ。神が見えるとか。わかるでしょ」ケイトは瓶を袋に入れはじめた。

ヒッピー文化まっ盛りの頃、わたしは教師として働きながら小さな子どもたちと暮らしていたので、LSDに関する知識は〝とにかく、ノーと言おう〟運動の先駆けとなった教育映画から得ていた。そうした映画ではマリファナを一服するだけで、頭がおかしくなっていた。LSDをやった人間はものが光ったり、ちがう色に見えたりするのだ。映画を観ていたふたりの子どもが吐き、明かりをつけて、用務員に猫のトイレ用の砂で処理してもらわなければならなかった。映画は連想を利用して、狙いどおりの効果を得ていたのだろう。

「フライは自分が飛べると思っていたの？」わたしはそう尋ねてから、ひどくまぬけな質問をしたことに気づいて笑った。

ケイトも笑い返してきた。「フライというあだ名がどうしてついたと思う？」

「〝バタフライ〟からきているのかと思っていたわ。トラックに絵が描いてあるでしょう」

ケイトは首をふった。「フライは友だちのアパートメントの三階の窓から飛んだのよ。足を引きずっているでしょう？」紙袋のてっぺんをきちんと折った。「不思議なことに、まだ自分は飛べると言いはっているんだけどね」

「神を見たの？」

冗談ではない。本気で、見えたと思っているのかもしれないと考えたのだ。

「強烈な呪術師の格好をしているときは、見えるのかもしれないけど」ケイトは代金を計算して、わたしが出したお金を受け取った。

「カボチャはシスターが払うから」外を見ると、メアリー・アリスはフライとリチャード・

ハナに荷物を車にのせてもらっているところだった。あんなふうに微笑んだり、ふざけたり、カボチャを買ったりしているところを見ると、わたしはバーミングハムまでヒッチハイクをするはめになるかもしれない。車にのせられる荷物には限度があるから。

ケイトはお釣りをかぞえて、わたしの手にのせた。「〈スクート&ブーツ〉のひとたちのことは、全員知っているの？」わたしは尋ねた。

「ええ。ヘンリー・ラモントはサラダにする材料をときどき買いにくるわ。あそこで出す野菜はそのくらいだから。それから、ボニー・ブルー。おもしろいひとよ」ケイトはカボチャをめぐって大騒ぎしている三人に目をやった。「リチャード・ハナってすてきよね」

わたしは思慮深く同意したものの、話題を変えたくはなかった。「ドリス・チャップマンのことは？」

「二、三週間まえに、エドと一悶着《ひともんちゃく》あったらしいわ。エドがドリスを冷蔵室でつかまえて、レイプしようとしたって言うけど。うーん。フロリダで休暇を取っているんでしょ。ミセス・クレインはまたドリスを雇うつもり？」

「ええ、もしかしたら。エドがドリスをレイプしようしたとは思わないの？」

ケイトはレジを尻で押して、勢いよく閉めた。「あの日、エドはウインナーを切っちゃったんだから、レイプなんてしないでしょうよ。フライはエドを紹介状なしで見てくれる医者のところに連れていって、その夜まったく眠れなかったのよ。ひどく心配してね。驚くわよね。あの手のことになると、男どうしってすごく気持ちがわかりあえるみたいで」

「エドはウインナーを切ってしまったの？」どういうわけか、わたしはケイト・マッコークルが男性のあそこを〝ウインナー〟と呼ぶようなひとだとは思っていなかった。でも、フライは孫がいると言っていなかっただろうか？　それなら、わかる。

ケイトはわたしが理解していないのだと思いこんで、片手を下にさげた。「あそこよ」

「どうして、そんなことに？」

「金属の棚にあった箱をおろそうとしたら、棚のネジがゆるんで落ちてきて、切れちゃったのよ。びっくりしたけど、ああやってぶら下がっているときは、それほど痛くないんだってね。知ってた？」

わたしは初めてお医者さんごっこをして、相手の男の子に小さな変なものを見せられたときのことを思い出した。「本当に、ドリスがエドにレイプされそうになったと言ったのと同じ日だったの？　ちがう日なんじゃない？」

「フライが家に帰ってきて、必死になって鎮痛剤を探しているときに、ドリスがきて、甘いものが欲しい、気絶しそうだからって言ったのよ。それでナッツが入ったチョコレートとコーラをあげたら、エドがおかしくなって、自分をレイプしようとしたって言い出して。エドは鎮痛剤を飲んでぼうっとしていたかもしれないけど、ぜったいにレイプなんてするはずない」

いけど」

「ドリスにそう言ったの？」

「もちろん。でもドリスはチョコレートとコーラを飲んで出ていったわ。そうしたら、次の日になってフライに電話してきて、犬を預かってもらえるかって。わたしとは話そうともしなかった。まるでこっちがドリスに悪いことをしたみたいに。まあ、あの犬は好きだからい

「ドリスがどこにいるのか知っている？」

ケイトが怪しむような目をした。「いますぐ雇いたいの？」

わたしは尋ねるのをやめた。「いいえ。ただ、メアリー・アリスには〈スクート＆ブーツ〉を手伝ってくれるひとが必要だし、ドリスはとても優秀だって聞いたから」

「誰がそんなことを言ったの？」

そのとき、メアリー・アリスとリチャード・ハナが入ってきて、ケイトにカボチャの代金を支払った。わたしはリチャードが主張している政策について、何かひとつでも思い出そうとした。犯罪のこと？　保険のこと？　教育のこと？　リチャードはあの完璧な歯並びで笑いかけてきた。あごは俳優のカーク・ダグラスみたいに割れている。ああ、困った。政治って、何て複雑なんだろう。

わたしは車のまえの座席の下に置いた、大きなカボチャにまたがるようにしてすわった。道は次第に見慣れた場所に変わっていったが、秋の色は日々濃くなっていく。最南端のこの

辺りでは、たいてい十一月に入ってから、紅葉がまっ盛りとなる。たとえ膝でカボチャをはさんでいても、夕方になって、何もかもが黄金色に染まるのを見られるのであれば、ありがたいものだ。

メアリー・アリスは黙ったまま、ファストフード店に寄って、軽く食べていこうとさえ言ってこない。わたしはこの静けさを利用して、物事を客観的に見つめ直すことにした。たとえば、どうしてわたしはシスターに何も言わないのだろうか。ボニー・ブルーと昼食をともにして、ドリス・チャップマンを探してほしいと頼まれたことを、メアリー・アリスに隠す理由はない。ドリスとエドのあいだに一悶着あって、ドリスはレイプされそうになったと言っていたけれど、あそこを縫った痛みが変なふうに作用していないかぎり、そんなことはあり得ないということを隠す理由もない。エドがヘンリー・ラモントにフライパンで殴られたことも。エドはそれで、また縫ったのだ。エドにとっては、病院ばかりにいく日だったにちがいない！　それに、ヘンリーと、ドラッグと、奥さんが亡くなったことについても。

わたしはヘンリーを守ろうとしているのだろうか？　そう自問して、それも少しはあると結論づけた。でも、それだけじゃない。

わたしはこっそりシスターを見た。目のまえの道路に集中し、ときおり鼻にのった大きな黒いサングラスを上にあげている。まずまず有能そうに見える。これまで一度も郵便受けに車をぶつけたこともなければ、妹から手厳しい口撃を受けていないくらいには。わたしはカボチャの両側で脚を伸ばして微笑んだ。今回だけは、姉より妹のほうが何が起きているのかをつかんでいる。それは、なかなか悪くない。

11

まだ、小春日和が続いていた。日曜日、フレッドは地下室から出した芝刈り機に乗って、霜がおりるまえの最後の作業になることを願いながら、芝を刈った。バーミングハムでは感謝祭が過ぎてから霜がおりることがあり、それを考えると、少しばかり無理な願いだった。それでも庭はとてもきれいになったし、このまま数日はもつだろう。

日曜日の夜、わたしたちは娘のヘイリーと、彼女が勤める病院の同僚であるエイミー・ラッセルを夕食に招いた。わたしは仕度をしながら、客に出す食事で、アメリカの経済や食生活の移り変わりがわかることに気がついた。以前はスパゲティやステーキだったのが、いまや低脂肪の七面鳥に変わっているのだから。

「〈スクート&ブーツ〉の件は、何か進展があった？」ヘイリーが訊いた。

「ママはもう関わっていないよ」フレッドが答えた。

「ああ、そうだったわね」ヘイリーは無脂肪のドレッシングをかけたサラダのほうに気が向いている。

「ミセス・ホロウェル、この七面鳥、とてもおいしいです」エイミーが言った。「何に漬けたんですか?」賢い子だ。

「この週末、メアリー・アリスは何をしていたんだ?」ベッドの仕度をしているとき、フレッドが訊いた。

「さあ」

「電話がなかっただろう」

「明日、一緒にタンヒルにいくかって訊いたほうがいい?」

タンヒル州立公園では月に一度、週末に物品交換会が催される。わたしたちが気に入って参加している催しのひとつだ。フレッドは古い道具を探し、わたしはキルトや人形や古い皿を見て歩く。本物の掘り出し物に出会ったことはないけれど、それでも楽しい。並んでいるものの多くは、わが家の地下室にもあり、がらくただと思っているものだ。だからこそ、いい気分になれるのだ。

「冗談だろう?」フレッドが言った。「このまえ一緒にいったとき、メアリー・アリスはあのおかしな鳥かごをいっぱい買ったじゃないか。あれで車内が埋まってしまったんだぞ」

わたしはベッドに入った。「ビルと一緒に忙しくしてくれているといいんだけど」

「ひとつなんて、屋外便所みたいで、月の四分の一くらいの大きさだったぞ。覚えているだろう？」

「ひとつは郵便受けみたいな形で〝ジェニー・レン〟って名前が書いてあったわね」

わたしたちは笑いあった。世界でいちばん望ましい、ベッドへの入り方だ。

地上から姿を消したかのように思われていたヘンリー・ラモントは、わたしたちがタンヒルから戻ってきたときには、また姿を現していた。しかも、デビーが留守番電話に残したメッセージによれば、いま彼女の家でご馳走を用意しているので、フレッドおじさんとふたりで食べにこないかということだった。

こちらから電話を折り返すと、ベビーシッターのリチャルデーナが出て、デビーはすりつぶしたグリーンペパーと玉ネギとニンジンでヘンリーがつくっている〝パーテー〟をのせる無塩クラッカーを買いにいっているという話だった。

「かわいいんですよ、うず巻きみたいで」とリチャルデーナ。

「何ですって？」

「うず巻きみたいな〝パーテー〟なんですよ。クラッカーの上に小さなうず巻きをのせるんです。すごくきれいで！」

これほど感情をあらわにしたリチャルデーナの声を聞いたのは初めてだったが、彼女の経歴を考えれば、感情はあり余るほど持ちあわせているにちがいない。わたしはヘンリーがつくっているのは〝パテ〟だと言うつもりはなかった。

「ヘンリーはコックとして上等？」

「彼はシェフですよ」リチャルデーナはわたしの言葉を正した。「仕上げにレモン風味のチキンに生のバジルをほんの少しちりばめて、何かを詰めたチェリートマトをわきに添えるんですって」

「チェリートマトに何を詰めるの？」

「さあ、知りませんけど、七面鳥に詰めるものではないですよ」

「そうでしょうね」それもおいしそうだけれど。今度、試してみよう。

「デザートはロールケーキです。生クリームだって、自分で泡立てるんですよ」

「デビーはわたしたちに何時にくるように言ってた？」いつもであれば、礼儀としてフレッドにいくかどうか確かめるのだけれど、ロールケーキが出ると聞いたら、フレッドは喜んでいくだろう。

「七時です。その頃になれば、双子は寝ていますから」

「わかったわ。きょうのあの子たちはどうだった？」

「元気でしたよ。あの、ミセス・ホロウェル？」どうでもいいおしゃべりで無駄にする時間がないらしく、リチャルデーナの声はほんの少しいらだっていた。「バジルを刻まないといけないので」

「わかったわ、リチャルデーナ。もう切って。七時にいくから」

わたしは電話を切って、にっこり笑った。ヘンリーのファンクラブに、またふたり入会したらしい。それに、夕食をつくらずにすむということは、放っておかれてばかりでかわいそうなウーファーを散歩に連れていく時間ができたということだ。

ウーファーはえさを待っていた。そして引き綱《リード》を目にすると、うんざりした様子で顔をそむけた。

「散歩にいきたくないの？」わたしはリードをふりながら尋ねた。「一ブロック先まで歩いて、ミランダに挨拶してきましょうよ」

動物に理屈は通じないなんて言わないで。ウーファーは首をかしげた。散歩にいかないと答えたら、いま食事をもらえる。でも逆に、散歩にいけば、あの美しいコリーのミランダに会える。そのうえ、金網越しに少しにおいを嗅げるかもしれない。

いつものように、欲望が勝った。気持ちよく歩いたあと、ウーファーはミランダと一緒にうれしそうにワンワン吠えあっていた。そして、わたしは三軒向こうに住んでいて、新しく生まれた孫の男の子の写真を急いで持ってきた、ミツィ・ファイザーと立ち話をした。このあたりの住民はお互いの子どもがまだ小さく、セントラルエアコンやケーブルテレビがなかった時代から住んでいるひとが多い。夜になるとポーチに腰をおろしたり、散歩をしたり、一緒にアイスティーやビールを飲んだり、子どもたちが遊んだり膝の上で寝ていたりするあいだ、互いの家を訪れたりしたものだ。そして、いまも屋外で一緒に料理をしたり、クリスマスに集まったりするが、何もかも変わらないわけではない。昔から近所に住んでいたひとの多くは引退して、引っ越していった。そして歓迎すべきことに、若い夫婦が引っ越してくる。ただし、アラバマの長い夕暮れどきも、若い夫婦は仕事から帰ってきたばかりで、テレビを見たり、子どもの宿題を見てやったりするのだが。あるいは家のまえを走って、手をふってくるとか。

わたしはミツィの孫の写真を見られてうれしかった。赤ちゃんの母親のブリジットは娘のヘイリーと同い年で、子どもの頃は仲のよい友だちのひとりだったから。

「かわいいでしょう？」ミツィはにこにこして言った。「ブリジットは子どもを持たないつもりなんだろうと思っていたの。それが、いまでは一ダース欲しいとまで言っているのよ」わたしから写真を受け取ると、音をたててキスをした。「アンドリュー・ケイドという名前なの。信じられる？」

「本当にかわいいわ」わたしは同意した。「でも、六人くらいにさせたほうがいいかも」ミツィは笑った。「きっと、すぐに気が変わるわ」

「ブリジットにおめでとうと伝えておいて」わたしは言った。

「伝えるわ」ミツィは周囲をくるくるまわっていたウーファーのリードをまたいだ。「次はヘイリーの番ね」

「そう願っていて」

　家に向かって歩いていると、フレッドの車が私道に入っていった。フレッドはわたしが歩いていくのを見ると、にっこり笑って待っていてくれた。その瞬間に、夫への愛情が湧いてきた。もちろん、自分がフレッドを愛しているのはわかっているけれど、それとはまったくちがうのだ。長い結婚生活で学ぶことのひとつが、こういう瞬間が存在することだ。夫が映画館でチケットを買うために並んでいたり、スーパーマーケットで、手にした牛乳をにらんで賞味期限を確認しながら近づいてきたりする姿が目に入ったときに、ああ、このひとを愛していると感じるのだ。そして、それをあたりまえだと思ってはいけないということも学ぶ。だから、あたりまえだと思わない。ウーファーがひどく腹を立てたので、ようやく食事にしてやった。フレッドは文句を言わずに、木曜日の夜にハナ家のパーティーにいくことを承知してくれた。

　この夜もうひとつ驚かされたのが、デビーの格好だった。桃色のシルクのワンピースを着て、オフホワイトのハイヒールで玄関に出てきたのだ。メアリー・アリスだったら、きっと卒倒していただろう。もう労働者の日《レイバー・デー》を過ぎて（九月の労働者の日を過ぎたら夏服を思わせる白い服装はしないという米国の昔ながらのファッションルール）いたし、姉は靴に関しては融通がきかないから。シスターはどんなに奇抜な格好をしようとも、靴は服より濃い色にするし、九月の労働者の日から五月の戦没将兵記念日《メモリアル・デー》までは決して白い靴ははかないし、五時以降はエナメルの靴をはかないと決めている。わたしは姉の教えを破らないように、茶と、紺と、黒の三足のドレスシューズを一年じゅうはいている。シスターは労働者の日を過ぎても、病院で白い靴をはいていた看護師をにらんでいたことがあったはずだ。

それでも、デビーはとてもきれいだった。ドレスの桃色が肌を輝かせ、黒い目を大きく見せている。抱きしめられたとき、わたしはデビーがニナリッチの香水〈レールデュダン〉をつけていることに気がついた。そしてフレッドがキスをされているときに、デビーがいつも以上にきれいなのはドレスのせいだけではないことにも気がついた。化粧をしているのだ！マスカラに、アイライナーに、頰紅に、口紅。その効果たるや！

「さあ、入って」デビーが言った。

「今夜はすごくきれいだ」フレッドが言った。

デビーが赤くなった。もう長年目にしていないほど、古風な頰の染め方だった。デビーにそんな顔ができるなんて。いったい、どうしたの？

答えが廊下に出てきた。グレーのズボンをはき、細いグレーのストライプが入った白いドレスシャツを着て、赤いネクタイを締めたヘンリー・ラモントだ。デビーはふり向くと、彼ににっこり笑いかけた。ヘンリーも笑い返す。わたしはふたりの年齢をすばやく計算した自分に腹を立てた。デビーのほうが七つか八つ年上だ。だから？　ふたりの年齢が逆だったら、そんなふうに考えた？　その答えはわかっている。デビーの父親はメアリー・アリスより二十八歳上だったけれど、あのとき、わたしは目をぱちくりさせた？　まあ、一度や二度はさせたかもしれないけれど。ほんの、わずかだけ。

「わたしを蹴とばして」フレッドにささやいた。

「何だって？」

「フレッドおじさん、こちらはヘンリー・ラモントよ」

ふたりはあわただしく握手をして、抱きあった。そのあとリビングルームに入ると、コーヒーテーブルにはリチャルデーナが興奮して話していた〝うず巻きのパーテー〟と、食品店の高級食材コーナーで見かけるけれど、食べたことのない平たいクラッカーが並んでいた。フレッドはそれほど輸入食品が好きではないのだ。

「飲み物は？」デビーが訊いた。「パットおばさん、ソーダにレモンをしぼる？」

「ええ」

「フレッドおじさんはスコッチ？」

フレッドはオードブルに目をやりながらうなずいた。「ほう、これがノルウェー産のクラッカーかい？　一度食べてみたかったんだ」

「そんなこと言ってなかったじゃない」わたしはフレッドがうず巻きのパテをクラッカーにのせて、ふた口で飲みこむのを見つめた。

「こりゃあ、いい」フレッドはもうひとつ取った。「うまいな」もうひとつクラッカーにのせて、わたしにくれた。「食べてごらん。きっと気に入るから」確かに、おいしかった。

「ヘンリーがつくったの」デビーが飲み物を運んできた。

「うまいよ、ヘンリー」フレッドはもうひとつクラッカーにのせた。家に帰ったら、忘れずに胃薬を飲ませなくちゃ。

フレッドとわたしはソファにすわり、デビーとヘンリーはふたり掛けの椅子に腰をおろした。フレッドが口にクラッカーを放りこむと、デビーとヘンリーは顔を見あわせて微笑みあった。今夜の会話はわたしが主導権を握らないと。

「子どもたちは寝ているの？」わたしは尋ねた。

デビーはソファのテーブルに置いてあるモニターを指さした。「天使みたいにね」

「リチャルデーナは？」

キッチンで騒々しい音がして、答えがわかった。「ちくしょう！」リチャルデーナの金切り声が聞こえてきた。

デビーとヘンリーはまた微笑みあった。「子どもたちのまえでは、あんなふうにしゃべらないのよ」デビーが請けあった。

「様子を見てきたほうがよさそうだ」ヘンリーが立ちあがって、キッチンまで歩いていった。

「この二日間、ヘンリーを探していたのよ」わたしはデビーに言った。「ボニー・ブルーと、わたしと、保安官は」どういうわけか、ヘンリーにいらだってきた。

「本当に？　どうして？」

「ボニー・ブルーとわたしは心配だっただけ。保安官はお店で見つかったコカインについて、エド・メドウズに関して知っていることについて、質問があるんだと思うわ。身内のひとが見つからないらしくて」

「ヘンリーはずっとここにいたの」デビーが言った。

「そのようね」

リチャルデーナがエプロンで両手をふきながら、ドアまで歩いてきた。「何でもありません」そう断言した。「エンゼルビスケットの入った鍋を落としただけで。でも、料理したら平気ですから。そうですよね、ミスター・ホロウェル、ミセス・ホロウェル」リチャルデーナはまたキッチンに消えていった。

「リチャルデーナはエプロンをしていたわよね？」わたしは訊いた。「なぜ彼女がエプロンを締めているの？」

「シェフになるって決めたのよ。どこでエプロンを見つけたのかは知らないわ」

「ちょっと、フレッド」彼は十個目になるパテにかじりついていた。

「欲しいのかい？」フレッドはニンジンとグリーンペパーとクラッカーで口をいっぱいにしたまま言った。

「いいえ、けっこうよ」二時間まえには、彼への愛情を感じていたはずだった。

「金曜日の午前中、あなたのお母さんと一緒に保安官のところにいったの」わたしはデビーに言った。「帰りに道ばたのお店に寄って、子どもたちにカボチャを買ったのよ。もう持ってきた?」

「ママとは会ってないわ」デビーは飲み物を口にしながら、従順な妻のように微笑んだ。

ヘンリーが戻ってきた。「エンゼルビスケットは天使みたいにうまくはできないかもしれません」

「でも、きっとおいしいわ」デビーが請けあった。

フレッドはまたクラッカーに手を伸ばしたが、わたしのほうがすばやかった。皿をつかんで、デビーとヘンリーに渡したのだ。「そのお店で、リチャード・ハナに会ったわ。カボチャを買っていたの」

「ケイト・マッコークルの店ですか?」ヘンリーが訊き、わたしはうなずいた。「おもしろいひとですよね」

「ケイトはボニー・ブルーのことをそう言っていたわ」

「確かに。ふたりともおもしろい」

「そのパトリシア・アンが話している人間たちと会わなきゃいけないんだ」フレッドが言った。「今週〈スクート&ブーツ〉で起こったことすべてが信じられない。パトリシア・アンにはもうあの店にいってほしくないんだがね」

「あきらめたほうがいいわ、フレッドおじさん。おばさんとママが何でも自分のやりたいようにするのは知っているでしょう」デビーはコーヒーテーブルに皿を戻した。

「おもにメアリー・アリスのやりたいことだけどね」フレッドは文句を言った。

まるで、わたしがこの場にいないかのように、ふたりが話しはじめたのが気に食わなかった。「わたしはリチャード・ハナに投票するわ」話題を変えたくて言った。

「どうして？」フレッドが訊いた。

「候補者のなかでいちばんいいから」

「見た目もいちばんだしね」デビーが付け加えた。

「それだって、悪くはないわ」わたしは答えた。

「わたしはそこまで言いきれないな」フレッドが言った。「父親のディック・ハナは知事だったとき、いつも何らかの捜査対象になっていた。それに、おじのジャクソンが知事に立候補したときのことを覚えているだろう？　あの家族がCNN局を所有していなくてよかったよ」

「リチャードはちがうわ」わたしは言った。「紳士だもの」

「ジャクソンとフライ・マッコークルは仲がいいみたいですよ」ヘンリーが言った。「〈スクート＆ブーツ〉でときどき一緒にビールを飲んでいるのを見かけましたから」

「親戚か何かみたいね」わたしは言った。

「ディックは息子の選挙運動に多額の金を注ぎこんでいる。その甲斐はありそうだ」フレッドはまたクラッカーに手を伸ばした。幸いなことに、リチャルデーナがドアまできて、夕食の用意ができたと告げた。イギリス風のアクセントで。

リチャルデーナが保証したように、料理はすばらしかった。いつもであれば、何を考えているのかすぐにわかる表情で、食べ物にかかっているものは何でも落としてしまうフレッドが、飢えているかのように、バジルをちりばめたレモン風味のチキンにかじりついている。詰め物をしたトマトと、マッシュルームを添えた小さな豆も、目にしたことのない速さで、皿から消えた。ちゃんとかんでいるのかどうか、思わず見てしまったほどだ。

デビーは今回のために、いちばん上等な陶器と銀食器を出していた。テーブルの中央には、線が天と地と何かを表す日本風の生け方で、三本の外国産のユリが飾られていた。わたしが退職したらはじめようと考えていたことのひとつが、ガーデニングのクラブに入ることだった。まだはじめてはいないけれど、この花の優雅さは理解できる。わたしは手を伸ばして、ユリに触れた。

「ヘンリーが生けたの」デビーが言った。なぜか、意外ではなかった。

リチャルデーナがワインを注ぎたしにきた。彼女は小柄なので、大きな白いエプロンに呑みこまれていてもおかしくはなかった。それなのに、彼女はこれまで見たことがないほどの威厳にあふれていた。リチャルデーナの役割は客であるわたしたちの居心地をよくすることであり、その顔には、何が起ころうとも責任はまっとうするという集中力がみなぎっていた。

リチャルデーナはワインを注いでまわったが、わたしの席まできてお酒が飲めないことを思い出すと、顔を近づけてささやいた。「よろしければ、冷蔵庫にダイエットペプシもありますよ」

「けっこうよ、ありがとう」わたしはささやき返した。「あとでいただくかもしれないけど」

「コーヒーも出せます」リチャルデーナが言った。

「水でいいわ」

リチャルデーナはうなずいて、キッチンに戻った。

「あれ、本当にリチャルデーナなの?」わたしは訊いた。ガラスが割れる音と〝ちくしょう〟という声が、本当にリチャルデーナなのだと答えていた。

「ちょっと失礼します」ヘンリーは何があったのか見にいった。

「今夜は練習なのよ」デビーが説明した。「ヘンリーはいつか、小さなディナーパーティーのための特別なケータリングサービスをはじめたいと考えているの。とても優雅なケータリングをね。パーティーの主催者は、お客様を招くだけでいいわけ。で、リチャルデーナも手伝いたいと考えているので、おばさんたちは実験台というわけ。悪く思わないでね」

「かまわないよ」フレッドはエンゼルビスケットで、チキンのグレービーソースをすくっている。せめてもの救いが、指ではなくフォークを使っていることだ。

「それを最初に教えてもらったのがわたしたちだったのは、少し問題があるんじゃない？」わたしはときどき、いかにも年寄りのおばさんらしい物言いをすることがある。風船に針を刺す意地悪なおばさんだ。でも、ここでは物事が速く進みすぎている。

「〝いつか〟って言ったでしょ、パットおばさん。明日にもやろうというんじゃないのよ。問題がいくつもあることはわかっているから」デビーはワインを口にした。「このワイン、おいしいと思わない、フレッドおじさん？」

ヘンリーがにこにこしながらキッチンから出てきた。「割れたのは空っぽの瓶でした」

わたしはこのハンサムな若者を見て、彼のことをほとんど知らないのだと気がついた。確かに、彼は女性たちを魅了する、非凡な魅力の持ち主だ。数日でデビーとリチャルデーナを虜《とりこ》にしたようだし、フェイとメイが起きていたら、きっと大喜びしているだろう。でも、本当のところ、ヘンリーはどんな人間なのだろう？　前科があって、話し上手で、簡単な調理が専門のコック？　それとも過ちは犯してしまったけれど、少しだけ手を差し伸べれば、過ちを乗り越えて、実りある豊かな人生を送れるまともな人間？　いまの段階では判断がつかないけれど、手を差し伸べようと決めたのが姪であるならば、ミスター・ヘンリー・ラモントについて、もっと知らなければ。それも、いますぐに。

リチャルデーナが空いた皿を下げて、デザートを持って戻ってきた。

「さあ、ロールケーキですよ！」うれしそうに発表した。「きちんと泡立てた本物の生クリームを添えてありますからね」

「まるで天国にきたみたいだ」本格的なディナーパーティーでないことに安心して、フレッドはベルトをゆるめて、ウエストのボタンをはずした。

「ふー」幸せそうに息を吐いた。

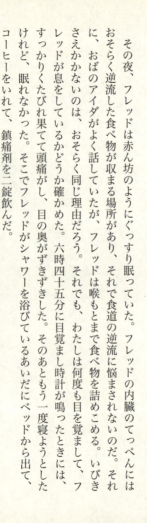

12

その夜、フレッドは赤ん坊のようにぐっすり眠っていた。フレッドの内臓のてっぺんにはおそらく逆流した食べ物が収まる場所があり、それで食道の逆流に悩まされないのだ。それに、おばのアイダがよく話していたが、フレッドは喉もとまで食べ物を詰めこめる。いびきさえかかないのは、おそらく同じ理由だろう。それでも、わたしは何度も目を覚まして、フレッドが息をしているかどうか確かめた。六時四十五分に目覚まし時計が鳴ったときには、すっかりくたびれ果てて頭痛がし、目の奥がずきずきした。そのあともう一度寝ようとしたけれど、眠れなかった。そこでフレッドがシャワーを浴びているあいだにベッドから出て、コーヒーをいれて、鎮痛剤を二錠飲んだ。

太陽は赤みがかったオレンジ色で、空はかすんでいた。朝、空が赤いとき、船乗りは警戒するんだった？　そして夜、空が赤いときは喜ぶ？　そうだ。わたしがそんなふうにいまでも覚えていることを、メアリー・アリスは笑う。それでも、わたしはどの月も何日あるか知っているし、つづりの変化の仕方もわかっている。メアリー・アリスはいつだって、訊いてくるけれど。

「このあと嵐になりそうだ」フレッドは朝食用の部屋に入ってくると、窓の外を眺めた。

「朝、空が赤いから?」わたしはうれしくなって言った。

「天気予報で、今季初めての寒冷前線が通過すると言っていたからだ。でも、その言葉はおもしろいな」

わたしはコーヒーを注いで、バナナを切って、低脂肪グラノーラが入ったふたつのボウルに入れた。昨夜の本物のホイップクリームが添えられたチョコレートのロールケーキはいま頃せっせと動脈を詰まらせているのだろうけれど、その手助けをする必要はない。わたしは冷蔵庫からスキムミルクを取り出して、ホイップクリームの缶に目をやった。ヘンリーが泡立てたクリームは、月さえぶら下がりそうなほどしっかり泡立っていた。リチャルデーナもデビーもあんなクリームは初めて見たにちがいない。

「お弁当をつくる?」

「外で食べるよ」

「野菜をとってね。蒸し野菜」

「きょうは〈スクート&ブーツ〉にいくのか?」

「まさか!」

フレッドが出かけるとすぐに、わたしはジーンズをはいて、ウーファーを散歩に連れていった。メキシコ湾から近づいてくる嵐の湿気で空気が重く、頭もまだ痛かったので、散歩は短めに切りあげた。心やさしいウーファーを二枚の犬用ビスケットで懐柔して。熱いシャワーをゆっくり浴びて出てくると、留守番電話のメッセージを知らせるライトがまたたいていた。メアリー・アリスにしては少し早い時間だけれど、やはり彼女だった。どうしてヘンリー・ラモントがデビーの家に泊まっていて、あんたたちも一緒に夕食をとったことを教えてくれなかったの？　ビルと一緒にカボチャを持っていったら、ふたりが、デビーとヘンリーが巣のなかのリスのようにくっついていたのよ。運よくロールケーキが残っていたけど、それだけだったし、あの子は少しも感謝してくれないのよ、パトリシア・アン……テープはそこで切れていた。

わたしはキッチンに入って、鎮痛剤をもう一錠飲み、新聞を持って腰をおろし、もう一杯コーヒーを飲んだ。それから一時間のうちに、メアリー・アリスは電話を二度かけてきた。わたしは出なかった。

ロバート・アレグザンダー高校は一九七〇年代初頭に建てられたが、どういうわけか当時のアメリカじゅうの建築家は、子どもたちは教室の窓の外を見てぼうっとしすぎていると考えて、窓をつけないことに決めたようだった。また、チーム指導と自己鍛錬を促すために、教室を仕切る壁もなくしてしまった。移動可能な書棚が教室を仕切り、生徒たちは多くのグループ活動を奨励された。床には明るい色の絨緞《じゅうたん》が敷かれ、インターホンが鳴り響くこともなければ、教室を移動する時刻を知らせるベルもなかった。図書室には落ち着いた音楽が流れる有線放送が備わっていて、各〝区画〟で聴くことができた。その結果、校内にいる者たちのなかに、おかしな影響が表れた。多くの生徒と教師が窓のない場所で閉じこめられているという感覚に耐えられず、転校せざるを得なくなった。また、ある者は締まりのない組織にいらだって何もせず、またある者はそのいらだちをほかの生徒や教師に向けたのだ。

こうした形で建てられた学校の多くには、まもなく教室を仕切る壁や、生徒たちがぼうっと外を眺められる窓がつくられた。だが、ロバート・アレグザンダー高校は変わらなかった。教育委員会の資金はすべて古い学校を維持するために使われたのだ。ロバート・アレグザンダー高校は新しく、最先端をいく高校だった。それなのに何の文句があるのだ、というわけだ。

それに、文句を言う者ばかりではなかった。一、二年すれば、窓やベルがないことに慣れてしまうのだ。廊下がなければ、生徒は廊下をふらふら歩けない。グループ活動やチーム指導は現実のものとなった。最大の問題は昼食のあとで、全員が眠くなってしまうことだ。だが、わたしが多くの学校で目にしてきたことを思えば、そんな問題ですめば、ありがたいくらいなのだ。

駐車場の来客用スペースに車を入れると、わたしは複雑な気分になった。新学期がはじまってから学校にきたのはこれが初めてだったからだ。教師という職業で大好きだったことは多く、そのひとつがこの高校だった。校庭の横には、湧き水が集まった小川が流れている。そこでは、たも網を使った生物の授業らしきことが行われていた。わたしが手をふると、みんなも手をふり返してくる。都会の学校にこれだけの土地があるのは、とても恵まれたことだった。それなのに窓がないせいで、小川も木々も校舎からは見られない。わけがわからない。

入口の看板には、来校者はすべからく職員室に申し出なければならず、小火器の敷地内への持ちこみは厳禁、学校から半径四キロ以内でのドラッグ売買は州法違反であり、即座に重罪となると記されている。そうあってほしいのだ。とりあえず、この高校の入口には武装した警備員も、金属探知機も必要ない。わたしは校内に入ったが、まるで退職していないような気分だった。真っ青な絨緞に、淡い黄褐色の壁に、色鮮やかなポスター。けれども何よりも変わっていないのは、このにおいだ。どの学校も、チョークと、本と、汗と、給食と、消毒薬が混じりあった同じにおいがする。学校に絨緞を敷こうが、セントラルヒーティングを入れようが、木の床だろうが、だるま形ストーブだろうが関係ない。においは同じなのだ。

職員室は入口の左側にある。ここには壁があり、上半分がガラスだった。なかで行われていることは見えるが、音は聞こえない。事務局長とその秘書であるメイヴィス・レッドフィールドとロイス・アダーホルトが、それぞれ忙しそうに仕事をしていた。ひとりの生徒が貸し出しリストに署名し、もうひとりの生徒が順番を待っている。どちらも知らない顔だった。校長室をちらりと見たが、ウィル・バーナムは校舎を巡回しているか、会議に出ているのだろう。あるいは、不動産を売っているのかもしれない。彼が副業を営んでいるのは、公然の秘密だ。ウィルは五十代後半の太鼓腹の男で、社交的で、教師と生徒のどちらにも公平だった。とても柔軟で、自己鍛錬の場でのいちばんの武器が、みんなを愛せることであるというウィルは、ロバート・アレグザンダー高校にぴったりだった。それでうまくいったのだ。ウィルを落胆させたい者など、誰もいないから。

どう見ても六十代には見えないメイヴィスが顔をあげて、わたしを見つけて叫んだ。

「パトリシア・アン！」

わたしは退職してからもメイヴィスとは話していたし、一緒に昼食をとろうと相談していたのだが、まだ実現していなかった。メイヴィスはわたしが好きな人物のひとりで、メアリー・アリスと同じくらい頻繁に髪の色を変える、数少ない知りあいのひとりでもあった。きょうの髪は真っ黒で、紺色にも見える。メイヴィスとロイスが近づいてきて、わたしを抱きしめ、互いの子どもや孫の話をした。ふたりがとくに知りたがったのは娘のヘイリーのことだ。ふたりはトムの死とヘイリーの悲しみをわたしと分かちあってくれた。学校の職員は大きな家族のようなものだった。わたしは退職祝いのパーティー以来、みんなと会っていなかったことに罪悪感を覚えた。

「昼食をとりにきてくれたのなら、うれしいけど」メイヴィスが言った。「きょうはチキンよ」

デビーの家で夕食をとったあとは、しばらくは何も食べたくないと思ったけれど、鶏を揚げているにおいがすると、急にお腹がすいてきた。

「いいわね」わたしは言った。「あとどのくらいで食べられそう？」

電話が鳴って、ロイスが応対しにいった。

「あと三十分くらいでどう？」メイヴィスが訊いた。「このパソコンで出席者の合計を正しく直さなければならないの。きょうは九万九千九百九十九人の生徒がきているというのよ。信じられる？」

「メイヴィス、電話よ」ロイスが言った。

メイヴィスは目をむいた。「パソコンのことじゃないといいけど」

「ウィルからよ」

「よろしく伝えて」

メイヴィスはうなずいて、電話に出た。わたしはすでに話をつくりあげていた。教え子に大学宛の推薦状を二通書いてほしいと頼まれたので、生徒の指導の記録を見せてほしいとロイスに告げたのだ。期待していたとおり、ロイスは十月は推薦状を書く時期ではないとは思いつかなかったようだった。

「ええ、いいわ」ロイスは言った。「保管場所はわかるでしょ」

わたしはドアから出て、正当な仕事をしているかのような顔で、資料室に入った。生徒の学校での記録とテストの成績はコンピュータ化されているが、古いファイルは昔ながらの封筒に入れ、昔ながらの書棚で、卒業年度別に管理されていた。ヘンリーが卒業したのは何年だったかしら。一九八四年？　それとも一九八五年？

一九八五年のファイルは書棚のいちばん上にあり、手が届かなかった。でも、そんなのはいつものことだ。わたしは折りたたみ式の小さな梯子が古いガリ版印刷機がのっているカウンターの下にあることを知っていた。ガリ版の薄い紫色のインクでテスト用紙を印刷すると、生徒から読めないと文句を言われたものだった。わたしは梯子を引っぱり出してのぼり、一九八五年度に卒業したクラスの記録を見た。

コンピュータ化されていない古い学校のファイルに、どれだけ多くの個人情報が記されているかを知ったら、きっと誰もが恐ろしくなるだろう。ある人々が学校のやり方に疑問を抱き、そのやり方を中止しなければ訴訟を起こすと脅すまで、この学校のシステムでは毎年、教師たちは生徒に対して個人的な評価を書きつけることが求められた。指導記録に、実際に書きつけるのだ。その際、わたしも含めて大部分の教師は〝優秀〟とか〝さらなる努力を要す〟といった表現で評価を記入した。けれども、なかには何行にもわたって、メアリーは男子生徒たちにいつも手を出していたとか、ジョニーはおそらくお金を盗んだことがあるといった文句を書き連ねる教師もいた。とんでもない内容が書かれている場合もあったのだ。ヘンリーのファイルでどんなことが見つかると思っていたのか、わたしにはわからない。生徒に関しては自分で判断したいので、これまではほかの教師による個人的な評価は読まないようにしてきた。けれども昨夜、わたしはヘンリーが気立てのいい、才能ある書き手だったという事実に基づいて、彼を評価していることに気がついたのだ。そして、これまで起きたことと、ヘンリーが親戚になるかもしれないという事実を考えると、もっとヘンリーについて知るべきだと考えた。

一九八五年度の引き出しで、ヘンリーのファイルを見つけて取り出した。とても厚く、幼稚園まで遡れる。わたしはガリ版印刷機の上に広げて、読みはじめた。

ヘンリー・アリステア・ラモントは（ミドルネームが〝アリステア〟であることを知るひとは多くないだろう）幼稚園に入園したときには字が読めたと、教師は記していた。母親は保護者会に出たが、父親は出なかった。父親は保険会社の役員で、母親は専業主婦。きょうだいはなし。ＩＱは一四五。発展学習プログラムに推薦された。

ロイスが部屋に入ってきて、カウンターの下からコピー用紙を一冊取り出して、読みたかったものは見つかったかと訊いた。

わたしがうなずくと、ロイスは出ていった。ヘンリー・アリステア・ラモントは二年生のときに蛇を教室に持ちこんだ。大騒ぎにはなったが、ヘンリーは蛇の目を見れば有毒でないことがわかるので、教師に目を見せたくて持ちこんだのだ。また、五年生のときには学校の綴り方大会で優勝し、郡では二位になった。その下には、担任だったミセス・コクランが〝鬼籍に入る〟という南部らしい婉曲的な表現で、ヘンリーの父親が死去したことを記している。翌年、ヘンリーは成績不振で発展学習プログラムからはずされ、その翌年には保護者であるおばのミス・エレイン・デニーとともに新しい住所が記録されている。母親については記述なし。

どうやら、ミス・デニーの行動は正しかったようだ。ヘンリーの成績は劇的に改善し、学力検査の点数もあがった。高校ではディベートチームに入り、全米育英会奨学金の最終候補者に残り、大学進学適正試験でも上位の成績を収めた。このすべてと〝最も人気があった生徒〟という記述が卒業記念アルバムにあった。それが、わたしの知っているヘンリーだった。

わたしはファイルを閉じて安堵し、わずかでも彼を疑ったことを恥じた。ヘンリーは非凡な才能に恵まれ、おばのように思いやりのある親戚が存在した幸運な人々のひとりだった。わたしはヘンリーがおばについて口にしていなかったことに驚いた。そしてファイルを開いて、おばの住所を見た。ハイランド通り七一九二番地。なぜか、聞いた覚えがある。

わたしは職員室に戻って、メイヴィスの机から電話帳を取った。そんな、まさか！　だが、そこには太字でこう書かれていた。〝ハイランド通り七一九二番地、ナックマン、デボラ・T、弁護士〟つまり、ヘンリーはいまデビーが暮らしている家に住んでいたのだ。

わたしは電話帳を閉じて、ファイルを書棚に戻し、それが何を意味するのかを考えた。わたしはあまり偶然を信じない。姉があまりにも多くの偶然をつくりあげてきたのを見ているから。たまたまということはあり得るが、これはできすぎている。

「パット、もうお昼にできる?」

メイヴィスがドアの向こうから顔をのぞかせた。わたしは電話代の請求書の裏に書きつけたメモをハンドバッグに入れて、昼食室に向かった。揚げた鶏肉は油たっぷりで、かじりつくと、多価不飽和脂肪酸一〇〇パーセントの油が口のまわりで弾けた。ああ、おいしい。教員用のテーブルで、みんなと同席できたのはとてもうれしかった。ウィル・バーナムもやってきて、教育委員会の会議に出ていたのだと話した。たぶん会議には出ていないし、ウィルが説明する必要もないけれど、そんなことは誰も気にしない。昼食室を見まわって、行儀の悪い生徒たちを指さして叱っている副校長のチェスリー・マドックス以外は。だが、そのマドックスでさえ、楽しそうだった。ここにいるのと、家でテレビドラマの『ワン・ライフ・トゥ・リブ』を見ながらサンドイッチを食べるのとでは、どちらがいいのだろう? そんな疑問を抱くのは初めてではなかったが、答えはまだ出ていなかった。わたしはウィルと抱きあい、彼が妻のローダと家族を捨てて、情熱的な人生をともに歩みたいと言うのにうなずいた。

「いつか」メイヴィスが言った。「言う相手を間違えて、女性にセクハラで訴えられて痛い目にあうんだから」

ウィルはにっこり笑った。「それまで長生きしないと」

ああ、毎日みんなのことが恋しくなりそうだ。

学校にいるあいだに、太陽は高い雲にすっかり覆われていた。カーラジオをつけて天気予報を聴くと、今夜はかなりひどい雷雨になりそうだ。警報に注意しないと。明日の夜は軽く霜がおりるらしい。植物とペットは、そろそろ家に入れたほうがいいでしょう。わたしはウーファーの小屋にヒマラヤスギのチップを入れることと、頭に刻みこんだ。ドッグショーで、ウーファーにぴったりなものを見つけたのだ。保温用の壁がついたプラスチックの犬小屋だ。値段を知ったら、フレッドは卒倒するだろうけれど、ウーファーが気持ちよく寝ていると思えば、わたしも熟睡できる。ウーファーはたぶん、もっと気持ちよく寝られるだろうけれど。

それより、最初にしたいことがあった。スプリングデール・ロードを横切って七八号線に乗り、ボニー・ブルーが働いているトラックストップ〈デラニーズ〉に向かった。ボニー・ブルーがまだヘンリー・ラモントを探しているなら、安心させてあげないと。ヘンリーが昔住んでいた家で、わたしの姪と暮らしていると。ドリス・チャップマンはフロリダのデスティンにいる。フライ・マッコークルは彼女の居場所を正確に知っているはずなのに、なぜか教えたがらなかった。ボニー・ブルー、あなたと出会えたのはうれしいけど、ヘンリーはどうやら手助けはいらないみたいだし、殺人事件も何もかもがとっても薄汚く思えて仕方ない。

そう、ボニー・ブルーに言おう。

トラックストップにいったのは初めてだったけれど、店はどれも似たり寄ったりで、片側に大きなトラックが何台も停まっている、とても混雑したレストランという印象だった。恐ろしげなところは何もない。太ったブロンドの女性が運転する青いマスタングのコンバーチブルが入口に近い駐車スペースからちょうど出ていったので、わたしはそこに車を停めることにした。女性は軽く手をふって、アクセルを勢いよく踏んだ。駐車場はあちこちに大きな穴が開いていたが、彼女は気にしなかった。タイヤが穴にはまるたびに、車体がパチンコ玉のように飛び出してしまうのではないかとひやひやしたが、無事にマスタングは七八号線に向かうと、わたしが車から降りるまえに見えなくなった。

その時点で、ここがいつものファミリーレストランではないと気づくべきだった。あるいは、ドアからもれてきた煙草の煙で。けれども、わたしは気づかなかった。まるで〈ブルームーン・ティールーム〉でお昼を食べるかのような赤いスーツに白いブラウスで、不用意に店に入ったのだ。店内でスカートをはいているのはわたしだけだった。

奥のほうのテーブルを見つけて、歩いていく。わたしは白髪頭の六十歳の女で、体内に存在している女性ホルモンと言えば、毎日朝食と一緒に服用している錠剤によるものだけだ。でも、そんなことは関係ないようだった。

「よう」たくましいひげ面の男が、こっちを向いて声をかけてきた。隅の席でハンバーガーを食べながら、フライドポテトを掲げている。

「よう、赤いスーツがいいねえ」隣にすわったそっくりな男も称賛するように、こっちを見た。

わたしは駐車場にいた女性と同じように、小さく手をふった。通路を歩いているあいだ、ずっとそんな感じだった。メアリー・アリスがいたら喜んで指摘しただろうが、テーブルに着く頃には、わたしは〝尻をふっていた〟。

テーブルの上の砂糖と塩のあいだにはさまっていた、少しべとつくプラスチックのメニューを手に取る。デザートを食べようと思っていたけれど、コーヒーだけにしたほうがよさそうだ。

レストランにいた女性はわたしひとりではなかったけれど、赤いスーツはひとりだけ。ほかの女性は、女トラック野郎のようだった。それとも、トラック・レディ？　腰で赤ちゃんを抱えているひともいる。副流煙について聞いたことがないのかしら。赤ちゃんはこんな場所から出さないと。わたしが年配の教師の目でにらみつけると、女性はぷいと背を向けて出ていった。よし！　まだ、いける。

とはいっても、トラックストップは男たちの砦《とりで》だった。女は部外者で、男の相棒と離れて、女どうしですわってさえいるのだ。トラックストップの流儀を研究した社会学者はいるのだろうか？

「パトリシア・アン、こんなところで何をしているの？」

「あのひとたちのひげが伸びる様子を観察しているだけよ」カウンターにすわっている男たちを指さした。

ボニー・ブルーは椅子を隣に引っぱってきて、腰をおろした。「こんなふうにすわっちゃいけないいんだけど、足が痛くて死にそうなの」

「ヘンリーを見つけたわ。姪のデビーの家にいるの」

「かわいいあの子はだいじょうぶなの？」

「かわいいあの子はだいじょうぶよ。それから、ドリス・チャップマンはフロリダにいるわ」

「そうだと思ってた」

「ボニー・ブルー、ほかにもわかったことがあるの。エドがドリスをレイプしようとしたのがいつか、わかる？」

「ええ。その場にいたから」

「たぶん、エドはドリスをレイプしようとしたんじゃないわ。ウィンナーを切っていたから」

「何を切っていたって？」

「ペニスよ！　あの朝、エドはペニスを切って、縫わなければいけなかったの！」

思っていたより、声が大きかったようだ。トラック・レディたちが食事をしている隅の席を除いて、店内が急に静まり返った。〝ペニス〟と〝切った〟という言葉が、男性ホルモンが充満している空気のなかで増幅された。

「ちょっと、パトリシア・アン！」ボニー・ブルーはすっかり動揺していた。皿を押しのけて、席を立とうとしている男たちもいる。

「でも、ちゃんと縫ったから！」

男たちはドアに向かって突進していった。ボニー・ブルーは唸って立ちあがった。

「今晩、電話するわ」

「いいえ、かけないで。そのために、ここにきたの。もう今回のことに関わるつもりはないから。ヘンリーは無事だったし、エドは誰かが埋葬してくれるでしょうし、いずれにしてもわたしには関係ないことだから。お役に立てなくてごめんなさい、ボニー・ブルー」

わたしは立ちあがって、店から出た。数人のトラック・レディが手をふって、微笑んだ。

13

家に帰ったら、留守番電話にメアリー・アリスのメッセージが十件以上入っていることはわかっていた。ママはいつも粘り強くがんばりなさいと言っていたけれど、シスターは粘り強くがんばることと、死ぬほどしつこくすることのちがいをわかっていない。シスターの家に寄って、ヘンリー・ラモントとドリス、それからエドについても、知っていることを残らず教えるほうがいいかもしれない。こんなことに巻きこまれるなんて信じられないし、これから何日かは受話器をはずしておくからと言ってやろう。〈スクート＆ブーツ〉で起きたことにヘンリーが関わっていないなら――もちろん関わっていないだろうし、妙な状況でデビーの家に転がりこんではいるけれど――保安官とのことは本人にまかせればいい。

わたしはメアリー・アリスの家の私道に車を入れながら、言うべきことを頭のなかでくり返していたので、薄汚い男がポーチの柱に寄りかかり、親指とひとさし指で煙草をはさんで吸っていることに、しばらく気づかなかった。男は破れたシャツを着て、破れたジーンズとゴムぞうりをはいている。脂ぎった長い髪は一度もシャンプーで洗ったことがないのかもし

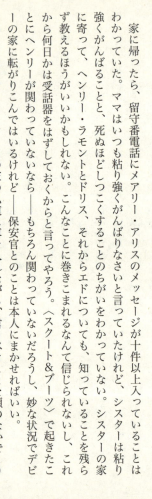

れない。あるいは、その脂は、羊の角みたいな口ひげにまとわりついている脂と同じ成分なのかも。わたしはできるだけ早く車をバックさせるつもりで、ブレーキを思いきり強く踏んだ。でも、それと同時にメアリー・アリスを置き去りにして、このチャールズ・マンソンみたいな男の好きにさせるわけにはいかないとも思った。そこでハンドバッグに入っているもので、武器になりそうなものを探した。考えついたのはボールペンと口臭防止スプレーだけだ。どちらも物珍しそうにこちらを見ている男には役立ちそうにない。男はアザレアの花のなかに吸い殻を放って、車に近づいてきた。

「こんにちは」男がにっこり笑った。年は三十代半ば、口ひげに囲まれた歯は白くきれいだった。とりあえず、歯ブラシとデンタルフロスは使っているらしい。

わたしは片手に口臭防止スプレー、反対の手にボールペンを持った。

「ミセス・クレインはどこ?」

「ほかのみんなと家にいますよ。煙草を吸うなら外にいけと追い出されちゃって。ケニー・ガレットといいます」男は手を差し出した。わたしは口臭防止スプレーを落として、その手を握った。「スワンプ・クリーチャーズのメンバーです」

「わたしはミセス・クレインの妹のホロウェルです」

「ああ。あなたがパトリシア・アン。お姉さんが探していましたよ」

「でしょうね」わたしはボールペンを車の床に落とした。まだどきどきしている心臓の音がケニーに聞こえているかしら。

「車を停めて、なかに入ったらどうですか？　あなたがきたことを、お姉さんに伝えてきますよ」ケニーがドアまで歩いていくと、背中も破れているのが見えた。寒いだろうに。風が強くなりはじめている。

私道のなかほどで車を停めたので、ケニーは不審に思ったかもしれないけれど、顔には出ていなかった。わたしはケニーそっくりの、ぼろぼろのバンの隣に車を停めた。バンの側面には大蛇を模した筆記体で〝スワンプ・クリーチャーズ〟と書いてある。金属の破片がいまにも剝がれ落ちそうで、まるでバンも脱皮するみたいだ。

「マウス！　なかに入って、バンドのみんなに紹介するわ！」

燃えるような真っ赤なウインドブレーカーの上下を着たメアリー・アリスが、玄関をふさぐようにして出てきた。シスターに会えたことで、こんなにうれしいなんて。わたしはボールペンと口臭予防スプレーをハンドバッグに戻した。

「ケニーにはもう会ったでしょ。ロスと、スパーキーと、ファシーよ」

三人のメンバーは礼儀正しく立ちあがって握手をした。メンバーでいちばん上等な格好をしているのがケニーだった。ファシーなどは、ホームレスの女性たちさえからもドレスコードを守っていないと追い出されそうだ。そして、残りのふたりも大差なかった。

「お茶を飲んでいるところだったの」メアリー・アリスは言った。「あんたもどう？」

「おいしいクッキーもありますよ」ファシーが言った。「このかみごたえのあるチョコレートチップ・クッキーはどうですか」クッキーを一枚差し出してきた手を見ると、きれいにマニキュアが塗ってある。

「ありがとう」わたしは腰をおろして、スワンプ・クリーチャーズの面々をじっくり見た。

「いかすでしょ？」メアリー・アリスがにっこり笑った。「ケニーのおひげを気に入った？」

ケニーが笑った。「妹さんは、革命家のパンチョ・ビラがこの邸宅を乗っ取ったと思ったみたいで」

「わたしたち、ユダヤ人コミュニティセンターで開かれる記念パーティーで演奏するので、そこへ向かう途中なんです」ファシーが説明した。「子どもたちがご両親をびっくりさせたいらしくて」

「ああ、そうなの」それで四人がぼろ布をまとっている理由が腑に落ちたかのように、わたしは言った。

「〈スクート＆ブーツ〉の様子を見るために寄ったんです」ケニーが言った。「おれたちには定期的な夜の仕事が必要だから。ミセス・クレインによれば、保安官からまだ店を開く許可が出ていないらしくて」

「あそこで問題が起きたことなんて、一度もなかったのに」ファシーが付け加えた。「問題があったりしたら、あっという間にパパにあのお店から引きずり出されてしまうわ」

パパ？　確かに化粧と目深にかぶっている黒い帽子がなければ、ファシーはせいぜい十八歳くらいだ。ロスとスパーキーもおそらくケニーよりかなり若いだろう。

「エドが誰かに殺されたなんて信じられない」ロスが言った。

「いいひとだった」スパーキーはまたクッキーに手を伸ばした。

「でも、そう思わなかったやつがいるんだろうな」ケニーはそう言うと、腕時計に目をやった。「そろそろいかないと。パーティーに遅れたくないから」

ほかの三人は立ちあがって、まわりに置いていたぼろ布を集めた。今夜バーミングハムのどこかで、年老いたユダヤ人夫婦がびっくり仰天するはずだ。たぶん、若いユダヤ人たちも。

「パーティーでは夕食も食べられるんだよな」スパーキーはドラキュラ伯爵のものだったらしいマントを肩に巻きつけた。

「ごちそうさまでした、ミセス・クレイン。ミセス・ホロウェル、お会いできてうれしかったです。また、近いうちにお会いできることを願っています」四人は母親が子どもに教えるような礼儀正しい挨拶をして出ていった。

「何なのよ」メアリー・アリスはドアを閉めたとたん、わたしをふり返った。

「〝何なのよ〟っていうのは、どういう意味？」

「血で壁に〝ヘルター・スケルター〟と書いてあるとでも思ったわけ？　チャールズ・マンソンに指示された殺人事件みたいに。情けないわ、パトリシア・アン。いつだって、見かけでひとを判断するんだから」

「バンドのメンバーだなんて知らなかったんだもの。わたしが家のまえに着いたとき、ケニーがポーチでマリファナを吸っていたのよ。だから、渡りの労働者か何かだと思って」

「渡りの労働者なんてもういないのよ、パトリシア・アン。それに、ケニーが吸っていたのはマリファナじゃない。シナモンよ」

「何であってもよ。それに、わたしはちゃんと礼儀正しく接したわよ」

「目がちがってた」

「目が礼儀正しくなかったって言うの？」

「そうよ、パトリシア・アン。もっと寛容にならないと」

こんなものだ。ほんの数分まえには、わたしはこのがまんならない姉のために、手足も、命も投げ捨てる覚悟だったのに。

コーヒーテーブルの上の皿には、かみごたえのある大きなチョコレートチップ・クッキーが一枚残っていた。わたしはそのクッキーをつかむと、メアリー・アリスの眉間に投げつけた。

「寛容になるのは明日からよ」勢いよくドアから出た。思うに、この捨て台詞は自慢できる。ミス・スカーレットだって、こうはいかなかったろう。でも、すぐに思い直した。クッキーをぶつけたのは幼稚だったかもしれない。

思ったとおり、留守番電話はメッセージでいっぱいで、その大半がメアリー・アリスからだった。一件はデビーからで、一件は近所のひとからのブリッジのグループへのお誘い。これまでも何度か参加したことがあるけれど、まだ常連になるつもりはない。自分がクラブに入るようなタイプでないことは、もうわかっているから。結局、メッセージを全部無視して、掃除機をかけはじめた。

わたしはがんばって家事をするのが嫌いだ。教師として働いていたときは〝陽気なお手伝いさん《ジョリーメイド》〟と自称するふたりの女性に、週に一度掃除にきてもらっていた。ふたりはこれまで会ったなかで最も陽気に見えない女性たちで、その仕事を考えると無理からぬことのように思えたけれど、法外な料金を取っていたのだから、やはり無理からぬことではない。仕事をしているあいだ、わたしは喜んで料金を支払っていた。ふたりの掃除が上手だったこともある。けれども退職し、陽気なお手伝いさんたちと別れることになった。わたしはテーブルをふいたり、コンロを掃除したりするのに使える時間がたっぷりできたからと説明した。それが、ふたりの笑顔を見た数少ない機会となった。

シスターの家で放出されたアドレナリンはまだ体内に残っており、わたしは建設的な使い道を考えた。自分に苦行を課したのだ。家じゅうに掃除機をかけて、埃を払い、浴室をきれいにしよう。わたしは赤いスーツと紺色のハイヒールをぬぐこともせずに、掃除機のスイッチを入れて取りかかった。

寝室を終えて廊下に移ると、誰かが居間のソファにすわっているのが見えた。ふたたびアドレナリンが天井を突き抜けそうになったところで、それが娘のヘイリーだと気がついた。掃除機のスイッチを切ると、ヘイリーが顔をあげた。

「何なの、それ?」ヘイリーはわたしの格好を身ぶりで示した。「裸で掃除機をかけるひとたちの話は聞いたことがあるけど、これは変よ。もっと外に出たほうがいいわ、ママ」

「どこからきたの?」わたしは鼓動が速くなっている胸を片手で押さえながら、居間に入って腰をおろした。

「職場からよ。きょうは早番だったから」

「こんな調子じゃ、いつかあなたが勤める手術室のお世話になるわね」

「やめてよ」ヘイリーは飲んでいたダイエットペプシの缶を掲げた。「飲む?」

わたしは首をふった。

「ノックしたけど、聞こえなかったみたい」

「掃除機をかけていたから」

「そうみたいね。何かあったの?」

ときどき、子どもたちは自分のことを知りすぎていると思うことがある。「シスターに腹が立っただけ」

「今度は何をされたの?」

「もっと寛容になるべきだなんて言われたから」

ヘイリーはくすくす笑って微笑んだ。

「クッキーを投げつけてやったわ」

「嘘でしょう!」

「眉間にね」

「そんなことをするなんて信じられないわ、ママ」

「わたしもよ」

ヘイリーが真顔になった。「おばさん、だいじょうぶ?」

「だいじょうぶって? もちろん、だいじょうぶよ。やわらかいチョコレートチップ・クッキーだもの。けがをさせるわけないじゃない。金づちで殴ったたって、おばさんの固い頭はへこまないわ」

「でも、クッキーのかけらが目に入ったら、角膜が傷つくわ。コンタクトをしていたなら、なおさらよ。きょうのおばさんの目の色は?」

「さあ。気をつけて見なかったから」わたしは心配になりはじめた。「そんなこと、めったに起こらないでしょう?」ヘイリーがダイエットペプシをゆっくり飲んでいるのを見て、ぴんときた。「シスターからあなたに電話があったのね。そうでしょう?」

ヘイリーはダイエットペプシをシャツのまえに噴き出して、コーヒーテーブルにあったナプキンをつかんだ。「あーあ。クッキーを投げつけるところを目撃したかったわ」

「あなたの職場に電話して、わたしがクッキーを投げつけたって言いつけたの？」

ヘイリーはあごを拭い、シャツのしみを叩いた。「本当は、家にいたの。おばさんが電話をかけてきて、ハナ家のパーティーにわたしのデート相手を連れていくから、断らないようにって言われたのよ。ママたちが喧嘩したことは、たまたま話に出ただけ」

「シスターは怒ってた？」

「そうでもないと思うけど。それより、どうしてデビーに紹介しないのって訊いたら、デビーにはもう付きあっているひとがいて、そのことはママがよく知っているって言うの。いったい、何の話？」

「ヘンリー・ラモントよ。信じられないかもしれないけど、ヘンリー・ラモントはデビーの家で暮らしているの。ゆうべ、パパとママはデビーの家にいって、ふたりと一緒に食事をしたの。信じられないわよね。シスターおばさんは自分が誘われなかったものだから腹を立てているのよ」

「本当に、デビーの家に住んでいるの？　まだ会って数日でしょう」

「そのとおり」

「でも、彼のことは気に入っているのよね？」

「ええ、まあ。でも」

「でも――？」

わたしは彼の指導記録でわかったことを説明し、デビーの家がヘンリー・ラモントの育った家であることを告げた。娘は不思議な話だとは思ったものの、危険は感じていないようだ。

「たぶん、あの家にいい思い出があるのよ。彼と話してみた？　デビーとは？」

わたしは首をふった。「きょう知ったばかりだから」

「きっと、偶然よ。すてきな巡りあわせなんだわ」ヘイリーはテーブルに残った円形の水滴を拭った。「そろそろデビーにすてきな男性が現れてもおかしくなかったわけだから。もしかしたら、それがヘンリー・ラモントなのかも」

「もしかしたらね」

「木曜日の夜にハナ家のパーティーでデートするなら、屋根裏部屋にまだ着られる服があるかどうか見てみないと」

ヘイリーが言っているのは、結婚したときにこの家に残していった古いカクテルドレスやイブニングドレスだ。もう何年も屋根裏部屋にぶら下がっている。

「新しい服を買ったほうがいいかもしれないわ」わたしは言った。「だいぶ古いから」こんなふうに娘が乗り気になっている姿を見るのは久しぶりで、その気持ちに水を差したくはなかった。

「着飾りすぎるのは流行遅れなのよ」

「ちょっと見てみましょうよ」

ヘイリーが屋根裏の梯子をおろしてのぼっていくと、わたしはハイヒールとスーツとストッキングをぬいだ。ジーンズとTシャツという自分らしい格好に着がえると、ほとんど垂直の梯子をのぼった。屋根裏部屋にあがると、外のオークの小枝が風に吹かれて、窓に当たっている。屋根裏部屋の大きなクローゼットの内側にはヒマラヤスギが使われている。ヘイリーはもう電灯をつけて、なかに入っていた。

「竜巻になりそうね」わたしは角をまがりながら言った。

ヘイリーは床にすわりこんで泣いていた。膝の上には、大きな雪片を模した不揃いの白いクロケット模様が刺繍《ししゅう》された黒いベルベットのイブニングドレスが広げられている。

「トムと婚約した夜に、このドレスを着て出かけたの」

「ああ、ヘイリー」わたしは膝をついて娘を抱きしめた。ヘイリーはしゃくりあげて喘ぎながら、赤ん坊のように泣いた。風が吹き、降りはじめた雨が屋根を叩く音がする。ヘイリーがゆっくりドレスを押しやると、わたしはそれをラックにかけた。あまりにも長くひざまずいていたせいで、膝が痛い。

ヘイリーはまだ小さくしゃくりあげていたけれど、立ちあがって、ドレスが並んだラックを見つめた。「そろそろ歩きださないといけないのよね、ママ」

「明日リリー・ルービンのお店にいって、いちばんすてきな服を買いましょう」

ヘイリーが明かりを消すと、わたしたちは屋根裏でいちばん広い部屋に出た。ひとつだけある窓に雨が伝っていて、薄暗い。

「ブルーにする」ヘイリーが言った。「ブルーがいいわ。でも、水曜日じゃないと無理」

「ブルーね。水曜日、あなたとわたしでデートしましょう」

ヘイリーが先に立って、梯子をおりた。「ところで」わたしは言った。「シスターおばさんは、あなたに誰を引きあわせてくれるのかしら」

「ケネス何とかというひとよ。それしか知らない。音楽家ですって」

かんべんして。メアリー・アリスは思っている以上にどうかしている。わたしの大切な娘にスワンプ・クリーチャーズのリーダーを引きあわせるなんて！　先を歩いているヘイリーにこの顔を見られなくてよかった。きっと何事かと怯えさせてしまうだろうから。

ヘイリーは夕食を食べていくつもりがないらしい。しばらく冷たいタオルを顔に押しあててから化粧をした。それから鎮痛剤を二錠飲んで、嵐がひどくならないうちに帰ると言う。わたしはテレビニュースを見て竜巻警報に注意して、サイレンが聞こえたら地下室に入るようにと言い聞かせた。ヘイリーは必ずそうすると約束した。わたしはアラバマで生まれ育ったというのに、嵐の警報が出ると、いまでも猫のように怯えてしまう。

ヘイリーが帰ると、わたしは掃除機をクローゼットにしまって、埃取りのマットを流し台の下に敷いた。このくらいで充分だ。新しい《タイム》誌を持ってソファで横になったけれど、興味が湧かなかった。腹が立っていたのだ。シナモンを吸っている、脂っぽくて、お金がないスワンプ・クリーチャーズのひとりに、娘を引きあわせるなんて信じられない。あんな男のために、ヘイリーが新しいドレスを買うのを楽しみにしているなんて。メアリー・アリスがそこまで復讐心が強いなんて、思ってもみなかった。

わたしは起きあがってキッチンに入り、スパイスをきかせたお茶をいれた。秋のような、今季初の寒冷前線のような、まもなく訪れるクリスマスのような香りだ。意外なことに雨はやみ、地平線にかかった雲のすき間から、沈みつつある太陽の最後の光がもれている。竜巻が起こりそうなときにはよい前兆ではないけれど、それでも美しい黄金色の光は、裏庭のべニカエデを明るく輝かせてくれる。

わたしはお茶を飲んで、やるべきことをやった。メアリー・アリスに電話したのだ。シスターが出た。

「謝るためにかけてきたの?」わたしがもしもしと言ったとたんに、シスターが言った。

「いいえ」

電話が切れた。またかけ直すと、留守番電話が応答した。「わざとヘイリーを傷つけようとするなんて信じられないと言いたかっただけよ。どんなに腹が立っても、あなたが子どもたちにまで残酷なことをするとは思わなかった」

シスターが電話に出た。「何の話よ」

「ヘイリーに引きあわせようとしている男のことよ。ヘイリーはすごく楽しみにしているのよ。新しいドレスまで買うつもりになって。あの子にこんな真似をするなんて信じられない」

「こんな真似？　彼はいいひとよ」

「そんな言葉は、まだ彼に会ってないひとに言うことね」

「いつ、彼に会ったの？」

「いつ会ったって、どういう意味よ」

「まるで、お笑いコンビの掛けあいね。わたしがいつ彼に会ったかなんて、知っているじゃない。きょうの午後、あなたの家で会ったんだから」

一瞬、沈黙があった。「ケネスがここにきたの？　どうして、顔をあわせなかったのかしら」

今度はわたしが黙りこんだ。いま何が起こっているのか、わかってきた。

「ヘイリーをスワンプ・クリーチャーズのケニーに紹介するんじゃないの？」

「もちろん、ちがうわよ。どうしてヘイリーにシナモンだか何だかを吸っている男を紹介しなきゃいけないの？」メアリー・アリスは墓穴を掘ったことに気づいて、口ごもった。「もちろん、ケニーはいいひとだけど、わかるでしょ」

「それじゃあ、ケネスっていうのは？」

「ケネス・シングルトン。交響楽団でチェロを弾いていて、芸術専門の学校で教えているの。二年まえに奥さんが飛行機事故で亡くなって。ずっとデビーに会わせたいと思っていたんだけど、その辺はあんたがちゃんと考えていると思っていたから」

わたしは棘のある言葉に気づかないふりをした。「悪かったわ」

その言葉でシスターの気持ちもやわらいだようだった。「ドレスの裾はあげた？」

「今晩、やるわ」

「最低七センチよ」

「最低、ね」

「それから、テレビで天気予報を見て、警報が鳴ったら地下室に入りなさい」

「あなたもね」

黄金色の光が空から消え、風がまた強くなってきた。ガレージのドアが開く音がした。よかった。フレッドが帰ってきた。缶詰のスープと、トーストしたチーズサンドイッチを食べて、わたしの腕のなかで嵐の夜をやり過ごすために。

14

その夜、嵐はふたつの異なる進路でやってきた。最初の嵐がやってきたのは午後九時頃で、わたしたちはおとなしくテレビの警告と警報にしたがって、懐中電灯と乾電池式のラジオを持って地下室に入った。嵐がひどいのは南側で、わが家の近くは風は強いものの、停電にはならなかった。わたしたちは十時半にはベッドに入ったが、朝になると木々のまわりで突風が吹いていた。雷で家が震え、木々が激しくかしぐ。そこで地下室におりていくと、ガラスが割れる音がして、わたしは屋根裏の窓に木の枝が当たっていたことを思い出した。こんなときは、窓ガラスが割れるだけですんでほしいと祈るしかない。

今回は停電になった。午前四時半にベッドに戻ると、六時に電話が鳴った。

「メアリー・アリスだ」フレッドが受話器を差し出した。彼はまだ寝ぼけまなこだ。

「マウス！〈スクート&ブーツ〉が竜巻にやられたの！」

「ひどいの？」

「もちろん、ひどいわよ」

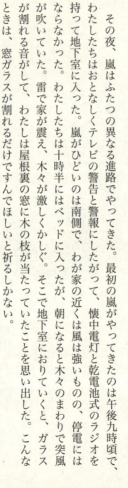

フレッドがこちらを向いて、けげんな顔で見た。わたしは片手で送話口を押さえた。「〈スクート&ブーツ〉が竜巻にやられたんですって」

「驚かないのは、どうしてかな」フレッドはベッドから出ると、全身の筋肉が硬くなっているかのように、身体を伸ばしながらバスルームに向かった。

「保安官事務所から連絡があったの」メアリー・アリスが言った。「様子を見にいくわ。八時頃に迎えにいく。いい？」

「いきたくないわ。電気がつかないのよ。コーヒーもいれられないし、テレビで『グッドモーニング・アメリカ』も見られないし、屋根裏の窓ガラスは割れちゃったし。きっと、雨が吹きこんでいるわね」

「太陽が照っているし、コーヒーなら持っていくわ」メアリー・アリスは電話を切った。

「ねえ」フレッドがバスルームから戻ってくると、わたしは訊いた。「きのう、わたしはもう〈スクート&ブーツ〉とは何の関係もないと言って、腹を立ててクッキーで殴ったのに、どうしてまたお店にいかなきゃいけないの？」

「きみの姉さんがメアリー・アリスだからさ」

わたしはふとんをどけて、スリップを探した。「そうね。ときどき、はっきり自己主張できるようにカウンセリングを受けるべきかしらって思うのよ」フレッドはこちらを向いたけれど、何も言わなかった。わたしはスリッパとガウンを見つけた。「ウーファーの様子を見てくるわ。ゆうべは死ぬほど怖かったでしょうから」

「テラスの下の犬小屋に入っていたのに？　目も覚まさなかっただろうよ」フレッドはタンスの引き出しを開けて、下着と靴下を取り出した。「〈スクート＆ブーツ〉は飛ばされたのか？」フレッドの声には期待がこもっていた。

「シスターはひどいとしか言っていなかったわ」

「あの店は祟《たた》られている」フレッドはシャワーを浴びにいって、ドアの向こうから顔をのぞかせた。「天災にさえ、狙われているんだ」

わたしはキッチンに向かった。ウーファーは裏庭で忙《せわ》しなく、シマリスを追いかけまわしていた。シマリスはやすやすとウーファーに勝ち、庭に掘った穴のひとつに飛びこんで身を隠した。わたしが外に出てビスケットをやってなでてやると、ウーファーはうれしそうに吠えた。庭は嵐で吹き飛ばされてきた小枝や葉がたくさん落ちていた。だが、倒れた木は一本もなかった。

家のなかに戻ると、屋根裏の窓を確認するために、フレッドが梯子をおろしている音がした。電気が通じないとコーヒーがいれられないが、製氷機の氷はまだ溶けていなかった。わたしはカップに氷を入れて、コーラを注いだ。カフェインには変わりない。

「ビニールが必要だ」フレッドが怒鳴った。

わたしは食器棚から食品用のラップを取って、梯子まで持っていった。

「それじゃない!」フレッドはミケランジェロの絵に描かれた人物のように、高いところから見おろして言った。

「これだって本物のビニールよ」

「居間のペンキを塗ったときに使った養生シートみたいなやつだ。どこにあるか、わかるか?」

知っているけれど、次第にフレッドの声の調子が気に食わなくなってきた。

「ホウキもだ!」

わたしはコップに注いだコーラを半分ほど飲み、キッチンを歩きながらレモン・ウエハースをつまんだ。糖分をとれば、カフェインの効きがよくなるだろう。

道具入れの奥にあった養生シートとホウキをフレッドに渡した。

「釘をくれ。金づちとちり取りと園芸用のはさみも」

借り物競走をするには早すぎる時間だけれど、選択肢はない。わたしはまたキッチンを通りながら、さらに二枚のレモン・ウエハースを食べた。

「モップも必要だ!」フレッドの怒鳴り声。

わたしはすべてを集めて梯子に戻り、道具を上に差し出すと、フレッドが手を伸ばしてきた。

「神さまは左利きだって知ってる?」わたしは訊いた。

「何だって？」

「ミケランジェロの絵では、神さまは左利きなの。知らない？　あなたは右手を伸ばしているけど、神さまは左手を使っている。何かで読んだ気がするのよ。もしかしたら、左利きだったのはアダムかもしれない」

「ゴミ箱もいる」

「部屋のなかはめちゃくちゃ？」わたしは呼びかけた。

「いや。運がよかったな」

電話が鳴り、わたしが出た。アトランタに住む息子のアランからだった。そっちはだいじょうぶ？　昼には嵐が通過して、だいぶ弱くなったらしいけど、『グッドモーニング・アメリカ』でバーミングハムでかなり被害が出たと話していたから。

わたしは窓ガラスが割れて停電になっただけだからだいじょうぶ、フレディにも電話してそう伝えてほしいと言った。そしてふたりのかわいい孫たちと話し、近いうちに会いたいと伝えた。

わたしがキッチンのテーブルにすわり、クッキーを食べてコーラを飲んでいると、フレッドが入ってきた。「全部、片づけた。窓ガラスは週末に入れよう」

「電話はアランだったわ。こっちの様子を確かめたかったみたい」

「やさしいな。あっちはだいじょうぶだって？」

「ええ」クッキーの箱を差し出したが、フレッドは首をふった。「〈マクドナルド〉にいって、朝食を買ってくる。とにかく、コーヒーが飲みたい」

「シリアルならあるけど。どうして、こんなクッキーを食べているのか、自分でもわからない」

「投げつけるよりいいんじゃないか」フレッドは大笑いしたけれど、わたしは笑わなかった。

メアリー・アリスは時間ぴったりにきたけれど、わたしはまだ仕度ができていなかった。フレッドが長々とシャワーを浴びたせいで、お湯が残っておらず、母がいつも言っていた〝唾のお風呂〟――子ども時代から親しんできた多くの事柄と同様に、この言葉の語源に疑問を抱いたことはなかった――にせざるを得なかった。濡らした冷たいタオルで、身体のだいじな部分をすばやくふくだけの〝唾のお風呂〟なら何とかまにあうけれど、気持ちよくはない。

わたしは竜巻で〝ひどく傷ついた《ハートバッド》〟縁起の悪いカントリー・ウエスタン・バーに何を着ていけばいいのかわからなかった。それにしても、〝ハートバッド〟というのはカントリーの曲にぴったりではないか。メアリー・アリスがクラクションを鳴らしたとき、わたしはクローゼットで古いカーディガンを探していた。気象予報士が寒冷前線について言っていたことは正しかった。強い北風が吹いていて、とても寒そうだ。わたしはやっとドアを開け、いまいくからと怒鳴った。メアリー・アリスは一分は静かにしていた。

それでも近所の人々が一回ずつは玄関から顔を出したあと、わたしが車に乗りこむと、シスターはコーヒーが入った大きな発泡スチロールのカップを渡してきた。「ほら」無作法な渡し方をされても、文句を言う気分ではなかった。コーヒーが飲みたかったから。

「まだ電気がつかないみたいね」

わたしはうなずいた。「そっちは?」

「発電機があるから」

「そうね」停電になっても、二分もすれば電気がつく自家発電機のような、少しだけ高価な贅沢をすることをわが家はすぐに忘れてしまうのだ。

「音がひどいけど。四時からまったく眠れなかったわ」

嘘ばっかり! わたしはコーヒーを飲むことに集中し、激しい雷雨がもたらした被害に目をやった。いたるところで、木が倒れている。信号はほとんど機能しておらず、道路はひどく混乱していた。さすがにいまだけは、メアリー・アリスも慎重に運転している。そうせざるを得ないからだ。

「保安官は〈スクート&ブーツ〉がどんな状態か言っていた?」

「屋根の一部が飛んだって。わかっているのは、それだけ」

「保険が出そう?」

「状況次第ね」

そんな話はしたくなさそうだった。実際、シスターはラジオをつけて、大好きな〝ゴールデン・オールディーズ〟を流すチャンネルにあわせた。トニー・ベネットの『霧のサンフランシスコ』とフランク・シナトラの『シカゴ』のあいだに、アナウンサーが昨夜の嵐によるわがバーミングハムの被害はわずかですんだと請けあった。アナウンサーの家の電気がついていて、木も倒れていないからだろう。

道ばたにあるフライの奥さんの店は被害にあわなかったようだ。カボチャがいまもきちんと積まれている。だが、そこから四キロいっただけで、竜巻が通った場所がわかった。道の両側の木が曲がったり折れたりしているところを見ると、竜巻がどこを通って〈スクート&ブーツ〉に到達したのかがわかる。幸いにも、竜巻は狭い範囲で進んでいった。小さな竜巻。このアナウンサーなら、きっとそう言うだろう。

〈スクート&ブーツ〉の被害の状況は、駐車場に車を入れるまえから見えた。〝スワンプ・クリーチャーズ〟と記されていた黒い幕が覆っていた窓のある壁が倒れ、屋根がほとんど崩れ落ちて、傾いたAのような形になっている。

「そんな……」メアリー・アリスは車を駐車場に停めた。道路を走る二台の車が速度を落とし、乗っていた人々が被害の状況に見入った。

「いくわよ」メアリー・アリスが言った。

「どうかしてるんじゃない？　電線や何かがあったらどうするのよ」

「足もとに気をつけなさい、パトリシア・アン」

メアリー・アリスは車から出て、建物の壊れた部分に向かった。竜巻で飛ばされた残骸が——木の枝や、葉や、書類などが——駐車場じゅうに散らばっていて、メアリー・アリスはその一部をひろい集めた。わたしと同じようにジーンズをはいており、かがみこむメアリー・アリスのタイトジーンズに包まれたお尻を見ていると、コーヒーを渡されたときと同じくらいに、気分がよくなってきた。わたしは車から降りて、足もとに注意しながら、シスターのあとをついていった。蛇と垂れ下がった電線のふたつが、いまこの瞬間に最も注意を払うべきものだ。

構造に被害があったのは、大部分が建物のはしで、ダンスフロアとステージがあったところだった。わたしたちは両手足をついて、屋根のはしの下をのぞきこんだ。レンガや割れたタイルが見える。

「表の入口から入ってみるわ」メアリー・アリスが言った。「あっちは安全じゃない?」

「だめよ、安全じゃないわ! お店全体が危険なんだから。こんなに危険な場所なんて見たことがない。買ってからどのくらい? 一週間? 殺人事件が起きて、とんでもない破壊行為があって、ドラッグが発見されて、今度は竜巻。残った屋根が落ちてこないとでも思っているの? そんなのわからないじゃない。そのうえ、電気コードで感電するかもしれないのに」

「もう、やめてよ、マウス」メアリー・アリスはバッグのなかを探した。「鍵があるといいんだけど」

「どうして鍵が必要なのよ？　壁の穴から入ればいいじゃない。それより、お店は警察に封鎖されているんじゃなかった？　封鎖じゃなくて何だっけ？」

「それは嵐がくるまえの話よ。店のなかに入って、被害の状況を確認するだけなら、文句はないでしょ。あ、あったわ！」メアリー・アリスは大きな四つ葉のクローバーの形をしたキーホルダーを取り出した。いまの〈スクート&ブーツ〉にはひどい皮肉だと思えたけれど、シスターは正面のドアに歩いていった。

「こないの？」わたしがうしろにいないことに気がついて、メアリー・アリスが訊いた。

「電話は車のなか？」

「そうよ」

「九一一に通報できるように、ここで待っているわ」

「あんたってひとは！」メアリー・アリスは鍵を開けて、店に入った。わたしは息をこらした。「ほら」メアリー・アリスが呼びかけてくる。「こっち側はちっとも危険じゃないわ」でも、ドアを閉めてない。

わたしはしゃがみこんで、崩れ落ちた屋根の下をのぞこうとした。黒い幕がところどころで、ひだ飾りのように目立っている。けれども、壁は外側ではなく内側に倒れ、屋根はそのまま滑り落ちただけなので、レンガとタイルの向こうは何も見えない。わたしは立ちあがって、正面の入口に歩いていった。「本当に平気なの？」シスターに呼びかけた。

「入ってきなさいよ。だいじょうぶだから」

わたしはドアの隙間に頭を突っこんだ。屋根が剝がれた穴から陽光が射しこんでくる。

「ね、それほどひどくないでしょ」シスターはダンスフロアのはしに近い場所に立っていた。

「厨房は無事みたい。ほら、これを見て」床にはめこまれていたガラスのブーツを差し出した。「壊れていないの。屋根が床に落ちたせいで、はめこまれていたものが取れたのね。吉兆だと思わない？」

「吉兆って、何の？」

「〈スクート&ブーツ〉が以前より頑丈になって復活するってことよ」

メアリー・アリスはショック状態にあるにちがいない。きっと、現実を否定したいのだ。この店はわたしが生まれてこのかた目にしたなかで、いちばんひどい混乱状態なのだから。

「ブルドーザーで解体することね」

メアリー・アリスは笑った。

「馬鹿なことを言わないで。保険金で全部まかなえるんだから、ついでにダンスフロアを広くするわ。ラインダンスは広い場所が必要だから」近づいてきて渡されたガラスのブーツは、ひどく重かった。「これを預かっていて。新しいフロアができたら、埋めこみましょう。ねえ、マウス。バーが曲がっているところを見て？　あれがまっすぐだったら、ますますすてきよね」バーのほうに歩いていった。

「ブルドーザーで解体しなさい」わたしはくり返した。「このブーツをどうしろというの？」

「車に運んでおいて。壊したくないから」

「ここを出てくれれば、安心できるんだけど」

「すぐに出るわ」

わたしは重いブーツを車にのせた。それはさまざまな色のガラスでできている高さ六十センチのハイヒールのブーツで、なかは空洞なのにとても重い。それを後部座席にのせると、がらくたがなかに詰まっているのが見えた。わたしは手を入れて、丸まった湿った紙を取り出した。そしてゴミ箱がないかどうか見まわしたけれど、竜巻がどこかに飛ばしてしまったらしい。おそらくは、隣の郡に。もしかしたら、オズの国かも。それで仕方なく、湿った紙をポケットに入れた。

「巻尺を持ってない？」シスターが大声で訊いた。

「ないわ」わたしは首をふった。「早く、お店から出て！」

「すぐにいくわ」

わたしは垂れ下がった電線に注意しながら裏にまわり、古いリンゴ園の様子を見にいった。思っていたほど、被害はなかった。リンゴは残らず地面に落ちているが、枝はほとんど折れていない。でも、リンゴはすぐにひろわなければならないだろう。帰るときに、ケイト・マッコークルの店に寄って、そう伝えなければ。

「準備はできた?」メアリー・アリスが店の裏に出てきた。「ずっと待っているんだから」

嘘つき!

「いろいろな種類のテーブルと椅子をそろえるつもりよ」メアリー・アリスは車を駐車場から出しながら言った。「あのキャプテンズチェアは場所を取るのに、腿が痛くなるから」

「ブルドーザーでつぶして」わたしは言った。

道を戻ったときには、ケイト・マッコークルの店は開いていた。フライとジャクソン・ハナがおんぼろのトラックのはしにすわっている。初めてジャクソンを見かけたときのトラックだ。年月と酒の飲みすぎで衰えてはいるものの、ジャクソンはいまでも遊び人風の二枚目だった。いまは甥のリチャードが持っている魅力とカリスマ性を、かつては持ちあわせていたのがわかる。もっと粗削りだったが、それも魅力だった。きょうのジャクソンは格子縞のフランネルのシャツを着て、洗ったばかりで折り目がついたカーキ色のズボンをはいていた。きょうが今季初めて冷えこんだ日で、冬物の服を着はじめたところだからだろう。いや、そんなふうに考えるのは不公平かもしれない。フライは季節に譲歩して〈ナイキ〉のスニーカーをはいていた。靴下ははいていないけれど。

ふたりはトラックから降りて、わたしたちに話しかけてきた。フライはジャクソン・ハナを紹介し、ケイトは偏頭痛で家にいるので、自分が店番をしているのだと言う。ジャクソンも手伝って。

「ふたりともカボチャかい？」ジャクソン・ハナが尋ねた。「安くしとくよ」

「いいえ。でも、ありがとう」わたしたちは声をそろえた。

「〈スクート&ブーツ〉にいってきたの」メアリー・アリスが付け加えた。「ひどい有様だったわ」

「あなたが新しい経営者？」ジャクソンは慣れていないかのように、ズボンの折り目を両手でなでた。

「不運な経営者よ」

「そうみたいだね。今朝、車で通りかかって思ったんだ。この店はお荷物でしかないぞって」

「あなたのところも、かなりやられたの？」わたしは尋ねた。

「牧草地の木が二本。あとは、しばらく電気がつかなかった」ジャクソンが答えた。

「うちはだいじょうぶだった」フライが言った。「でも、嵐でケイトが不安になって眠れなかった。ひと晩じゅう、家のなかを歩いていたんだ。そうすると、楽みたいで」〈ナイキ〉のスニーカーで小さな泥の筋をこすった。「それで頭痛が起きたのさ」

「今朝はセイラも頭痛がすると言っていた」ジャクソンが言った。「リチャードのかみさんだよ」わたしたちはうなずいた。「木曜日に裏庭で大きなパーティーを開くのに、庭はめちゃくちゃだし、寒くなりそうだって」

「わたしたちも招待されているの」シスターが言った。

「それなら、ブーツをはいて、コートを着たほうがいい」シスターは笑った。「セイラに会ったわ。彼女ならきっとパーティーを成功させるでしょうね」

ジャクソンはにっこり笑った。「そのとおり。セイラは何でも解決できるから」

「噂をすれば――」フライが駐車場に入ってきたリチャード・ハナの車を指さした。リチャードはわたしたちの車の隣に停めて、窓を開けた。

「みなさん、おはようございます。ミセス・クレイン、〈スクート&ブーツ〉のことを聞きましたよ。お気の毒に」

「保険がおりると思うわ」メアリー・アリスは答えた。

「それならよかった」リチャードはおじを見た。「ジャクソンおじさん、セイラが手を貸してほしいと言っているんだけど。バーミングハムの芝刈り業者を呼んだんだけど、ほかの用事で手が一杯らしくて。おじさんに監督してもらえると助かるって。ぼくができればいいんだけど、きょうは十件も会議が入っていて、しかももう遅れているんだ」

「ちゃんと見ておくよ」

「ありがとう、ジャクソンおじさん。もういかなきゃ。それじゃあ、失礼します。フライ、じゃあ、また」リチャードはあっという間にいなくなり、ここにいたことが嘘のようだった。

「それじゃあ、わたしもお役目を果たしにいったほうがよさそうだ」ジャクソン・ハナはカーキ色のズボンをたっぷりとした腹の上まであげて、トラックのほうに歩きはじめた。そしてふり向いて、にっこり笑った。「ほらね。セイラはちゃんと問題を解決するって言っただろう」

わたしたちがリンゴのことを話すと、フライはケイトの入っている〝グリーナーズ〟というグループに伝えると約束した。ケイトはきょうは動けないだろう。でも、リンゴはちゃんとひろうよ。ありがとう。

「いいひとね」家に向かう途中で、メアリー・アリスが言った。

「ええ、そうね……」

「お昼はチキンのお店に寄っていきましょう」

賛成だ。朝食べたレモン・ウエハースはもうずっとまえにお腹から消えていた。

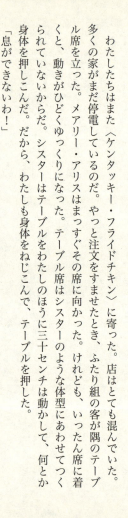

15

わたしたちはまた〈ケンタッキー・フライドチキン〉に寄った。店はとても混んでいた。多くの家がまだ停電しているのだ。やっと注文をすませたとき、ふたり組の客が隅のテーブル席を立った。メアリー・アリスはまっすぐその席に向かった。けれども、いったん席に着くと、動きがひどくゆっくりになった。テーブル席はシスターのような体型にあわせてつくられていないからだ。シスターはテーブルをわたしのほうに三十センチは動かして、何とか身体を押しこんだ。だから、わたしも身体をねじこんで、テーブルを押した。

「息ができないわ！」

「できるわよ」シスターは言った。「このほうが楽だし、あたしはあんたよりずっと身体が大きいのよ、パトリシア・アン」

わたしはもう一度テーブルを押して、七、八センチ動かした。

「やめて！　コーヒーがこぼれるじゃない」

まだ窮屈だったけれど、息はできた。それに、膝の上にものをこぼす心配もない。わたしは箱に手を伸ばして、ドラムスティックをつかんだ。ここ数日で水道ホースほどの太さの血管を詰めるくらいの脂肪をとっている。真剣に、そろそろ気をつけないと。

メアリー・アリスはコーヒーにダイエット甘味料を二本入れ、小さなスティックでかき混ぜた。湯気が少し立っている。「うーん、いいにおい」

わたしはおいしそうな脂たっぷりのチキンにかじりつき、あまりの熱さにコップをつかんだ。そしてまだ舌の上で水を転がしていると、声が聞こえた。「こんにちは」顔をあげると、リユーズ保安官がチキン五箱を落とさないように持っていた。

「〈スクート&ブーツ〉にいったんですか?」保安官が訊いた。

わたしたちは声を出さずにうなずいた。わたしはまだ舌を火傷させないようにしていたし、メアリー・アリスはたんに愛想が悪くて。

「竜巻のことは、本当にお気の毒でした」

メアリー・アリスは顔をしかめた。「そんなことを言われても、信じられないわ。あなたにとって、あの店は頭痛の種でしかないでしょう」

リユーズ保安官はにっこり笑った。「ええ、確かに」

「エドはどうなっているの?」メアリー・アリスが訊いた。

「すごく冷たくなっています」リユーズ保安官は気の利いたことを言ったかのように微笑んだが、わたしたちはただ彼を見つめていた。

「親戚から、何か連絡は？」

「ありませんが、必ず見つけます」リユーズ保安官はうなずいた。「それじゃあ、お昼を楽しんでください」

「あのひと、嫌いよ」メアリー・アリスは保安官が背筋を伸ばして歩いていくのをじっと見つめた。

「彼は自分の仕事をしているだけよ」

「真剣すぎるのよ。それに、あたしたちが自分の知らないことを知っているかのようなそぶりをして」

「知っているわ。ほんの少しだけど」

絶好の機会だ。わたしはチキンを置いて、知っていることを残らず話した。最初に話したのは、ボニー・ブルーと昼食をともにして、ドリス・チャップマンがエドにレイプされそうになったところをヘンリー・ラモントが助け、エドは病院に連れていかれて頭を縫ったことを聞かされたことだ。それからドリスの家にいったら、とても高そうな家で、いまはフロリダで冬を過ごしていること。フライがドリスの犬を預かっているのに、嘘をついたこと。エドがウインナーを縫ったこと。ヘンリーの奥さんがドラッグの過剰摂取で死んだこと。ヘンリーが子どもの頃に、いまのデビーの家で暮らしていたこと、そして刑務所に送られそうになったものの、更生施設に入るだけですんで、そこで調理を学んだことなどを話した。

わたしが話しているあいだ、メアリー・アリスはひとことも口をはさまずに、コーヒーを飲んでいた。そして、とうとう息が切れ、話すべき情報がなくなると、わたしは椅子の背にもたれかかった。メアリー・アリスはまだ何も言わない。

「どう？」わたしは訊いた。

「ああ、全部知っていたから」

「何ですって？」声が大きすぎて、隣のテーブルの客がこちらを向いた。

「きのうデビーから聞いたの。デビーとヘンリーもいろいろと調べたのよ」

「それなのに、わたしに何も言わなかったの？」信じられない。

「あんたもでしょ」

「きのう話すつもりで、あなたの家にいったのに、スワンプ・クリーチャーズがいたから」

メアリー・アリスは指先で眉間をこすった。「ああ、そうだったわね」しばらく窓の外を眺めた。「ねえ、マウス。ひとつだけわからないことがあるの」

「なに？」

「結局、どういうことなの？」

六十年の付きあいだというのに、姉はまだ驚かせてくれる。秘密を持てるだけでなく、物事を哲学的にしてくれるのだ。

「さあ、わからない」わたしは言った。「とりあえず、食べましょう」

それから数分かけてチキンを食べたあと、わたしは言った。

「ドリス・チャップマンのフロリダの住所も、ドリスとエドがどうして揉めていたのかもどうせ知っているんでしょ。レイプじゃなかったのは、明らかだもの」皮肉まじりの口調になった。

シスターはわけ知り顔で微笑んだ。「フロリダ州デスティン、ハイウェイ九八号線を走ったエメラルド・ウォーターズ・ビーチにあるアパートメントの九〇一号室よ」

「郵便番号だって知っているのよね？」今度こそ、皮肉が通じるだろう。

シスターはにっこり笑った。「もっとすごいことも知っているわ。電話番号」

「リユーズ保安官に話したの？」

わたしは首をふった。

「あんたは、話した？」

「いずれにしても、保安官はもう知っているでしょう」メアリー・アリスは言った。「とりあえず、ヘンリー・ラモントは解放されたんだから」

わたしはファストフード店とコーヒーで暖まったにもかかわらず、身体が震えた。

「そろそろリユーズ保安官に残らず話したほうがいいと思うわ。わたしはヘンリーがだいじょうぶなのかどうか確かめたかっただけで、彼は平気みたいだから。もう、よけいなことに頭を突っこむのはやめない？」エドが救急車に運びこまれた情景が頭に浮かんだ。わたしは発泡スチロールのカップを持って、両手を温めた。

信じられないことに、メアリー・アリスが承知した。

「あんたの言うとおりだわ。これは保安官の仕事だもの」ビスケットをかじった。わたしは心底ほっとした。いま話しているのは殺人事件についてであって、自分たちとは縁がないことなのだ。できるだけ関わらないほうがいい。

「保安官に電話して、すべて話すわ」メアリー・アリスが言った。「でも、そのまえにドリスをつかまえる。二度電話をかけたのに出ないのよ。きっとビーチに出ているのね」

「保安官にかけてもらえばいいじゃない。何か訊くつもりなの？」

「〈スクート&ブーツ〉の工事が終わったら、働くつもりはあるかって」

「エド・メドウズを殺した犯人を知っているかって、訊いたら？」

メアリー・アリスはビスケットを置いた。「知っていると思う？」

姉の言うことは、本気なのか冗談なのかさっぱりわからない。


家に着いたとき、電気は復旧していた。わたしはどうしても必要な家事をした。キッチンの床にモップをかけ、シーツを換え、たまった洗濯物を集めはじめた。そのあいだずっと、わたしが語った事実にメアリー・アリスがまったく驚かず、無頓着だったことを考えつづけた。もちろん、昔の自分の家にデビーが住んでいたことを知ったとき、ヘンリーは驚いたはずだ。うれしかったかもしれない。世の中はせまいね、と。そしてデビーは、わたしがヘンリーのなかに見出したものに、彼の有望な前途に気がついていった。デビーが言うように、若いときは誰だって過ちを犯す可能性があるし、たいていはそのとおりだ。ヘンリーはそれを乗り越えて、強くなったし、賢くなった。

デビーの言うとおりだといいけど。

わたしは寝室の床にシーツとタオルを積みあげたところだった。そして、いま着ているジーンズとシャツもその山に加える。どちらも泥がかなりついているから。わたしはジーンズをぬいで、無意識にポケットを探り、ガラスのブーツから取り出した紙が入っていたことに気がついた。そしてゴミ箱に放りかけたとき、それが何度も折られた封筒であることに気がついた。なかに入っていたのは分厚く、法的な文書が印刷される類いの用紙だ。

封筒から取り出して広げてみると、それはエドの結婚証明書だった。〝サウスカロライナ州は、一九八〇年二月一七日にサウスカロライナ州チャールストンに於いて、エドワード・レイモンド・メドウズとワンダ・スー・ハンプトンが婚姻関係を結んだことを証明する〟第一バプテスト教会の牧師エドガー・バンヤンと、証人であるヘレン・ブンヤンとマリリン・コックスの署名もある。結婚証明書の内側には、結婚式直後に撮影されたらしい写真がはさまっていた。教会の階段らしき場所に若き日のエドとワンダ・スーが立って、微笑みあっている。ワンダ・スーは街着としても着られそうな長さの白いドレスを着て、頭に花環を飾っている。ふっくらとしていて――とても若く見えるので、まだ子どもの体型なのだろう――黒髪がカメラに向けた背中の下まで伸びている。エドはグレーのスーツを着て、赤いネクタイを締めていた。写真はふたりのあいだで折られており、その行く末を暗示しているかのようだった。

「まあ……まあ、まあ、まあ」

わたしはベッドのはしに腰かけて、書類と写真をじっくり見た。これでエドの妻の名前がわかったわけで、たとえ離婚していたとしても、彼女なら親戚の名前を知っているはずだ。エドの両親が亡くなった際、彼は海軍にいて、遺品を整理したのはワンダのはずだから。わたしはいま知ったことをリユーズ保安官に伝えようとして受話器を取ったが、まずメアリー・アリスに電話をかけた。例のごとく、留守番電話が応答し、わたしは折り返すようにと伝言を残した。

結婚証明書と写真はガラスのブーツに詰めこまれていたせいで、まだ少し湿っていた。それでも、これが嵐の最中にブーツのなかに飛びこんだ残骸でないことはわかっていた。わたしは書類と封筒についた折り目を見た。ブーツに手を入れて〝ゴミ〟だと思っていたものを取り出したとき、その〝ゴミ〟がどんな風に吹かれても入りこまないほどブーツの奥にあったことも、やけにきちんと折られていることも、そのときは深く考えなかった。頭にあのときの情景が、記憶が浮かびあがった。ダンスフロア、点滅する赤、緑、黄色のライト、黒い影が浮かんでいるブーツ。まえに思い出そうとしていたのは、これだ。ブーツの何かが引っかかっていた。『ロッキートップ』にあわせて踊っていたとき、わたしはブーツを上から見て、ライトのひとつが故障しているか、色つきガラスに傷がついていると思ったのだ。あのときはさほど重要ではない、何でもないことだと思ったのだけれど。

わたしは結婚証明書を手に取って、もう一度見た。この紙のせいで、ブーツに小さな影ができていたのだ。エドワード・レイモンド・メドウズは内側に写真をはさんで結婚証明書を四回折り、ブーツの奥に隠してから、それを床に埋めこんだ。

「ああ、もう！」わたしは鏡のなかの自分に向かって叫んだ。「もう、もう、もう！」

重要なことに、すぐに保安官に知らせないといけないことに気づいていたのに。わたしは受話器に手を伸ばしたが、その瞬間に電話が鳴って、飛びあがるほどびっくりした。

「ママ？」ヘイリーだ。「どうかした？　声が変だけど」

「だいじょうぶよ。リユーズ保安官に電話をかけようとしていたところだったの。エド・メドウズの奥さんの名前がわかったのよ」

「誰に聞いたの？」

「〈スクート&ブーツ〉のガラスのブーツに結婚証明書が入っていたの。写真も」

「へえ」沈黙が続いた。「まだ明日、買い物にいくつもりはある？」

ヘイリーは外見はフレッドに似ているけれど、ときおりメアリー・アリスのような行動を取る。結婚証明書がガラスのブーツに隠されていたことが、日常茶飯事で何でもないことのような反応だった。「仕事が終わったら、電話してちょうだい」

わたしは結婚証明書と写真をドレッサーに置き、急いでシャワーを浴びて、ぬいだ服を洗濯機に入れた。それからリユーズ保安官に電話をすると、彼は事務所にいて、すぐに応答した。

「お昼は楽しかったですか、ミセス・ホロウェル？」リユーズ保安官は訊いた。

「ええ。あなたたちは？」

「おいしかったです」リユーズ保安官の家には食事を用意してくれるひとがいないのだと思い出し、良心が痛んだ。ほんの少し。

「何か、ご用でしょうか？」リユーズ保安官が訊いた。

「エド・メドウズの奥さんの名前がわかったの」

「ワンダ・スー・ハンプトン？」

がっかりだ。「知っていたのね」

「ミセス・ホロウェル、サウスカロライナ州の公文書を管理しているコンピュータにエド・メドウズの名前を入力するだけで、出てくるんです」

「奥さんを探しているのかと思っていたわ」

「探しています。ミセス・ハンプトン＝メドウズは行方がわからないらしくて。おそらく再婚して、旧姓を使っていないのでしょう。女性はいつもそういう理由で行方が追えなくなるんです。いまも努力を続けていますが」

リユーズ保安官が努力を続けているというのは、ワンダ・スー・メドウズを探しているという意味で、女性たちがずっと重荷を背負ってきた、姓を変えるという古めかしい制度を改正するという意味ではないのだろう。リユーズ保安官がフェミニストだとは思えない。

「もう知っていることに気づくべきだったわ」

「ご協力に感謝します。また何か気づいたら、連絡してください」

わたしは挨拶をして、電話を切った。完璧に片づいている机にすわって、優越感に満ちた笑みを浮かべているリユーズ保安官の姿が目に浮かんだ。わたしは新事実をつかんだとすっかり思いこんでいたのだから。洗濯機を蹴ると、ものすごい音がしたけれど、爪先が痛いだけだった。わたしはどうやってワンダ・スー・ハンプトンの名前を知ったのか、保安官に伝えなかったことに気がついた。ふん、こっちからなんて、かけてやるもんですか！　保安官がやり手なら、ちゃんと質問したはずなのだから。

「ヘイリー、あなたが再婚するときは」わたしは車に乗りこみながら言った。「旧姓を残してほしいわ」

「〝ヘイリー・ホロウェル〟って、似たような音が続くのよね」

わたしはかっとなった。「それがいいんじゃない」

「ママが気に入っているのは知っているわ。ママがつけてくれた名前だもの」

「あなたに必要なのは、ヘイリー・マリー・ホロウェルという名前だけ。わたしもパトリシア・アン・テイトでいればよかった」

ヘイリーがこっちを見た。「どうしたの、ママ?」

「リユーズ保安官が、女性は姓が変わるから、いつも行方がわからなくなると言うものだから」

「それじゃあ、シスターおばさんは何度も行方がわからなくなっているわね」

「笑いごとじゃないわ」

「保安官に電話して、エドの奥さんの名前を伝えたのね」

「もう知っていたわ。本人が見つからないだけで」

ヘイリーはうなずいた。「姓が変わったから」

「そう」

「リユーズとかいう保安官のいやなところを当ててあげましょうか?」

「えらそうなのよ。彼がとっくにわかっていることを、わたしが教えたときもそう。ブーツに結婚証明書が隠されていたことを話す機会も与えてくれなかった」

「とても重要な情報に思えるけど」

「でも、その結婚証明書には、リユーズ保安官が知らないことは何も書いてないの。どこに隠してあったかなんて、それほど重要じゃないはずよ」

「でも、どうしてエドはそんなものを隠したの？　それで、とんでもない問題を抱えてしまったの？」

「さあ」

ヘイリーはショッピングセンターの駐車場に車を入れた。「もう一度、保安官に連絡したほうがいいかもしれないわよ」

「どうして？」

ヘイリーは二台のバンのあいだに、見事に車を停めた。

「どうしてかというと」エンジンを切った。「いやな予感がするから。とても。ママもシスターおばさんもこんな危険なことに関わっちゃだめよ。エド・メドウズの喉を掻き切って、〈スクート&ブーツ〉を荒らした犯人と顔をあわせたかもしれないと思わない？」ヘイリーは車のキーを抜いて、ハンドバッグに手を伸ばした。「ママ、事件には関わらないで。お願い」

「保安官に電話するわ」わたしは約束した。

リリー・ルービンの店の静かで上品な雰囲気のなかにいると、〈スクート&ブーツ〉の事件が遥かかなたのことに思えた。ヘイリーはブルーのドレスをいくつか試着したあと、身体にぴったりフィットするシフトドレスと、スパンコールで飾られたジャケットを選んだ。ヘイリーをとても美しく引き立てるドレスで、それは本人もわかっていた。ヘイリーが鏡のまえでめかしている様子を見て、わたしは胸が一杯になった。月曜日に泣いたのがよかったのだ。ヘイリーには心を解き放つ必要があったのだろう。いま、娘は頬を染めてさえいるのだから。

わたしがマネキンの着ている赤いドレスに見とれているのに気づいて、店員がちょうどいいサイズもあると勧めてきた。

「試着してみたら、ママ」ヘイリーが強く言った。

わたしはドレスを着てみた。身頃はぴったり。膝上の丈のゆったりとしたシフォンのスカートに、刺繍が施された幅広のベルトがついている。すごく、すてきだ。

「わたしには若すぎるわ」鏡のまえでくるくるまわりながら言った。

ヘイリーと店員が同時に言った。「とんでもない」その言葉が聞きたかったのだ。娘とわたしは新しいドレスを手にして店を出た。

「次は、靴ね」ヘイリーが言った。

「うーん」

「なあに？」

「今回はガーデンパーティーで、みんなで必死に嵐の後片づけをしているようだけど、こんな短い期間で、どれだけのことができるかしら」

「それなら、ポーチの上だけにいるわ」ヘイリーはショッピングセンターでいちばん高い靴店に軽やかに入っていった。「ポーチはあるでしょう？」

「たぶんね。ほかにも、何でもそろっていると思うわ」

「ところで、どうして招待されたの？」

「資金集めのパーティーなのよ。たくさん寄付をしたひとが〝招待〟されるわけ」

ヘイリーはびっくりした顔をした。「リチャード・ハナの選挙運動に寄付したの？」

「じつを言うと、したのよ。でも、わたしたちみんなが招待されるほどの額じゃないわ。わたしたちがパーティーに出られるのは、シスターおばさんのおかげ」

「ハナ家は資金集めのパーティーなんてする必要がないと思っていたわ」

「必要ないでしょうね。でも、必要があるようにふるまわなきゃいけないのよ」

ヘイリーはうなずいた。「そのとおりね」

おそらく、そうだろう。

結局、わたしたちはふたりとも靴を買った。ハイヒールだ。そのあと家に帰る途中でドラッグストアに寄り、ヘイリーにメッシュ用の毛染め用品を買ってやった。小さな穴が開いたビニールキャップで、かぎ針で髪を引っかけて穴から出して染めるのだ。スペインの異端審問所が自慢する拷問道具のように見えるけれど、これならヘイリーの赤みがかったブロンドが活きる。トムが亡くなってからというもの、ヘイリーがメッシュを入れるのは初めてだった。これもまた、よい兆候だ。それから、自分のために〝スパンサンド〟という色の毛染めも買った。メアリー・アリスの髪のような色になってしまったら、シャンプーで洗い流せるはず。たぶん。

わたしたちが家の私道に車を入れると、デビーの車が隣に停まった。

「こんにちは」デビーは車から降りると、わたしたちが車から取り出している包みに目をやった。「ふたりそろって、クレジットカードの社員を喜ばせちゃった？」

「なかに入って、見ていって」ヘイリーが言った。

「もちろん。パットおばさんに渡したいものがあるの」助手席のほうにきてドアを開けると、床に置いてあったアルミホイルで包まれたキャセロールを持ちあげた。「ヘンリー・ラモントからよ。エビ、チキン、パスタ、ブロッコリー、その他もろもろ」アルミホイルの隅をはがして、うっとりするようににおいを嗅いだ。「いいにおい」

わたしは唸った。「ホワイトソースね」

「チーズも」デビーが言った。

〝コレストロールはどうなの？〟良心が言う。〝フレッドのコレストロールは？〟

〝うるさい！〟わたしは良心に言い、キャセロールを受け取って、確かにいいにおいだとデビーに同意した。「なかに入って。ドレスを見せてあげるから」

ふたりが包みを持って寝室に入っていくと、わたしはキャセロールをコンロにのせて、紅茶をいれるためにお湯を沸かした。家のなかは寒く、暖房の温度をあげるために廊下に出た。数日まえにフレッドが点検しておいてくれたおかげで、暖房炉はきちんとつき、送風管からこの秋初めての暖房のにおいが漂ってきた。寝室からふたりの話し声が聞こえてくる。わたしが部屋に入ると、デビーがガラスのブーツを掲げた。

「ここにあったの？」デビーはヘイリーに訊いた。

「結婚証明書？」わたしが答えた。「そう、そこにあったのよ」ドレッサーの引き出しから書類を出した。「これが写真」

デビーが受け取って、ヘイリーにも見えるように掲げた。

「折りたたまれて、ブーツの爪先に入っていたの？」

「ええ。ぜったいに隠していたのよ」

「どうやって、見つけたの？」

竜巻で〈スクート&ブーツ〉の屋根がダンスフロアに落ちてしまったのだけど、またあとで利用できるようにブーツだけはひろったのだとわたしは説明した。コンロにかけたヤカンが鳴ったので、デビーとヘイリーを連れてキッチンに入り、そこで最後まで説明した。ふたりはテーブルにすわり、わたしがお茶をいれてクッキーを出しているあいだも、書類と写真をじっくり見ていた。

「あなたが興味を持つとは思わなかったわ」わたしは紅茶を渡しながら、ヘイリーに言った。

「最初に話したとき、ダンスフロアのブーツに結婚証明書を隠しておくことが日常茶飯事のような反応だったから」

「ぼんやり聞いていたから」ヘイリーはそう認めた。

「重要な情報よ」デビーは秘密のメッセージを探しているかのように、紙を照明にかざした。

「エド・メドウズが殺されたのは、このせいかもしれない」

わたしは紅茶をこぼしそうになった。「どうして？」

「それはわからないけど。でも、どうしてエドはこんなに苦労して証明書と写真を隠したのかしら。つまり、エドはわざとこれを隠したにちがいないわ。ダンスフロアをつくったときに。それに、お店を荒らした犯人もこれを探していたのよ。お店をめちゃくちゃに壊したんでしょう？」

「そのあと、トイレにドラッグを隠した」ヘイリーが付け加えた。

デビーは立ちあがり、流し台の横のがらくたを入れる引き出しを開けて、古い封筒と鉛筆を取り出した。「いいわ」テーブルに戻ってきて言った。「わかったことを書いていきましょう」

「何をするつもり？」ヘイリーが訊いた。

「リストをつくるの。家でもヘンリーと一緒につくったんだけど。パットおばさんなら、付け加えることがあるかもしれない。リストというよりは図に近いけど」

「彼はいまどこにいるの？」わたしは訊いた。

「学校よ」

「子どもたちは？」

「リチャルデーナが見ているわ」デビーは封筒のてっぺんに円を描いた。「はじめるわよ、パットおばさん。〈スクート&ブーツ〉の関係者の名前を教えて」

「ヘンリー・ラモント」わたしは答えた。

デビーは円のなかに名前を書いた。

「ボニー・ブルー・バトラー」

デビーはもうひとつ円を描いて、名前を書きこんだ。

「ドリス・チャップマン、スワンプ・クリーチャーズ、フライ・マッコークル、厨房を手伝っている学生たち――名前は知らないけど――リユーズ保安官、メアリー・アリス、エドがお店を買ったひと」

「ワンダ・スー・ハンプトンも忘れないで」ヘイリーが写真を見ながら言った。

「エド・メドウズ」

「エドの名前は真ん中に書いたわ」デビーは封筒を掲げた。「このひとたちを関連づけられるかどうか見ていきましょう。自由に連想していって、何かピンとくるものがあるかどうか考えるの。いま、わたしたちは結婚証明書が事件の核となっているんじゃないかと考えているのよね」

「エドが結婚したのはチャールストンよ」わたしは言った。デビーはエドとワンダ・スー・ハンプトンを線で結んで、〝チャールストン〟と書いた。「エドは海軍にいたの」わたしは付け加えた。

「チャールストンに駐留していたの？」

わたしは首をふった。「チャールストンはエドの故郷よ。両親が住んでいたの」

「エドがこの町にきたのはいつ？」

「〈スクート＆ブーツ〉を買ったときだと思うわ。二年か、三年まえ。海軍を辞めたときかも」

「二十年間勤めた？　年金をもらえたのかしら」

ヘイリーが口を開いた。「結婚証明書によると、エドは四十一歳だったはず。十八歳で入隊したとすれば、資格はあったんじゃない？　どうして？」

デビーはエドの名前の横に錨《いかり》の絵を描いた。

「わからない。いまは思いつくことを挙げていくだけだから」鉛筆で封筒を叩いた。「ほかに、チャールストンに関係することは？」

「もしかしたら、ドリス・チャップマンがワンダ・スー・ハンプトンなのかも」ヘイリーが言った。「それでエドはドリスの新しい人生をめちゃくちゃにしようとして揉めた」

「エドは月経前症候群みたいな様子だったらしいわ」わたしは言った。「ボニー・ブルーは、そのことについてドリスと話しあったと言っていたわ」

「四週間ごとにおかしくなるってこと?」ヘイリーが微笑んだ。

「ヘンリーもエドは気分屋だったと話していたけど、定期的だったとは言ってなかった」デビーが言った。

「男はそういうことに気づかないから。でも、ボニー・ブルーは規則的だったたって」わたしは言った。「距離を置いたほうがいい時期が予測できたらしいわ。エドはとても意地悪くなったんですって」

「ふーん」デビーはエドの名前が書いてある円の横に〝月経前症候群〟と記した。

「使い古しの封筒じゃなく、ちゃんとした紙に書く?」わたしは訊いた。

デビーは首をふった。

ヘイリーが結婚証明書を指さした。「ドリスはエドに脅迫されていて、それで毎月給料日の頃になると、エドにいやがらせをしていたんじゃない?」

「いいえ、ドリスは〈スクート&ブーツ〉の給料では到底できないような暮らしをしているの」わたしは言った。「新しいテラスハウスを買って、冬はフロリダで暮らしているのよ」

「誰かの遺産を相続したのかも」ヘイリーが言った。「それに、フロリダで働いているのかもしれないわ」

「フライ・マッコークルはドリスの犬を預かっているのに、そのことで嘘をついた」

「その調子よ、パットおばさん」デビーはフライとドリスを線で結んで〝犬〟と書いた。

「フライがドリスにお金を渡している愛人の可能性はない？」

「フライは一文無しよ。それに、フライは奥さんの尻に敷かれている気がする。奥さんはインターステート近くの道ばたでお店をやっているの。とてもいいひとよ。明日の夜のパーティーにくるんじゃないかしら。ハナ家の親戚みたいだから」

「道ばたのお店なら、ドラッグを売るのに最適よね」ヘイリーが言った。「いろんな野菜に隠せるから」

「ドラッグと言えば」わたしはデビーに言った。「きのう、あなたのお母さんの家にいったら、スワンプ・クリーチャーズのひとりがポーチでドラッグを吸っていたの。お母さんはシナモンだと言ったけど、ぜったいにちがうわ」

デビーはスワンプ・クリーチャーズの円のなかに〝ドラッグ〟と書いた。

「どこまでいった？」ヘイリーがデビーの封筒をのぞきこんだ。

「ドリス・チャップマンを見つけないと」デビーが言った。

「あなたのお母さんが電話番号を知っているわ」わたしは言った。「あなたから聞いたんだと思ってた」

デビーは驚いた顔をした。「わたしじゃないわ」

「何度も電話をかけたのよ。ドリスが何らかの理由で事件に関わっているのは間違いないと考えたから」

「きっと、ドリスがワンダ・スーなのよ」ヘイリーが言った。

「それはリユーズ保安官にまかせましょう。いい？　これは保安官の仕事なんだから。ふたりとも、メアリー・アリスとわたしに、危険なことに関わらないようにって、ずっと言っていたじゃない」

「そのとおりよ、パットおばさん」デビーは結婚証明書を手にして、もう一度じっくり読んだ。「でも、ひょっとして、ママから電話番号を聞いてない？」

16

デビーが帰るとき、わたしはポーチまで出ていった。ヘンリー・ラモントがあまりにも早く彼女の家に移り住んだことをいまでも歓迎できないのに、その話題を切り出せなかったのだ。デビーが成熟した大人で、有能な女性だということは知っているけれど、弱い面があることも知っている。階段に立って、夕日を浴びてわたしを見あげるデビーはとても幼く見えた。

「あなたのお母さんがうちの子に会わせようとしている、ケネスという男性を知っている？」わたしは問題を避けた。

「ママはすてきなひとだと言っているわ」デビーは笑った。「わたしのために目をつけていたようだけど、あきらめたみたい」

「お母さんはヘンリー・ラモントを気に入ったと言っていたわ」

「ずいぶんまわりくどいのね、パットおばさん。ヘンリーとはどうなのって、はっきり訊いたら？　このあいだの夜から訊きたくてうずうずしていたんでしょう」

「そうね。ヘンリーとはどうなの？」

「友だちよ。ヘンリーはすごくすごく久しぶりに出会えた、とてもすてきなひとで、どうにかなるかもしれないけど、先のことはわからない。でも、可能性はあると思っているの。名刺を渡したとき、ヘンリーは自分が暮らしていた家に、いまわたしが住んでいると知って、ひっくり返りそうになるほど驚いていたわ」デビーは微笑んだ。「ヘンリーはわたしを運命の女性か何かだと思っているみたい。こんなこと、偶然ではあり得ないって」

「ヘンリーの考えが間違っていることを祈るわ。ただの偶然ならいいんだけど」

デビーは未来を読めるかのように、自分の手のひらをじっと見た。「ヘンリーは引っ越してきていないし、わたしと寝てもいないわ、パットおばさん」

わたしは古い人間で、いま聞かされたことに驚くと同時にほっとしてもいた。

「安心したわ、デビー。時間をかけなさい。お互いによく知りあうには、それしかないの」

「でも、ヘンリーは双子の父親の可能性があるの」

「何ですって？」わたしは聞き間違いかと思った。

「ヘンリーは大学生のときに、アラバマ大学の精子バンクのドナーになったの。ほら、冷凍して保存できるのよ」

「そんな、まさか、嘘でしょう！」わたしは早口で言った。

デビーは噴き出し、まもなくわたしも噴き出した。そして涙が出るまで大笑いした。そのあとやっと落ち着くと、娘がドアまで出てきて、何があったのかと訊いてきた。わたしたちは、また笑いだした。

デビーがまだくすくす笑い、目の下に流れ落ちたマスカラをふきながら帰っていくと、わたしは笑っていた理由をヘイリーに説明した。

「シスターおばさんは誰が父親か、きっと突き止めるわよ」ヘイリーが言った。

「それはないわね」わたしはメアリー・アリスを知っている。きょうこの日から、フェイとメイはヘンリー・ラモントの子どもなのだ。間違いなく。

その夜の眠気はまるで波のようだった。一時間かそこらぐっすり眠ったかと思うと、目が覚めてしまうのだ。とうとうフレッドを起こさないように居間にいき、ガス暖房をつけて、ソファにすわった。〝トウモロコシの満月〟とも呼ばれる十月の満月の一条の光が、天窓から床まで射しこんでいる。数日まえの夜に、竜巻が人々の暮らしを引き裂いていったのが信じられない。わたしはショールを身体に巻きつけて、丸太のまわりで炎が躍るのを見つめた。赤、そして緑。わたしははっとして目が覚めた。ああ、もう。昨夜だって寝ていないのに。こんなのはよくない。きちんと休まなければ。

わたしはキッチンにいき、ミルクとアスピリンを飲んだ。出窓から入ってくる月光がとても明るく、電灯をつける必要がなかった。外で、木々がかすかに動いた。通りの向こうで、明かりがついた。あそこにも不眠症のひとがいるのだ。初めて冷えこんだ夜、それ以外は誰もが眠っている。ウーファーも犬小屋で眠っていた。満月に向かって吠えるには年を取りすぎているし、暖かすぎるのだ。わたしはソファに戻ってショールにくるまり、次に気づいたのは、朝日がまぶしくて目が覚めたときだった。

真っ先に頭に浮かんだのは、今夜はガーデンパーティーにしろ、どんな種類のパーティーにしろ、たとえ篝火《かがりび》をたいたところで、屋外でパーティーをするには、ひどく寒いだろうということだった。冬物のコートを着ることになれば、あれほどの大枚をはたいたドレスを誰にも見てもらえない。きっと〈レールデュタン〉ではなく、防虫剤のにおいがすることだろう。ドレスを自慢したいからって、肺炎になんかなるものですか。

電話が鳴り、受話器を取った。

「暖房を入れた大きなテントを用意するらしいわ」メアリー・アリスが言った。

「そう、ありがとう」

わたしは電話を切ってガウンを取った。ベッドは空だった。フレッドはまたこっそり出ていったのだ。コーヒーも飲まずに。ああ、もう！　フレッドはやさしすぎるから、わたしはいつまでも腹を立てていられない。それが癪《しゃく》に障《さわ》るのだ。わたしはキッチンにいってヤカンを火にかけ、外に出てウーファーにおやつをやった。ああ、寒い！

ウーファーの口に犬用ビスケットが入りかけたところで、ついいましがた起きたことについて考えてみた。シスターが暖房つきのテントのことで電話をかけてきたのは夢だったのだろうか？　わたしは手にしていたビスケット一枚をウーファーにやり、あと二枚を庭に放って、シスターに電話をかけにいった。

「なあに？」シスターが出た。

「さっき、電話をかけてきた？」

「もちろん、かけたわよ。いったい、どうしたの？」

「夢だと思っていたの。目が覚めて、寒いこととパーティーのことを考えていたら、暖房つきのテントのことで電話があったから混乱しちゃって」

「コーヒーを飲んだ？」

「いいえ」

「そうだと思った。コーヒーを飲んでから電話して」

言われたとおりにしたものの、シスターが知りたかったのは、イブニング・ドレスの上に〝はおるもの〟を貸したほうがいいかということだけだった。新しいドレスを買ったことをデビーに聞いたのだ。わたしは自分のコートをはおるからだいじょうぶと答えた。電話は短かった。

週に一度、わたしは中学校で教えている。ボランティアとして名乗りをあげたときは、英語の文法を教えるつもりだったが、結局はあらゆる科目を少しずつ教えることになった。分数を逆立ちさせて、割り算を説明しているのを耳にしたら、数学の先生はぎょっとするだろうけれど、生徒たちは理解しているようだし、わたしも楽しい。生徒との一対一の関係は、忙しすぎる教師全員の夢なのだ。

わたしはシャワーを浴びて着がえた。だが、学校に出かけるまえに、リユーズ保安官に電話した。ブーツに結婚証明書が隠されていたことは、通報すべきだと考えたのだ。フレッドも賛成した。

「パトリシア・アン」ブーツを持ちあげて、ベッドの下に滑らせながらフレッドが言った。「デビーの言うとおり、この件は重要だよ。それを保安官に黙っているなんて、いったい何を考えているんだ？」

「保安官がえらそうだからいやなのよ」わたしは言った。

「どれだけ無礼だろうが関係ない。保安官に連絡するんだ」

「いま？　もう十一時すぎよ！」

結局、わたしたちは朝まで待つことで折りあったのだ。でも、保安官はいなかった。電話に出た男性は伝言を承るという。わたしは電話番号を教えたけれど、三時すぎまで戻らないと伝えた。

「保安官はアトランタにいきました」電話の男は言った。「遅くなると思います」

「こちらは六時には帰宅しますから」フレッドは気に入らないだろうけれど、とにかくこれで電話はしたことになる。

時間がたつにつれて、気分がよくなっていった。百分率を理解するのに苦労していた生徒が飛躍的な進歩を遂げたのだ。それもまた〝逆立ち〟を使った説明が功を奏したおかげだった。何年もまえから数学を教えるべきだったのだ。テストの採点も簡単だし。それに、明るいアッシュブロンドに染めた髪を、数人が気に入ってくれた。家に着く頃には、わたしは夜が楽しみになっていた。気温は南部のこの時期の平均気温である二十五度程度まで戻っている。肌寒いかもしれないが、ハナ家のパーティーは楽しくなりそうだ。

リユーズ保安官からは電話がなかったが、ボニー・ブルーと娘のヘイリーからは留守番電話に伝言があった。ボニー・ブルーはまたかけると言い、ヘイリーはわたしの黒いイブニングバッグを使わないのであれば、貸してほしいという用件だった。仕事が終わったあと、家にくるという。

ウーファーを短めの散歩に連れていっても、まだ二時間ほど、自分を磨く時間があった。わたしは顔にパックをたっぷり塗って、入浴剤を泡立てた風呂に浸かり、軽石でかかとをこすり、足の指にマニキュアを塗った。ヘイリーがきたときには、髪を濡らしてカールさせるためにムースをスプレーしているところだった。

「この年になると、維持するのにお金がかかるのよ」

「ママの年でその状態なら、わたしはとても幸運ね」

やさしいヘイリー。ヘイリーの今夜のお相手が、シスターが約束したとおりの男性だといいけれど。もしかしたら、そのひとが運命の男性かも。そう思っても、悪くないはずだ。

五時になり、わたしはもう一度リューズ保安官に電話をかけた。電話に出た男性によれば、保安官はまだアトランタから戻らず、電話を折り返してほしいというわたしの伝言はそこにあるという。この男性に話してもいいだろうか？　いや、やめておこう。わたしはフレッドがあまり腹を立てないことを祈りながら、電話を切った。あのブーツはどこにもいかない。何といっても、なかが空洞になっている、ただの色つきガラスなのだから。結婚証明書だって、保安官はもうワンダ・スー・ハンプトンという名前を知っているのだから。

「パトリシア・アン、問題なのは、結婚証明書がブーツに隠されていたという事実なんだ。ダンスフロアにはめこまれていたんだから！」フレッドが言いそうなことは、一字一句わかっていた。

そして、そのとおりにフレッドは言った。保安官はいまにも電話をかけてくるだろうし、わたしは連絡を取ろうとして、できるかぎりのことはしたのだと言って、フレッドをなだめた。

少なくとも、なだめたつもりだった。「電話機を寄こせ」フレッドは言った。「保安官の番号は？」わたしはソファに腰かけ、フレッド側の言葉を聞きながら、その顔を見つめていた。

「リューズ保安官をお願いします」

「いつ戻ってきますか？」

「エド・メドウズ殺人事件を担当している方と話す必要があるんです。〈スクート&ブーツ〉で起きた事件です」

「わたしはフレッド・ホロウェルです」

「え、アトランタ?」

「もちろん、重要なことです」

「いいえ。保安官と話したいんです」

「ありがとうございます。こちらの電話番号をお伝えします」フレッドは電話を切って、わたしを見た。「ほらな、パトリシア・アン。アトランタから戻ったら、すぐに電話をくれるってさ」

わたしはこの男と四十年も結婚生活を送ってきた。口を閉じておいたほうがいい場合はわかっている。

フレッドがシャワーを浴びにいくと、わたしは目を閉じて、呪文を唱えた。呪文が効きはじめた頃、電話が鳴った。わたしは保安官かもしれないと考えて、受話器をつかんだ。

「こんばんは、パトリシア・アン」ボニー・ブルーだった。「今朝、誰から電話があったと思う? ドリスよ。ドリス・チャップマン」

「ドリスから? 家に帰ってきたの?」

「たぶん、いまはもう戻っているわ。電話をかけてきたときは、デスティンにいたけど。ドリスが今夜のハナ家のパーティーにくると言っていたし、メアリー・アリスからあなたたちもみんなでくると聞いていたから。とにかく、あたしはドリスに頼まれて〈ゴールドスタインズ〉にいって、倉庫からミンクのコートを取ってきたわけ」

同時に、ふたつのことが頭に刻まれた。ドリスがパーティーに出席する。ドリスは毛皮のコートを持っている。ミンクだ。

「ドリスが〈ゴールドスタインズ〉に電話して倉庫番号を伝えて、あたしにもその番号を教えていたっていうのに、それでも〈ゴールドスタインズ〉はいい顔をしなかったのよ。だからとうとう係の女に言ってやったの。『ねえ、このコートのサイズとあたしを見て。どうせミンクのコートを盗むなら、もっと大きなサイズにするわ』って」ボニー・ブルーは笑った。

「とにかく、今夜ドリスがパーティーにくることを教えたほうがいいだろうと思ったから」

「ええ、教えてもらってよかったわ。ボニー・ブルー、ありがとう。あなたも出席するの?」

「もちろん。バーテンダーをつとめるためだけどね。でも、仕事をもらってうれしかった。バーに寄って、オレンジジュースでも飲んでいって」

「ドリスがいたら、教えてくれる?」

「すぐわかるわよ。動物保護の運動家が見張っている女だから。それも、もっともだけどね」ボニー・ブルーは自分が考え出した情景を思い浮かべて笑った。「そろそろいかないと。それじゃあ、あとで」

「ええ、ありがとう、ボニー・ブルー」

わたしは電話を切って、ドリスはミンクのコートを持っていて、今夜のパーティーにくると、フレッドに伝えた。「ドリスがワンダ・スーなのよ。ぜったいに。それでエドを脅迫していたんだわ」

フレッドがシャワーから出てきたので、背中をタオルでふいてあげた。

「でも、どういう理由で？」フレッドがわたしのお尻に手を伸ばした。

わたしは答えられなかった。それに、その時間もなかった。

17

フレッドはパーティーにいくタイプでも、パーティーを開くタイプでもない。大晦日や独立記念日にシスターが開くパーティーにいったり、感謝祭の日に家族全員をわが家に招待したりすることはある。ときどき、古くからの友人たちを夕食に招くことも。けれども、最近はそれも減ってきた。理由はわからない。そして以前はもっと人づきあいをしたほうがいいと文句を言ったものだけれど、年を取るにつれて、わたしもフレッドに似てきてしまった。テレビで『ホイール・オブ・フォーチュン』を見ながら夕食をとるほうが楽なのだ。

「あんなに大勢いたら」シスターのパーティーから戻ると、フレッドは愚痴をこぼす。「名前を覚えられない」

その気持ちはわかる。

それなのに、保安官からはまだ電話がかかってこないし、間違いなく大規模なパーティーであるにもかかわらず、ハナ家の屋敷のまえに車を入れたとき、フレッドは上機嫌だった。

「そのドレス、いいな」

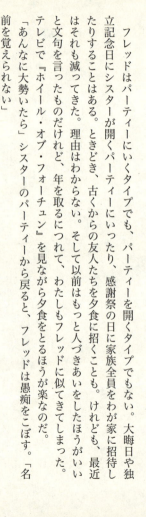

「ありがとう」

「寒くないか？　トランクに上着が二枚入っているぞ」

「平気よ。でも、ありがとう」

ここぞというときには、わたしだって〈レールデュタン〉をつけるし、健康と防虫剤のにおいよりも、肺炎のおそれのほうを取るのだ。上着について言えば、低体温症の末期になったら、新しい赤いドレスの上に、フレッドの古いナイロンのウインドブレーカーをはおればいい。脂のしみがついていたけれど。それなら、死んだほうがましかも。

わたしたちが車を停めると、まえに停まっていたメルセデスの助手席から、スパンコールと毛皮を身につけ、ハイヒールをはいた女性が降りてきた。エスコートしている男性はタキシードを着ている。

「なあ」フレッドはその男性を指さして言った。「なあ」

わたしたちは結婚してから長く、身ぶりで大方の意思の疎通ができる。

「フォーマルウェアを選ぶかどうかは自由なのよ、フレッド。あなたは選ばなかっただけ」

フレッドがどう答えたのかはわからない。そこで車の窓ガラスが叩かれて、ふたりとも仰天したからだ。にこにこ笑いながら若者が立っていた。

「こんばんは」フレッドが窓を開けると、若者は言った。「ぼくはダグラスといいます。お車をお預かりします。階段の近くに停めてください」

メルセデスはすでにダグラスみたいな若者によって移動されている。わたしたちは指示どおりに車を停めた。

「お名前は？」ダグラスが尋ねて番号札に書いて、合札としてフレッドに渡した。

「馬小屋の近くの原っぱに停めますので」

「泥がつかないか？」

ダグラスがすでに薄汚れているフレッドの一九八九年型ホンダにすばやく目をやった。

「原っぱは乾いていますから。それでは、パーティーを楽しんできてください」車に乗りこんで走らせた。

「ぜったいにぬかるんでいるぞ」フレッドが文句を言った。「バンパーまで泥がつくに決まっている」

「傷がつくわけじゃないわ」

「メルセデスじゃ、動かなくなるな」フレッドはその思いつきに顔を輝かせた。

リチャードとセイラのハナ夫妻が玄関に立って、客たちを迎えていた。そのときも感じたし、いまも変わらずに思っているけれど、その夜のふたりは輝いていたし、オーラに包まれているように見えたのは照明による錯覚ではなかったはずだ。ブロンドの髪をしている小柄なセイラは、膝が見えるダークグリーンのほっそりとした綿ビロードのワンピースを着ていたが、それが目のグリーンとてもあっていた。ドレスは長袖のハイネックで、とても控えめに思えた。ただし、あとになって、ドレスの背中を見てみると——というより、ドレスの背中はほとんどなかったのだけれど——〝控えめ〟という表現は正確ではなかったかもしれない。リチャードはフレッドと同様に、ダークスーツを選んでいた。

「ミセス・ホロウェル」リチャードが言った。「よくきてくださいました」わたしは名前を覚えてくれていたことに感激した。もちろん、リチャードは政治家だけれど、わたしとは二度しか会っていないのだから。

わたしはフレッドを紹介し、リチャードはセイラを紹介した。わたしはセイラが何日も働いて嵐の残骸を片づけ、パーティーのためにすべてを準備していたことを知っている。それなのに疲れた様子はなく、目の下に薄い影さえないのだ。セイラ・ハナはその夜、とても輝いていた。

「ミセス・クレインはもういらしています」セイラが言った。「それから、お嬢さんの——ヘイリーも」

このひとたちはどうして、こんな芸当ができるのだろう？　わたしは〝グレートブックスを読む会〟のひとたちの名前さえ覚えられないのに。何かコツがあるのだろうか。連想して覚えるとか。たとえば、窪んだ泉《ホロウェル》にいるツル《クレイン》と覚えるとか。

「確か、テントにいかれたと思います。横のドアを出てすぐのところで、バーと図書室があります。どうぞ、くつろいでくださいね」

セイラに礼を述べて廊下に出ると、また次の客が正面玄関にやってきた。

「ミスター・ヒル、ようこそ」リチャードの声が聞こえた。

「いったい、どうやっているんだ？」フレッドが言った。「パトリシア・アン、あんな芸当ができれば、わたしだって、もっとパーティーに出るぞ」

「さあ、どうやるのかしらね」わたしは言った。「でも、あなたはパーティーに出たりしないわ。世捨て人のおじいさんだもの」

フレッドがわたしのお尻を叩いた。「まだ、それほど老けこんではいないさ」

屋敷の横庭に設《しつら》えた青と白のテントは、非常に大きいものだった。このテントなら、バーナム・アンド・ベイリー・サーカスだって、充分に興業できるだろう。階段から延びている、手すりのついた木の通路でいくことができる。テントのなかは木の床が敷かれ、数十ものテーブルと椅子が置かれていたが、その多くはすでに埋まっていた。各テーブルにはネイビーブルーと白のストライプが入ったクロスがかけられ、デイジーが飾られている。また、テントの片側にある小さな舞台では、一九四五年の対日戦勝記念日以来バーミングハムの行事で演奏しつづけているジミー・ジェラルドのバンドが果敢にも『イン・ザ・ムード』に挑んでいる。すでに踊っているカップルもいる。

「まあ」わたしは言った。「まさに、ギャッツビーだわ」

「何だって？」

「『華麗なるギャッツビー』みたいだってこと。遠くを見たら、きっと桟橋の明かりが見えるはずよ」

「家の近くに海があるのか？」

「今度、映画を借りてくるわ」わたしは言った。「シスターとヘイリーを見つけましょう」

「メアリー・アリスがいたぞ」フレッドがダンスフロアのほうをあごで示した。「おいおい、あれを見ろよ、パトリシア・アン。チェルノブイリに近づきすぎた蝶みたいだ」

確かに、そのとおりだった。メアリー・アリスはそれぞれ色が異なる、やわらかく、ゆるやかなシルクを幾重にも巻きつけた、カフタン風ドレスを着ていた。薄紫色がバラ色やブルーやグリーンに溶けあっている。そして、オーケストラが曲を演奏し終えるとほぼ同時に、ビルがメアリー・アリスの身体をぐっと落とした。ああ、もちろん、そうするに決まってる。

「意外と力があるんだな」フレッドが言った。

「黙って」わたしは夫をひじでつついた。メアリー・アリスはわたしたちを見つけ、身ぶりでテントの反対側のテーブルを示した。ラインストーンの袖口に引っかかった、カフタンのシルクのような生地が、羽根のように見える。すごく高そう。メアリー・アリスはこのドレスに大金をかけているにちがいない。「メアリー・アリスにきれいだと言わなきゃだめよ」

「きれいさ。キャラウェイ・ガーデンズの蝶の施設を思い出したよ」

「ヘイリーにも、すてきだって言って」

「そっちは何の問題もない」

わたしたちは人混みを縫って、メアリー・アリスとビルが歩いていったテーブルに近づいていった。ほっとしたことに、ケネス・シングルトンはとても見栄えのする男性だった。ケネスとヘイリーは顔を近くに寄せて、何ごとかについて笑っている。そして、わたしたちが近づいていくと、ケネスはすっと立ちあがった。メアリー・アリスが引きあわせて、フレッドとケネスが握手をした。

「今夜はきれいだな」フレッドがヘイリーに言った。それから、シスターのほうを向いた。「そのドレスもすてきだ、メアリー・アリス」

メアリー・アリスは笑った。「フレッドったら、お世辞が上手ね」

わたしたちが腰をおろすと、ケネスが飲み物を持ってこようと言ってくれた。

「バーはどこにあるの？」わたしは訊いた。

「入口の左側です」

「わたしたちはダンスフロアを見ていたから」フレッドが説明した。

わたしは立ちあがってテーブルを眺め、ボニー・ブルーを探そうとした。ケネスが礼儀正しく立ちあがった。

「すわって」シスターが言った。どちらに言ったのかわからなかったけれど、ケネスはすぐにすわった。わたしはすぐに戻ると言って、テントの反対側のバーに向かった。シスターは、妹は早く飲み物が欲しくてたまらないのだと説明したが、そんなことはなかった。

「もしかしたら、膀胱炎かも」ビルが話しているのが聞こえた。「うちの妻は――」

ヘイリーとケネスを早くあのテーブルから引き離さなければ。

バーは盛況だった。テントに入ってきたときに見えなかったのも当然だ。人々が三重になってバーを囲んでいるのだから。でも、ボニー・ブルーの声は聞こえた。

「ブラックジャックの水わり、白ワイン、ウォッカトニック！」大きな声で注文を伝えている。

「オレンジジュース！」わたしは怒鳴った。

ボニー・ブルーが気づいて、にっこり笑った。

「オレンジジュースね」わたしのまえにいる人々に向かって言った。「この女性を先にしてあげて。糖尿病で、インシュリン・ショックを起こしそうになっているのがわからない？」

大勢の人々が道を開けてくれた。「さあ、どうぞ」ジュースを渡してくれた。「すぐに気分がよくなるわ。『マグノリアの花たち』のジュリア・ロバーツみたいに吐いてはだめよ」

人々がわたしたちから遠ざかった。「ドリスを見かけた？」わたしは訊いた。

「いいえ。すぐにパーティーを手伝わなくちゃならなかったから。でも、まだきていないと思う。少なくとも、テントにはきていないわ。おいしい料理はほとんど家のなかだけど。きっと現れるはず。でもね、パトリシア・アン。ドリスは何も知らないと思う。エドが飛びかかってきて、レイプされると思ったと話していたもの」

「ドリスに訊いたの？」

「電話で話したときに。少しだけ」

「ドリスを見つけたら、指さして」わたしは言った。

わたしはフレッドのためにビールをもらってから、テーブルに戻った。メアリー・アリスとビルはまたダンスフロアに出ていて、今度は『ムーンライト・カクテル』を踊っていた。なかなかのものだ。テーブルではケネスとフレッドが公益企業の株式は買いか否かについて話しこんでいた。ヘイリーは少しぼうっとした目をしていた。

「踊りましょう」わたしはフレッドに言った。

フレッドはダンスフロアを見やった。「混雑していて踊る場所がないよ」

「そのほうが楽しいわ」

フレッドは渋々立ちあがって、すぐに戻ってくるから、また続きを話そうとケネスに約束した。

「感じのいい、賢い男だ」フレッドはダンスフロアに向かいながら言った。「あの子も気に入っている」

「よかったわ。食べ物を取りにいきましょう」

「踊りたいんじゃなかったのか」

フレッドは少しとまどった様子だったが、わたしについてテントを出た。

料理は食堂だけでなく、居間にも用意されていた。デザートは隣接したガラス張りのポーチ。わたしたちが皿を手にして、どこから取っていこうかと考えていると、ケイト・マッコークルが追加のキャセロールを持ってキッチンから出てきた。ケイトはシンプルな黒いドレスに真珠のネックレスをつけている。髪はひとつにまとめて、編みこんでいた。

「よかった」わたしは言った。「体調がよくなったのね」

ケイトはキャセロールを置いて、わたしがフレッドを紹介すると、握手をした。「ええ、何とか。偏頭痛はもうすぐ治ると思って、やりすごすしかないから」

わたしは料理がずらりと並んでいるテーブルを指さした。「まさか、この料理はあなたがつくったんじゃないでしょうね」

「一部だけね。セイラもつくったわ。大半はバーミングハムのケータリング業者だけど」

「何から食べればいいかしら」

「エビね。レムラードソースを試してみて」

わたしたちはひとつのテーブルから取りはじめた。

「こっちもどうぞ」やはり料理を取っていた、赤毛の美しい女性が声をかけてきた。「どれもおいしそうで、迷っちゃうわ」

「ちゃんと選んでいるように見えるけど」ケイトがまたキッチンから出てきて言った。

女性は皿にのった山盛りの料理を見て、くすくす笑った。「あなたの言うとおりね、ケイト」

「ドリス」ケイトが言った。「こちらのすてきなご夫婦はパトリシア・アンとフレッド・ホロウェル。こちらはドリス・チャップマン」ケイトはドリスのほうを見た。「ミセス・ホロウェルのお姉さんが〈スクート&ブーツ〉を買ったのよ」

もともと丸いドリスの目がさらに丸くなった。「まあ。あそこはいやなことばかり起きたでしょう」

「ええ、次々と」わたしはこのはっとするほど美しい女性と、ヘンリー・ラモントとボニー・ブルーが話していた平凡で地味なウエイトレスのドリスとを結びつけられずにいた。ドリスはケイトが運んできたキャセロールに手を伸ばして、料理をたっぷり取った。明らかに、カロリーは気にしていないようだし、その必要もない。ドリスはくるぶしまである、薄紫色のぴったりとしたニットのドレスを着ていた。腿のなかほどまでスリットが入っているおかげで歩けるようだ。そのドレスを着て、長距離は歩かないだろうけれど。ドレスはしかるべき場所で、しかるべき分だけ、突き出たり、丸まったり、揺れたりしている。わたしはピクルスを取ろうとして、身を乗り出したときに、フレッドを蹴った。まえにも言ったとおり、わたしたちの意思の疎通は、大半が口以外でするものだから。

「無罪だ」フレッドがささやいた。でも、わたしはフレッドを知っている。彼の考えなんて、すべてお見通しだ。

「エドのことがあって、そのあと竜巻にやられたんですよね」ドリスはためらってから言った。「ケイト、ポテトサラダにはマスタードが入ってる?」

「こっちは入っていて、こっちは入ってないわよ」ケイトは半分ほどに減っていたフルーツのボウルを持って、キッチンに消えていった。ドリスはキャセロールの料理を皿に取り、次にマスタードの入っていないポテトサラダをのせた。わたしは彼女をじっと見つめた。今夜、このパーティーにドリス・チャップマンがふたりいるなんてことがあり得るだろうか? 赤毛はわたしと同じように、毛染めのボトルを絞り出した結果かもしれない。でも、それ以外は? ヘンリーとボニー・ブルーが思っていた以上に、〈スクート&ブーツ〉の照明が暗かったということ以外に考えられない。

わたしは探りを入れてみた。「ボニー・ブルーと会った?」

「いいえ。ボニー・ブルーはテントにいるから」ドリスはハムを一枚取った。「とても、お腹がへっていて。食べ終わったら、すぐにびっくりさせにいくつもりです。ボニー・ブルーはわたしのコートをマッコークルさんたちに預けるために、パーティーに早くこなければならなかったから」ドリスは笑った。「ふたりとも、わたしだってわからなかった。ボニー・ブルーもきっとわからないわ」

やっぱり、何かがちがうのだ。「どうして?」

ドリスは山盛りの皿を自分から離して、指をさしながらゆっくり回転した。

「髪を赤く染めて、鼻とあごを変えて、おでこを高くして、顔のたるみを引っぱって、おっぱいを大きくして、お腹を引っこめて、腿の脂肪吸引をして、お尻に脂肪を入れたんです」

ドリスは脂肪を入れた丸くてかっこいいお尻が、わたしたちによく見えるように、うしろを向いた。

「すごい」フレッドが言った。「かっこいい」

ドリスはにっこり笑った。「でしょう?」

彼女が子どものように喜んでいるなら、別にかまわない。わたし自身は美容整形を受けたいと思ったことはないけれど。このしわとたるみだって、ひとつひとつが勲章なのだ。

「ふたりとも一緒に食べませんか? 玄関まえの階段がいいと思うんだけど。どうですか?」

「すぐにいくよ」

フレッドが答えた。本気だ。薄紫色のニットのドレスを着たドリスの姿が、神がつくったものだろうが、形成外科医がつくったものだろうが、フレッドには関係ないのだ。好きなのは、その結果なのだから。まったく男ってやつは!

確かに、階段は料理を食べるのに都合がよかった。正面玄関まで何も遮るものがないので、ディック・ハナとその弟のジャクソンが到着したのが見えた。ディック・ハナは二期目の知事選の運動中に小型飛行機の墜落事故にあい、車椅子に乗っていた。その事故で妻のミリーは死んだ。プロレスラーのように大きな男がディック・ハナを手伝って車椅子を屋敷に入れると、また去っていった。兄のあとから屋敷に入ったジャクソンは一瞬立ち止まって、あたりを見まわした。そして、わたしたちが階段にいるのを見つけると、にっこり笑って近づいてきた。

「お義父さま！」セイラはしばらく出迎えの仕事から離れていたが、また玄関に戻ってきた。

「お義父さま！」

車椅子の男に駆け寄ると、かがみこんで抱きしめた。そのとき初めて、彼女のドレスに背中がないことに気づいたのだ。セイラが現れると、ジャクソンはわたしたちから視線をはずして、セイラと兄をじっと見た。

「お義父さま」ドリスがぽつりと言った。「おもしろい関係だと思いませんか？」ドリスが脚を交差させたせいで階段の上でドレスのスリットが開き、フレッドは感嘆した。

「ワンダ・スー・ハンプトンって知ってる？」思わず口が滑り、わたしは自分でも驚いた。

「いいえ。どうして？」

「知っているかと思って」

「ワンダ・スー・エディントンというひとなら知っているけど」

「もしかしたら、ワンダ・スー・ハンプトンの旧姓かしら」

「結婚まえの名前よ。ええっと、彼女のいまの名字はエリスだと思うわ。エリントンかもしれないけど。そんな感じだったわ」

わたしはエンゼル・ビスケットをかじって、どうして女性の姓に関する解決法を見つけるひとがいないのだろうと考えた。

「そのひとは何という名前でしたっけ？」

「ワンダ・スー・ハンプトンよ」

正面玄関の情景が少し変わっていた。セイラはかがみこんで、頰をディック・ハナの禿げ頭につけていた。ディックはにっこり笑い、リチャードはふたりを見おろすように立ち、微笑んで祝福を与えているかのように、片手を妻の頭に、片手を父の頭に乗せている。

「パン・ツー・まる見え……」ジャクソンが階段の横に立ち、ドリスのドレスが横に開いているのを見て言った。

「パンツははいていないわ」ドリスがくすくす笑った。

ジャクソンは想像上の口ひげをひねった。「いますぐ、東屋へいこう」

「あとでね。料理を食べてから」

ジャクソンは彼女の脚を軽く叩いて、テントへ歩いていった。フレッドとわたしはぎょっとした顔をしていたにちがいない。

「カレなの」ドリスが説明した。「ジャクソン・ハナは」

それでミンクのコートと、テラスハウスと、美容整形の説明がつく。

「ワンダ・スーはおふたりのお友だち？」ドリスが訊いた。

わたしはドリスに本当のことを打ち明け、ブーツに結婚証明書が隠されていたことと、ヘンリー・ラモントが疑われたことを説明した（〝ヘンリーって天使よね〟と、ドリスが口をはさんだ）。わたしには失うものなどないし、何といっても、ドリスは〈スクート&ブーツ〉で働いていたのだから。何か、知っていることがあるかもしれない。

わたしが話しているあいだ、ドリスは完璧に冠をかぶせた歯で、がつがつと料理を食べていた。

「ドラッグね」話が終わると、ドリスが言った。

「わたしもそう思う」フレッドが十分ぶりに口を開いた。ドリスとわたしはびっくりした。

「個人的には」ドリスが言った。「あのスワンプ・クリーチャーズのがっちりした男が、ケニー何とかという男が、エドの殺しに関わっているんじゃないかと思うけど。メンバーの半分くらいはドラッグをやっていたから。売買もしていたし」

「確かなの？」

「この目で見たから。保安官も知っているわ。わたしが話したから」ドリスは立ちあがって、ナプキンでドレスにこぼれた食べかすを払った。「ありがとうございました。一緒に食べられて楽しかったわ」

正面玄関では、セイラがディック・ハナのそばを離れて、夫とともに客を出迎えていた。

ディックの姿はなかった。おそらく食堂に入ったのだろう。

ドリスが近づいてきた。「わたしのお皿も戻しておいてもらえますか？」

「いいよ」フレッドが進んで引き受けた。

「東屋へいってきます」

わたしたちはドリスがビュッフェのテーブルに群がっている人々のあいだをすり抜けていくのを見送った。

「思っていたような女性じゃなかったわ」わたしは言った。

わたしたちがテントに戻ると、デビーとヘンリー・ラモントがきていた。ヘンリーはわたしたちが料理を食べてきたことを知ると、すぐさま内容について聞きたがった。

「何かのコメがあったな」フレッドが言った。「それに、キャセロールがうまかった」

「ハムとエンゼル・ビスケットも」わたしが付け加えた。「それに、フルーツ」

デビーが笑った。「ヘンリー、自分で確かめたほうがよさそうよ」娘とケネスのほうを見た。「一緒にいかない？」ふたりもついていった。

ジミー・ジェラルドのバンドは『林檎の花咲く頃』を演奏し、メアリー・アリスとビルはまだ踊っていた。「踊る？」わたしはフレッドに訊いた。

フレッドは唸った。「いや、いいよ。パトリシア・アン、あの最後のロールパンを勧めたのは失敗だ」

わたしはバッグから胃腸薬を取り出して、フレッドに渡した。「ごめんなさい」

音楽が終わり、メアリー・アリスとビルがテーブルに戻ってきた。ふたりとも顔を赤くして息を切らしているが、とても楽しそうだった。

「子どもたちは？」シスターが訊いた。

「料理を食べにいったわ」

「ヘイリーはケネスを気に入ったみたい」メアリー・アリスが腰をおろすと、木の折りたたみ椅子がうめいた。

「よかった。ドリス・チャップマンに会ったわ」

「ここにきているの？」

「ジャクソン・ハナの恋人だった」

「冗談でしょ」

「きれいな女性だ」フレッドが口をはさんだ。

「ドリスが？」メアリー・アリスが驚いた顔をした。「ビル、ドリス・チャップマンってきれいだった？」

「ドリス・チャップマンなんて女性は覚えてないな」ビルが言った。

「いまにわかるよ」フレッドが言った。

わたしは教師の目でフレッドをにらんだ。「ドリスは美容整形で直せるところを残らず変えたのよ」

「華やかな美女だ」フレッドが言った。

今回は脚をつねってやった。秘訣はぎゅっとひねることだ。

「何だ」フレッドが言う。「何だと言うんだ?」

「ドリスにはよかったんじゃない」シスターが言った。

「それから、ドリスは断じてワンダ・スー・ハンプトンではない」

「誰、それ?」シスターが訊き、わたしは結婚証明書と写真について話していなかったことを思い出した。

「長い話になるのよ」わたしは言った。「あとで、話すわ。いまはうちの娘とケネスのことをもっと知りたいから」

メアリー・アリスは喜んで教えてくれた。白ワインを飲むと、輝かしい経済状況を含めた、ケネス・シングルトンに関する総合的な素行調査の結果を披露した。そして「わたしがデビーのために選んだひとなんだから」と言って締めくくり、肩をすくめた。

「ヘンリー・ラモントはいい子よ」わたしは言った。

「ヘンリーはコックよ」

「シェフだわ」わたしは訂正した。「芸術家よ。きっと成功する」

「バーミングハムには上品な新しいレストランが必要よね」わたしにはシスターの言葉がど

こへ向かい、ヘンリーとどうつながるのか察しがついた。「小さな花みたいなサヤエンドウとか……」わたしはメアリー・アリスの声を頭から押しやった。

バーは少し落ち着いたようだった。多くの人々が料理をテントに持ってきており、ボニー・ブルーとほかの手伝いの人々はコーヒーを注いでまわっているらしい。バンドも休憩に入り、テントは先ほどより静かになっていた。この二日間の寝不足で、わたしはいま頃になって眠くなってきた。

「そう思わない、パトリシア・アン?」

わたしはびくりとした。メアリー・アリスがわたしを見て、顔をしかめた。「ねえ、そうでしょう?」

「ええ、もちろん」いったい何に同意したのだろうと思いながら、わたしは答えた。

「それから、ラムね。バーミングハムでラム肉を料理できるひとがいたら、きっと大成功するって、ずっと言っていたのよ」

「グレービーソースをかけたラムは大好物だ」ビルが言った。

「いつかパトリシア・アンがガットリンバーグで買ったミントゼリーが、これまで口にしたなかで最高だったわ」

まったく、いかにも才気あふれるパーティーでの会話だ。わたしはほかのテーブルを見まわした。ほかのひとたちは、何を話しているのだろう? 皿の様子を見たところ、食べ物の話だ。わたしはため息をついた。

「こっそり東屋にいかない？」わたしはフレッドに訊いた。

「何があるんだい？」ビルが訊いた。

「ドリス・チャップマンとジャクソン・ハナ」

「本当に？」メアリー・アリスは好奇心を刺激されたようだ。

「ええ、本当よ。間違いなく、いま頃はもうなかにいるわ」わたしは言った。

「かもしれない」フレッドがにやりとした。

ビルが立ちあがった。「何か、持ってこようか？」

「パトリシア・アン、わたしたちはデザートを見てもいないな」フレッドが言った。

「ごめんなさい、フレッド。デザートはもう食べさせてあげられない」

フレッドは白くなった舌を突き出した。「見るだけだ」

ハナ夫妻は正面玄関から離れて、客のあいだをまわっていた。リチャードは客間で私的な懇談をしていた父親に、わたしたち四人を引きあわせた。わたしの記憶にあったのは精力的な若い知事だったので、身体が不自由になったディック・ハナを見るのはつらかった。ただし、彼はいまでも二枚目だけれど。息子が父から引き継いだ部分を見つけるのは簡単だった。

「もしかして、アーカデルフィアで鉄工所を経営しているホロウェルかね？」ディック・ハナがフレッドに尋ねた。

フレッドはそうですと答え、ディックが自分の仕事を知っていたことに気をよくした。

「ずっと連絡したいと思っていたんだよ。鉱山の建物の屋根のボルトで競争入札に参加してくれる会社を探しているんだ。その手のものは扱うかい?」

フレッドはすっかり舞いあがっていた。十分後、わたしたちはA三六炭素鋼とロッドとシャフトについて語りあうふたりを残して、その場を離れた。

「汝のロッド、汝のシャフト、われを慰む」メアリー・アリスが言った。

「われらの日用の糧をきょうも与えたまえ」

「笑いごとじゃないぞ」ビルが言うと、メアリー・アリスは目をむいて、わたしを見た。

ビルとシスターが食堂に入っていくと、わたしはポーチに向かった。デザートを食べるつもりはなく、何があるのか見ておこうと思っただけだ。ペカンパイから、チョコレートムースやフルーツタルトまで、その品ぞろえたるや、すばらしいものだった。ヘンリーがメモできるものを持ってきていればいいけれど。

わたしはがまんできなくなり、ホイップクリームは残してブルーベリーをつまむだけだと自分自身に言いわけして、ブルーベリーのトライフルを少しだけ取った。そして飲み物を持って、窓のほうに歩いていった。裏庭は暗かった。ハナ夫妻はおそらく、嵐で水浸しになった芝生を客に踏みつけてほしくないのだろう。だが、満月のおかげで、窓からもれる光だけで、裏庭のプールと、子ども用ブランコと、東屋らしき建物が見えた。

「ミセス・ホロウェルですか？」

ふり返ると、肩ひものない黒の細身のミニドレスを着た美しく若い女性が立っていた。黒髪をひとつにまとめて編みこみ、黒いリボンで結んでいる。目は薄いブルーで、日に灼けたオリーブ色の肌に映え、きらきらと輝いている。きっと教え子だろうと思い、わたしは微笑んだ。

「ええ」わたしは答えた。

「ファシーです」わたしが誰と話しているのかわからないことに気づいて言った。「ファシー・モランです。お姉さんのお宅で会いましたよね？　スワンプ・クリーチャーズを覚えていますか？」

「ファシー？」〝あのホームレスみたいな？〟と言いそうになったけれど、そこはこらえた。

「はい」

「ユダヤ人の家族のパーティーはどうだった？」

「うまくいきました」ファシーはケーキがのった皿を掲げた。「これはおじいちゃんの分。レモンのパウンドケーキが大好きだから」

「おじいさまがいらしているの？」

「ディック・ハナです」

「まあ」

ファシーがくすくす笑った。「おっしゃりたいことはわかります。スワンプ・クリーチャーズのメンバーと一緒に馬鹿な真似ばかりしているって、ママにいつも言われているから。でも、本当に楽しいの。ちなみに、ママはリチャードの姉のマリアン。ママもパパもそのへんにいると思うけど。おじいちゃんにこれを持っていったら、両親に紹介しますね。ミセス・ホロウェルはひとりでいらしたわけじゃないでしょう?」

わたしは首をふった。「主人はあなたのおじいさまとボルトとロッドの話をしているわ」

「うわあ。それなら、このケーキは自分で食べたほうがいいかも」ファシーはパリッとした皮の部分を小さく切って、口に放りこんだ。「おいしい!」

わたしはファシーをまじまじと見つめたくなるのを必死にこらえた。この子がメアリー・アリスの家であった娘と同一人物だとは、いまでも信じられない。

「セイラとリチャードはパーティーを開くのが上手なの」ファシーは言った。「ここには大きなプールがあるんです。今夜も使えたらよかったのに。どこかの建築家が、景色にあうようにつくったんですって。小川まで流れているんですよ」ファシーはもうひと口ケーキを食べてから、皿を置いた。「いきましょう。案内してあげる」

「だいじょうぶなの?」

「平気です。滝のなかの岩を見てもらいたいんです。本物かどうか見極めがつかないから」

「靴を汚したくないのよ」ファシーはそんなことは気にしないハナ家の一員かもしれないが、

わたしはホロウェル家の一員で、この赤いハイヒールに七十ドルも出したのだ。

「プール用の部屋からいけるの。そこにはスリッパやゴム靴がたくさん置いてあるから。わたしも靴を汚したくないし」

見おろすと、ファシーはガラスの靴のようなサンダルをはいていた。ガラスの靴をぬいでも、スワンプ・クリーチャーズの一員に戻らなければいいけれど。

外に出ると、十月の冷ややかな夜気が心地よかった。ファシーがプールの照明をつけると、わたしたちは芝生を横切り、水が岩場に落ちて、そこからさらに一メートル下のプールへと流れていく場所まで歩いていった。ファシーの言うとおりだった。それは母なる自然が誇りに思うような美しいプールだった。

「岩をさわってみれば、本物かどうかわかるわ」

わたしはドレスの袖をまくって、身を乗り出した。

「えっ！」ファシーが声をあげた。「ちょっと！」

彼女があまりにも勢いよくふり向いてぶつかってきたせいで、危うくふたりとも滝に落ちそうになった。そして、わたしがバランスを取り戻したときには、ファシーはもうプールの反対側に向かって走っていた。わたしにもファシーが何に向かって走っているのかが見えた――大きくて黒いものがプールに浮かんでいる。

わたしが追いつくと同時に、ファシーが水に飛びこんだ。そして浮きあがってくると、男の身体をつかんで（そのときにはもう男だとわかっていた）、わたしのほうに泳いできた。

「助けて！」

わたしは水に飛びこみ、ファシーに向かって泳いだ。

「浅いほうへ」ファシーは喘ぎながら言った。

わたしは男の腕をつかみ、ファシーと一緒に水を蹴ったりかいたりすると、やっと足がプールの底についた。男を階段まで引っぱり、プールサイドにあげて、あお向けにすると、ファシーは心肺蘇生法をはじめた。

「助けて！」わたしはキッチンの階段まで走って叫んだ。「誰か、きて！」

数人が窓に寄ってきて外を見ると、誰かがキッチンのドアを開けた。

「助けを呼んで！」

わたしは立っていたひとに叫ぶと、ファシーのところに走って戻った。心肺蘇生法は知っている。教育実習のときに覚えたのだ。

「どいて！」わたしは叫んだが、ファシーはもう心肺蘇生を行っていなかった。

「死んでる」ファシーは言った。

「まにあうかもしれないでしょ！　まだわからない！」わたしはファシーを押しのけたが、なるほど確かに死んでいた。胸に開いた大きな穴からはまだ血が流れていたけれど、それでも男は死んでいた。

「ジャクソンおじさんだわ」

ファシーが泣きながら教えてくれた。けれど、わたしももう知っていた。

18

わたしたちが帰宅を許されたのは、午前零時をまわったあとだった。その間の記憶はあいまいだ。大勢のひとが叫びながら階段を駆けおりてきた音は覚えている。照明が煌々とつき、ヘイリーが「ママ！」と叫んだことも。それからフレッドが自分のコートでわたしを包み、立ちあがらせようとしたことも。ファシーとわたしはジャクソンの身体の上で手を握りあい、もしかしたら死んだふりをしているのではないかと考えていたのだ。

そのあと、震えがきた。身体がひどく震え、浴槽で熱い湯に浸かっても止まらなかった。客のひとりである医師が、酒を飲んだかと訊いてきた。いいえ。これを飲めば、気分がよくなりますよ。ピンクの錠剤をくれた。精神安定剤？　たぶん、そうだ。そして、確かに気分はよくなった。保安官の質問に答えられる程度には。リユーズ保安官が部屋に入ってきて、セイラ・ハナのガウンを着ているわたしを見て、〝また、あなたですか？〟という顔をしたことに気づく程度には。セイラの毛糸のガウンはほかの誰もが着るのと同じように、少しもおしゃれではなかった。気分はよくなった。わたしの新しい赤いドレスについて尋ねられる

程度には。この出来事全体から見れば、たいした問題ではないのはわかっているけれど、それでも一着きりの〈リリー・ルービン〉であり、初めて買った新しい赤いドレスなのだ。メアリー・アリスは自分のいきつけのクリーニング店なら、新品同様にしてくれると請けあってくれた。

わたしは知っていることをすべて話したけれど、たいしたことは知らず、それはファシーも同じだった。そして、ほかの客たちもやっと帰宅を許されたが、メアリー・アリスによれば、そのときにはもうプールのまわりの草は踏みつぶされ、足跡など、保安官が使えそうな証拠はすべてめちゃくちゃにされてしまっていた。

前年に心臓の手術を受けていたディック・ハナは、鎮静剤で眠らされた。そしてリチャード・ハナは保安官より早く到着した報道陣に対応した。けれども、ついに音をあげると、ディックに付き添っていたレスラー風の男に、その仕事をまかせた。といっても、レスラーは正面玄関の階段に立って「帰れ」と言っただけなのだが。そしてセイラと赤い目をしたケイト・マッコークルは客たちに挨拶すると、テントのなかを通って、報道陣から離れていった。

リユーズ保安官は親切だった。とても疲れている様子で、わたしは保安官が一日じゅうアトランタにいたことを思い出した。「ビタミンCをとったほうがいい」わたしが洟《はな》をすると、保安官はそう言った。そして、やっとこう言ってくれた。「家に帰って休んでください。お話は明日うかがいます」

正面玄関の階段には報道陣がいるらしく、わたしたちはテントのなかを通って帰らなければならなかった。写真を撮られなくてよかった。まだセイラの毛糸のガウンを着て、フレッドのコートをはおっていたから。保安官補のひとりが、わたしたちの車が停まっている原っぱまで連れてきてくれた。ほかの車はもうなく、わたしたちの車は小さく居心地がよさそうに見えた。とにかく車に乗りこんで家に帰り、二日間は寝ていたかった。

保安官補は車が無事に走りはじめたのを見届けると屋敷がある左側を向き、わたしたちは右側の大きな道路に向かった。

「どう思う？」フレッドが口を開いた。

わたしは眠りかけていた。「ジャクソンのこと？」

「ふたつの殺人事件に関連があるのかどうか」

「知りたくもないわ」わたしは答えた。「さっさと家に帰って、ドアの鍵をかけて、二度と出かけない。六十年生きてきて、暴力事件なんてテレビでしか見たことがなかったのに、この十日ほどで二件の殺人事件に遭遇したのよ。殺人事件だなんて」また身体が震え出した。わたしは目を閉じて、呪文を唱えた。今回は効かなかった。

「リチャード・ハナの選挙に悪影響を及ぼすかな」フレッドは車をインターステートに乗せた。

「逆に助けになるかもしれない」わたしは言った。「どう影響するかなんて、誰にもわからないわ」

そのとき、とつぜん後部座席で音がして、黒っぽい人影が床から現れた。こいつだ。こいつが殺人犯で、わたしたちは死ぬんだ。

「ごめんなさい、フレッド」ドリス・チャップマンだ。「でも、車を停めてもらえる？　トイレにいきたくて、目がまわりそう」

「いいよ」フレッドは答えた。「わたしも急にいきたくなった」

「ありがとう」ドリスはそう言って、車から降りた。

「どういたしまして」数分後、今度はフレッドが車から降りた。

ドリスが後部座席に戻っても、わたしの心臓は精神安定剤を飲んだというのに、まだ一分間に百七十の鼓動を打っていた。

「いったい何なの、ドリス？」わたしは訊いた。「心臓が止まりそうになったわ」

「ああ、パトリシア・アン。こんなに怖い思いをしたのは初めてなの！」ドリスは泣きだし、次第にしゃくりあげるようになっていった。

「ああ、何なんだ！」フレッドが車に戻ってきた。「いったい、どうしたんだ？」

「ジャクソンが死んだわ。みんな、殺されるのよ」

「わたしはごめんよ。わたしは家に帰って、全部のドアに鍵をかける。そして、二度と外に出ない」

フレッドがわたしの手を取った。「ドリス、いったい何の話だい？」

ドリスはわたしたちのあいだに身を乗り出した。「ティッシュペーパーを持ってない？最後の一枚を使ってしまったの」

わたしはバッグからティッシュペーパーを取り出して渡した。「話して」

「ジャクソンが殺されるところを見たの。わたしの目のまえで殺されたのよ。わたしは彼を愛していた。本気で」ティッシュペーパーに顔を押しつけて泣きじゃくった。「怖くてたまらない。次はわたしが殺される」

「ドリス、誰がジャクソンを殺したんだい？」フレッドが訊いた。

「ケイト・マッコークルよ」

「ケイト？　あの虫も殺せないようなひとが？」わたしは言った。

「包丁があれば、殺せるのよ、パトリシア・アン。あなたはあそこにいなかったから」

「ああ、確かに、パトリシア・アンはいなかった。ドリス、詳しく聞かせてくれ」フレッドはテレビに出てくる精神科医のようだった。

「わたしを信じてくれる、パトリシア・アン？」

「悪かったわ」

「東屋でジャクソンと会っていたの。ジャクソンは喜んでいたけど、そもそもわたしがパーティーにくるなんて知らなかったから驚いたと言っていたわ。だから、デスティンの留守番電話に、必ず今回のパーティーにきてほしいというジャクソンからの伝言が残っていたと話したの。話は食いちがっていたけど、ジャクソンは祝杯をあげるためにシャンパンを取ってくると言って、キッチンに入っていったわ。裏庭の明かりはついていなかったけど、ジャクソンが階段をおりていくのと、ケイトがあとを追っていくのは見えた。ケイトが名前を呼んだら、ジャクソンはプールの横で立ち止まった。ふたりはしばらく話していたけど、急にケイトがジャクソンを刺したの」ドリスは身震いした。「ジャクソンがプールに落ちると、ケイトはプールの水で包丁を洗ったわ。ジャクソンのすぐそばでかがみこんで、包丁の血を落としたのよ。わたしが逃げたのは、そのときよ。手すりを乗り越えて、滝に水をくみあげる機械のうしろに隠れたの。そうしてよかったわ。ケイトは東屋にいって、まわりを見まわしていたから」ドリスはまた身体を震わせた。「次は、わたしなんだわ」

「もちろん、そんなことはない」フレッドは言った。

「でも、どうしてケイト・マッコークルはジャクソン・ハナを殺して、あなたも殺したいと思うの？」

「理由なんて知らないわ」今回はふたりとも、ドリスが嘘をついているとわかっていた。

「でも、ここを出なくちゃいけないのはわかってた。それで、駐車券を扱っていたところにいって、係のひとたちが車を停めているあいだに、あなたたちが乗ってきたのがどんな車で、どこに停めてあるかを調べたの。見た目以上に、きちんと整理されていた。だから、急いで原っぱにいって、この車を見つけた。あなたたちはもう戻ってこないのかと思ったわ」

「わたしがジャクソンの遺体を見つけたの」

「ああ、そんな」

「ドリス、どうしてわたしたちを選んだの？」

「一緒に料理を食べたとき、とても親切にしてくれたし、とにかくどこかに隠れなければならなかったから」

「警察まで送っていこう」フレッドが言った。

「いやよ！　やめて！」

「目撃したことを話すんだ。危険が迫っていると思うなら、なおさらだ」

「思う？　事実なのよ」

「それなら、なおさらだ」フレッドは言った。

「無理よ。今夜は無理。あなたたちの家に帰って、どうしたらいいのか一緒に考えない？」

「〝一緒に〟？」フレッドは問いただした。「何が起こっているのかわからないのに、〝一緒に〟に先のことを考えられると思っているのかい？」

「ジャクソンを殺したのはケイトだと話したわ」

「それを警察に言うんだ。次の出口でインターステートをおりよう」

「いやよ！　待って！」ドリスは前部座席のうしろに頭を押しつけた。「まだ話していないことがあるの」

「それなら、家に帰るか」フレッドが言った。わたしはなぜこのひとをみくびっていたのだろう？

「ありがとう」

ドリスはもう一度言った。そのあとは身体をうしろに戻すと、ときおりしゃっくりをしたり、洟をすったりするほかは静かになった。わたしはドリスから聞いたことを考えた。ケイト・マッコークルが犯人？　小柄で、教会のグループに入って、貧しい人々のためにこつこつと物を集めるひとが？　ジャクソンの胸の傷はぽっかりと口が開いていた。あの小柄な女性があんな穴を開けられるだろうか？　よく切れる包丁を使ったのだとしても。それに、動機は？　もしケイトが本当に犯人だとしたら。もしかしたら、ケイトによく似た誰かかもしれない。ドリスの見まちがいかも。何といっても、窓からもれる明かりしかなかったのだから。でも、ドリスはふたりが立って話をしているところを見ていた。ケイトがプールで包丁を洗うところも。そのあと、ケイトは何をしていたのだろう？　キッチンに戻って、ビュッフェに出すハムを切っていた？　胃がおかしくなりそう。

「何かしゃべって」わたしはフレッドに言った。「何でもいいから」

「ケイト・マッコークルの真珠のネックレスがなくなっていた」フレッドは言った。「リビングルームで保安官と話していたときだ」

「別のことを話して」わたしは言った。「きっとバッグにしまったのよ。グランドキャニオンの話をして」

「グランドキャニオン？」

「そう」

「とても広大で、ヘリコプターでいくことができて、谷底でキャンプもできる」

「その話のほうがいいわ。あなたが仕事をやめたら、いきましょうか？」

「ああ、いこう」

「きれいな真珠だったわ」ドリスがうしろで言った。「料理を食べていたときにはつけていた。とても長い真珠のネックレス。いつものケイトとちがってた」

「わたしもそう思っていたんだろうな」フレッドが言った。「あとで、つけていなかったことを思い出すんだから」

「ねえ、もう、お願いだから」

わたしはフレッドのコートを頭からかぶって、両手で耳をふさいだ。そして車がわが家の私道に入って、フレッドに起こされたときには、メアリー・アリスと一緒に赤いコンバーチブル車に乗っている夢を見ていた。シスターが運転し、グランドキャニオンの縁から半ば落ちかけていたのだ。

ドリスが熱いシャワーを浴びて、わたしのネグリジェとセイラ・ハナのガウンを着ているあいだに、フレッドはコーヒーをいれていた。わたしは少し居眠りをしたことで、元気になっていた。もしかしたら、睡眠不足に慣れたかもしれない。わたしは髪をとかし、歯をみがき、口紅を塗ったけれど、ドリスがシャワーから出てきたときに、そうしておいてよかったと思った。ドリスは泣いたせいで目が腫れていても、それでもなお美しかった。わたしは美容整形に断固として反対することに、真剣に疑問を抱きはじめていた。

フレッドが三人のカップにコーヒーを注いで、冷蔵庫からミルクを出していると、勝手口が強く叩かれた。

「いや、やめて！」ドリスがテーブルの下に隠れた。わたしがそこまで速く反応できなかったのは、精神安定剤を飲んだせいかもしれない。床に伏せようとしたところで、フレッドが「メアリー・アリスだ」と言って、姉を招き入れた。

メアリー・アリスはまだ蝶みたいなカフタンに毛皮のコートをはおった格好で、キッチンに入ってきた。「テーブルの下にいるのは誰？」

「ドリス・チャップマンだ」フレッドが答えた。

メアリー・アリスはテーブルについて、下をのぞきこんだ。

「こんばんは、ドリス。また〈スクート＆ブーツ〉で働かないかって、ずっと訊きたかったのよ」

「ありがとう」ドリスは答えた。「でも、やめておきます」

「まあ、まだ考える時間はあるから」シスターはわたしのほうを向いた。「あんたの様子を見にきたのよ、マウス。ジャクソン・ハナを助けるために、あんなふうにプールに飛びこむなんて、誇りに思うわ」

テーブルの下で泣き声がした。メアリー・アリスはまた下をのぞきこんだ。

「どうしたの、ドリス？」

「ジャクソンはドリスの恋人だったのよ」

「まあ、そうなの。お気の毒に。テーブルの下で何をしているんだろうとは思っていたんだけど」

フレッドがわたしの目を見つめ、両手をあわせてVの字をつくった。メアリー・アリスの思考回路はときおり本線からそれていく列車みたいだと言っているのだ。

「コーヒーをいれてくるよ」

「かわいそうに」メアリー・アリスはドリスに手を貸して立たせた。「世の中、どうなるのかしらね。パトリシア・アンとわたしが若かったときには、殺人事件なんてなかったけど」

フレッドは鼻を鳴らしたけれど、わたしにはシスターの言うことのほうが正しい気がした。

「ドリスは現場を目撃したのよ」

「殺害の？」

ドリスは椅子に戻って、テーブルに突っ伏していた。「ケイト・マッコークルよ」ぽつりと言った。

「あなた、何と言ったの？」シスターが訊いた。

「ケイト・マッコークルがジャクソン・ハナを殺したとドリスは言ったの」通訳のような気分になってきた。

「まさか！」

「包丁でジャクソンを刺すところを見たのさ」フレッドはテーブルに戻って、コーヒーをかき混ぜた。

「そんな！」メアリー・アリスは手を伸ばして、ドリスの腕を軽く叩いた。「何てひどい話かしら。リユーズ保安官に話したら、もっと動揺しちゃうわね。うるさいひとだから。まえにもそう言ったわよね、パトリシア・アン」

「保安官は知らないの」わたしは言った。

「知らない？　どうして？」

「ドリスに訊くといい」フレッドが言った。

ドリスが顔をあげた。「長い話よ」

「時間ならあるわ」メアリー・アリスがコートをぬいで身を乗り出すと、蝶の羽根がテーブルのはしから垂れ下がった。

ドリスが車でした話をもう一度くり返すと、メアリー・アリスはわたしたちと同じ質問をした。どうして警察にいかないのか、どうしてケイトがドリスを殺そうとするのかという質問だ。

「これはここだけの話にして、わたしを助けて。いい？」ドリスはテーブルの真ん中にあった紙ナプキンを取って、目に当てた。

「いいわ」メアリー・アリスが承知した。

ドリスはため息をついた。「ディック・ハナとケイトは、ずっとまえからできているの」

「ふたりは親戚だと思っていたわ」わたしは言った。

フレッドが眉をひそめて、わたしを見た。「ドリスの話を聞くんだ」

ドリスは続けた。「いずれにしても、ずっと昔からのことよ」

「フライは？」シスターが訊いた。

「メアリー・アリス、黙って」フレッドが言った。

「知っていたと思うわ。とにかく、ずっと長く続いているの。ジャクソンが知事に立候補したときも。覚えている？」

三人ともうなずいた。テレビでのジャクソンの異様なふるまいは、なかなか忘れられない。

「立候補はディックに勧められたのよ。本当は、ジャクソンは知事になんかなりたくなかった。たぶん、テレビでの失態があってもなくても、きちんと務められなかったんじゃないかしら」

わたしたちはもう一度うなずいた。

「頭が悪いと言っているんじゃないのよ。ジャクソンはとても利口なの」ドリスはナプキンで涙をぬぐった。「ただ、政治家向きじゃない。わかる?」

わたしたちはうなずいた。

「でも、お兄さんのディックに飛べと言われたら、ジャクソンはどんなに高いところからでも飛んでしまう。罪悪感もあったと思うの。ミリー・ハナを死なせて、ディックの自由を奪った飛行機は、ジャクソンが操縦していたから。知っていた?」

わたしたちの首は横に動いた。

「じつは、そうだったの。それで、いろいろな問題が起きてしまった。お酒に溺れるようになって、奥さんに捨てられた。でも、わたしが初めて会ったとき、ジャクソンは二年も禁酒の会に通っていたのよ。エドに会うために〈スクート&ブーツ〉にきても、コーラを飲んでいた。あとは、ルートビアね。ダイエット用の。初めてデートに誘われたとき、ジャクソンはとても高価なワインを注文したけど、自分は一滴も飲まなかった。わたしが家に持って帰ったのよ」ドリスは少しだけ泣いた。「あのとき初めて雌カニのスープを飲んだわ」

メアリー・アリスは口を開いて何か言いかけたが、やめた。フレッドに蹴られただろうから。

ドリスは背筋を伸ばした。「言いたいのは、こういうこと。エド・メドウズはハナ家のひとたちを何らかの理由で脅していたのよ。毎月五千ドルも払っていたんだから。ジャクソンからエドに渡すよう頼まれた封筒を見たら、千ドル札が六枚も入ってた。だから、訊いたの。『このお金はなに?』って。そうしたら『賭けの借金だ。一枚はきみの分だから』って。だから、わたしももらったわ。最初のお金は目をいじった費用だと思ったから。でも、ジャクソンは『その金はプレゼントだ』と言ってくれて。そのあとも、手術をしたところは全部払ってくれた」

「エドに年間六万ドルも払っていたってことか」フレッドが仰天した声で言った。

「そんなものね。理由はわからないけど。本当よ」

「わたしはわかった気がする」わたしは立ちあがって寝室に入り、結婚証明書と写真を持って戻ってきた。「ダンスフロアのブーツに、これが隠されていたの。きっと関係があるはずよ」

「ワンダ・スー・ハンプトン」ドリスが結婚証明書の名前を見て叫んだ。「あなたが、わたしに訊いた名前ね」

「もしかしたら、あなたがワンダ・スーなんじゃないかと思ったの」

メアリー・アリスは写真をじっくり見た。「ガラスのブーツの奥に入っていたの?」

「壊れないように家に持って帰ってきたのは覚えているでしょう。あのとき、ゴミが入っていると思ったの」

「見覚えはないわ」メアリー・アリスが写真を渡すと、ドリスも注意深く見た。「この女性が誰なのかはわからないけど、あなたの言うことは正しいと思う。エドはこれで脅していたんだわ」ドリスは写真をフレッドに渡した。「でも、話はそれだけじゃないの。エドはドラッグをやっていたの」

三人全員がうなずいた。

「たいていの場合、エドはまともだった。お酒と一緒にやらないかぎりは。でも、スワンプ・クリーチャーズはドラッグを売買していて、エドは〈スクート&ブーツ〉を使わせていた。たぶん、自分も欲しかったから。駐車場で取引しているところを見たことがあるの。量はそれほど多くないけど、わたしはドラッグが大嫌いだから。最初のダンナがトリップ中に死んだのよ。LSDって覚えてる?」

覚えている。

「テレビの犯罪予防番組に通報したの。何かしてくれたのかどうかは知らないわ。そのあとすぐにお店を辞めたから。冷蔵室でエドに飛びかかられて、死にそうになるほど怖かった。ヘンリーがきてくれなかったら、やられていたと思う。とにかく、ジャクソンに店は辞めたほうがいいと言われて、フロリダにいったの。顔はそこでいじったのよ」

「ちょっと待った」フレッドが叫んだ。「誰だかわかったぞ」わたしに写真を渡した。「パトリシア・アン、このひとがブロンドで、体重を十キロ落とした姿を想像してみろ。鼻は整形しているし、たぶん目とあごもいじっている。でも、よく注意して見るんだ。面影がある」

わたしは写真を見て、この若い女性がブロンドで、もっと痩せていて、鼻の形がちがって、目がもっと大きくて、あごがもっと出ている姿を想像した。まるで写真のネガであるかのように、その姿が浮かびあがってきた。「ああ……セイラ・ハナだわ」

メアリー・アリスが写真をつかみ取って、じっと見た。「そうは見えないけど」

ドリスがメアリー・アリスのうしろから写真を見た。「そうよ、セイラだわ」

フレッドは立ちあがって全員分のコーヒーのおかわりをいれると、お祝いの印にクッキーの袋を開けた。

「よし、エドはこの件で脅迫していたのね」わたしは写真を取り戻した。「セイラ・ハナがワンダ・スー・ハンプトンだった」

「でも、ちょっと待って」シスターが言った。「まえに結婚したことがあったって、恥でも何でもないわ。たとえ、政治家の妻でも。そんな情報に価値なんてないわよ」

「あら、あるわ」わたしは反論した。「リユーズ保安官はエドが結婚した記録を見つけただけで、離婚した記録はなかった。保安官はまだワンダ・スー・メドウズの行方を探しているんだから」

「セイラ・ハナは重婚してるってこと?」ドリスの目がまん丸くなった。

「シスターの言うとおりよ。セイラのひとり目の夫だったということを黙らせるためだけに、エドに大金は支払わない」

「現実的じゃないな」フレッドはクッキーをかじった。

「これが推測でしかないことはわかっているけど、セイラはどうして離婚しないでリチャード・ハナと結婚したのかしら」

「たぶん、離婚したつもりだったのよ」ドリスが言った。「わたしの二番目の夫は海兵隊にいたんだけど、彼が送ってきた離婚届に署名したのに、向こうが手続きをしなかったわけ。あの男とおさらばできたと思ってたのに、本当に離婚できたのは丸一年もすぎたあとだった。離婚するのにたいした費用なんてかからないのに」

「それって、エドを殺すほどのこと？」メアリー・アリスが訊いた。

「ディックにとってはね。どうしても、自分の息子を上院議員にしたいのよ」ドリスが言った。

「それで、口止め料が跳ねあがったんだな」フレッドはテーブルに落ちた食べかすを手に落とした。「われらが友人エドは金額を釣りあげた。おそらく〝最後〟に大きな金を要求して、ドリス、きみが持ってくるものだと思いこんでいた。それで冷蔵室で事件が起きた日に、ひどく腹を立てたんだ。本当は金を渡していたんじゃないのかい？」

ドリスはうなずいた。四人とも満足し、互いに顔を見あわせた。そのあと、ドリスが言った。「でも、ケイトはなぜジャクソンを殺したの？」

「その件については、ひと晩寝て考えよう」フレッドが言った。「もう、これ以上頭が働かない」

「今夜は泊まるわ」シスターがうめいて、立ちあがった。「パトリシア・アン、あたしが着られるネグリジェがある？」

フレッドが解決策を提案した。

「わたしのパジャマを着るといいよ、メアリー・アリス」

19

空が白みはじめる頃になって、わたしはやっと深い眠りに落ちた。そして目が覚めたときにはもう十一時近くになっていて、シャワーの水音が聞こえていた。風邪をひいたみたいに、喉が痛い。昨夜、寒中水泳をしたのだから意外でも何でもないけれど。

フレッドとドリスがキッチンのテーブルにすわって、シロップをかけたワッフルを食べていた。

「食べるかい?」フレッドが自分の皿を持ちあげて訊いた。

わたしは首をふり、冷蔵庫からオレンジジュースを出して、棚からビタミンCの錠剤を出した。「風邪をひいたみたい」

「きみにできるのはそれくらいだ」フレッドが言った。

「何ですって?」わたしはテーブルについた。「わたしにできるのが風邪をひくことくらい?」

「ドリスに言ったんだ」

「おはよう、ドリス」

ドリスはフレッドから視線をはずさずに、わたしにうなずいた。まだセイラ・ハナのガウンを着ているけれど、アイメイクと頬紅と口紅はすませていて、その効果は抜群だった。

「わかっています」ドリスは同意した。

「警察はきっと、きみを守ってくれる」

「でも、ケイトは保釈されるわ」ドリスは震えた。「それにエドにお金を届けていた件で、きっと起訴される」皿を押しやった。「とにかくフロリダに戻りたいんです」

「ジャクソンを殺した犯人を見逃すのかい？　自分を狙ってくると知りながら？」

ドリスの目に涙が浮かんだ。「あなたが正しいことはわかっているの。ただ、怖くてたまらない」

フレッドのクランベリー色のシルクのパジャマを着たメアリー・アリスが入ってきた。わたしと同じく、髪がまだ濡れていて、化粧もしていない。

「死にそうよ」メアリー・アリスはコーヒーポットに向かった。「マウス、アスピリンはどこ？」

「具合が悪いの？」

「頭が痛い」

わたしは洟をすすった。「わたしも風邪をひいたみたい」

「呪われた十日間だったわ」メアリー・アリスはわたしが指さした食器棚の引き出しを開けて、手のひらにアスピリンをいくつか出した。それからテーブルについて、目のまえにアスピリンを並べて、一錠ずつ口に入れて、ときどきブラックコーヒーを飲んだ。「化粧品店から出てきたばかりみたいね」ドリスに言った。「いったい、どうしたらそんなふうになれるわけ？」

「アイラインのタトゥーを入れたの」ドリスが言った。

メアリー・アリスはうなずいて、またアスピリンを口に入れた。「いいわね。痛い？」

「すっごく痛い」

「痛みに弱いのよ。でも、考える価値がある？」

「いいえ。まぬけなのは、一度に片側ずつしかやってくれないことなの。反対側にあわせて自分で描ければ、二度目はいかなかったわ」

フレッドは椅子をうしろにひいた。「保安官にきてもらうかい？　それとも、こっちからいく？」

「いきましょう」メアリー・アリスが答えた。「家に帰って、着がえないと」

「わたしも」ドリスが言った。

「わたしは工場に寄らないと」フレッドがこっちを見たけれど、わたしは肩をすくめてくしゃみをしただけだった。「保安官に電話をかけてくるよ」

「男って、ときどき愛しくならない？」メアリー・アリスが言った。

「ときどきね」

ドリスが窓の外を見て、首をふった。

フレッドがドアまできた。「一時に保安官と約束したから、遅れないでくれ。二時にはどこかにいくそうだから」

「保安官って本当に細かいんだから」シスターがぶつぶつ言った。

わたしたちは保安官事務所で落ちあうことにした。わたしは着がえのためにドリスを家まで連れていくことになった。フレッドとメアリー・アリスが家を出ると、わたしはジーンズをはき、〝一九九二年六月二日はバーミングハム人間界のデゥーダーディ〟と記されているスウェットシャツを着た。そして思い出した。ウーファーにあげる犬用ビスケットを切らしていることと、あとでゆっくり散歩に連れていくと約束したことを。ウーファーは本当にいい子だ。

服を貸そうかと訊くと、ドリスはセイラのガウンのままでいいと言い、事故が起きないよう祈っていると言う。メアリー・アリスに何か言われたのだろうか。

ドリスのテラスハウスに着いたのは、十二時すぎだった。わたしが道順を教わらなくてもいけたことについては、ドリスは何も言わなかった。

「できるだけ急ぐわ」ドリスがドアを開けて、美しく飾ったリビングルームが見えると、わたしはその瞬間に恋に落ちた。室内に使われている色は桃色とグリーンで、それが巧みに溶けあっている。どうして、こんなにすてきな家を出てフロリダにいけるのかわからない。

ドリスがわたしの表情に気がついた。「いいでしょう?」

「すてき」

「インテリアデザイナーの名前を教えてあげる」冗談でしょ。どうやら、まじめに言っているみたいだけど。「あの棚の向こうにテレビがあるし、冷蔵庫にはコーラが入っているわ。すぐにすませるつもりだけど」

わたしは贅沢なソファに腰をおろした。森のような緑色に、小さな桃色の花が散っている。そばに置いてある椅子は同じ色をストライプとして使い、もうひとつは同じ色を炎のデザインとして使っている。わたしがこれだけ異なる模様を混在させたら、心が安らぐどころか、めちゃくちゃになってしまうだろう。ここにいると、とてもくつろいだ気持ちになる。やはり、デザイナーの名前を聞いておくべきかもしれない。

呼び鈴が鳴り、わたしは背筋を伸ばした。

「開けないで!」ドリスはタオルを巻きつけた姿で、寝室の入口に立っていた。「のぞいてみるから」

部屋の反対側まで歩いていって、気づかれないよう少しだけカーテンを開けた。

「ミセス・スタナード」見るからにほっとした様子で言った。「お隣さんだった。お花を持っているわ。パトリシア・アン、受け取ってもらえる？」

「ええ」

ドリスが寝室に消えてからドアを開けると、隣の犬は虫みたいな名前の男が預かっていると教えてくれた女性が立っていた。キク、デイジー、赤いユリ——切り花が入った大きなかごを持っている。これから優美さを添えるリビングルームと同様に、花も完璧だった。

「まあ」わたしは声をあげた。

「きれいでしょう？」ミセス・スタナードは室内を見まわした。「ドリスを見た気がしたけど」

「いま着がえているので。なかでお待ちになりますか？」

ミセス・スタナードは首をふった。「これを渡してくれればいいわ。今朝、誰かがうちのポーチに置いていったのだけど、ドリス宛だからって伝えて」わたしはかごを受け取った。

「いい思いをさせてもらったわ」

「わたしも」わたしはミセス・スタナードに礼を言ってドアを閉め、コーヒーテーブルに花を置いた。

「きれいなお花！」ドリスは鏡のなかで、脚をくねらせながらジーンズをはいていた。

「パトリシア・アン、送り主を見てもらえる？」

そのとき、ドアがノックされた。ミセス・スタナードが何か言い忘れたのだろう。ドアを開けると、ケイト・マッコークルが片手で小さな犬を抱え、もう一方の手で銃を持って、わたしに向けていた。

「犬を連れてきたわ」ケイトは犬を床におろした。

わたしは後ずさった。

「バフィー！」ドリスが金切り声をあげると、犬は寝室に走っていった。「ああ」

「わたしよ、ドリス」ケイトが呼びかけた。「調子はどう？」

ドリスが戸口に出てきた。「何の用なの、ケイト？」

「早く、服を着なさい。〈スクート&ブーツ〉にいくのよ」

「ドリス、ケイトは銃を持っているわ」わたしは言った。

「小さいやつだけよ」ケイトは銃を見て微笑んだ。「ナンシー・レーガンが自分も銃を持っていると打ち明けたとき、〝でも、小さいやつだけよ〟と言ったのを覚えてる？　あの言葉が大好きなの」

「ケイト、どうしてこんなことをするの？」

「ゆうべ、東屋にいたでしょ。パトリシア・アンを巻きこんでしまったのは、残念だけど」

わたしも残念だったが、いまは頭を回転させた。フレッドがクリスマスに買ってくれた小さな携帯電話が、ソファに置いたバッグに入っている。それを使えれば……。「すわってもいいかしら？」

「どうぞ」ケイトは手を伸ばして、わたしのバッグを取った。「これは預からせてもらうわ。ドリス、よけいなことはしないで。スニーカーをはいたら、いくわよ」

わたしはソファに腰をおろした。「どうして〈スクート&ブーツ〉に連れていくの?」

「あの店は竜巻でめちゃくちゃになったでしょ。屋根の一部がぶら下がったままよね。重力に逆らっている。もし屋根が落ちて、誰かがたまたま下にいたらなんて考えたくないわよね」

「どうしてこんなことをするの、ケイト? どうしてジャクソンを殺したの?」わたしは訊いた。

「いま話している暇はないわ。ドリス、靴をはいた? さあ、いくわよ」ケイトは自分のバッグに手を入れて、絶縁テープを取り出した。「パトリシア・アン、ドリスの手首にこれを巻いて。きつくしばって。どちらかに運転してもらうけど、もうひとりに妙な真似をされたくないから」

ドリスがおとなしく両手を出すと、わたしは手首にテープを巻いた。

「それでいいわ」ケイトはポケットから小さなはさみを取り出して、テープを切った。わたしが賢かったら、そのはさみを奪えるんだろうけど。ケイトが笑いかけてきた。ううん、わたしには無理。

いま起きていることは、わたしがこれまでの人生で経験してきたこととかけ離れている。

だから、どう反応すればいいのかわからなかった。ケイト・マッコークルは道ばたの店でスープミックスを売っていた年配のヒッピーと変わらないように見えた。ベルボトムのジーンズは同じだし、白髪交じりの茶色い髪はポニーテールに結っているし、同じようにやさしく親しげに微笑んでいる。それなのに銃を握って、こっちに向けている。わたしたちはこのあと〈スクート&ブーツ〉で〝事故〟にあうのだ。ケイトはジャクソン・ハナに勢いよく体あたりして、胸を切り開いた。

「いくわよ」ケイトはかごから花を数本取り出した。「はい、ドリス。隣の奥さんが見ていたら困るから、これを持っていて。お隣さんはとてもいいひとだけど、詮索好きだから」

犬のバフィーが一緒にいきたがり、わたしたちの脚にまとわりついた。

「あとで迎えにくるからね」ケイトはバフィーを押しやってドアを閉めた。「ドリス、あの子のことは心配いらないから」

わたしたちは車まで並んで歩いていったけれど、ミセス・スタナードがのぞいていたなら、結婚式の行進みたいに見えたかもしれない。花嫁の父親にショットガンで脅されてする、できちゃった婚みたいだ。もっとも、ミセス・スタナードにはケイトの手のひらに隠された小さな銃は見えないだろうけど。わたしが運転席に乗りこむと、ケイトは助手席のドアを開けてドリスを乗せた。そして自分はうしろに乗ると、わたしのバッグから出した鍵を差し出した。

「出して」ケイトが命じた。

「インターステートを使うの？」

「もちろん。速いほうがいいでしょ」

わたしはエンジンをかけて、テラスハウスから車を出した。入口の小さな壁には郵便受けが並んでいたので、車をぶつけようかとも考えたけれど、うまくいきそうもないと判断した。そもそも何事かと駆け寄ってきてくれるひとが誰もいない。ドリスもけがをするだろう。ダッシュボードに激突して、フロントガラスで頭を打つかも。それに、ふたりとも即座に撃たれる可能性もある。それが思いとどまった最大の要因だ。

ドリスは具合が悪そうだった。両手で持っている花は、暴風に吹かれているかのように震えているし、しょっちゅう洟をすすり、シャツの袖で目や鼻をぬぐっている。わたしだって具合はよくはないけれど、少なくとも頭を運転に向けてはいられる。

「ねえ」ケイトが身を乗り出した。ドリスもわたしも飛びあがるほどびっくりした。「どんなアイメイクをしているのよ、ドリス」

「タトゥーよ」

「どうして、にじまないのか不思議だったのよね」

「痛いんですって」わたしが付け加えた。「タトゥーを入れるとき」

「見た目はいいけどね」

「ありがとう」ドリスはまたシャツの袖で目をぬぐった。

車はきたるべき上院議員選を告げる、地面に突き刺さったボール紙の看板の列のまえを通りすぎていった。リチャード・ハナがかすかに笑みを浮かべて、わたしたちを見つめている。〝わたしたちはいったい何をしているのでしょう〟リチャードにそう訊かれているようだった。

「ふたりともリチャードに投票するつもりだったんでしょ？」ケイトが訊いた。

わたしたちはうなずいた。

「彼って、かっこいいわよね？」

わたしたちは同意した。

「それに、頭もいい。分別もある。父親がお金持ちだからって、甘やかされなかった」ケイトがため息をついた。「あなたたちにも投票してほしかったわ」

わたしたちだって、そう思う。

「どちらにしても、リチャードは当選するわ」ケイトが言った。「いつか、大統領になるんだから」

ポスターで微笑んでいるリチャードを見たとき、パズルのピースがかちりとはまった。とりあえず、わたしはそう思った。

「あなたは彼と親戚なんでしょう、ケイト？　よく似ているもの」

「そう思う?」ケイトはうれしそうだった。「リチャードはわたしの息子なの。誰も知らないけど、あなたたちと、わたしと、ディックは知っている。もちろん、フライも。ジャクソンも知っていたけど、ドリスを傷つけたら、マスコミに言ってやりたいことがあるなんて言うもんだから」ケイトはくすくす笑った。「口がゆるめば、軍艦が沈むってね」

口がゆるめば、軍艦が沈む? そんな言葉を使うなんてケイトは思っていたより年がいっているにちがいない。

「ああ、そんな」ドリスがむせび泣いた。

「リチャードはすてきな息子さんね」わたしは言った。「鼻が高いでしょう」

「わたしの生きがいよ」

「いかれてる」ドリスが小声で言った。

「聞こえてるよ」ケイトが言った。「でも、きっとそうなんだろうね。少なくとも、息子のこととなると。ドリス、あなたには子どもがいないから。母親の気持ちなんてわかるもんですか」

「あなたの言うとおりね、ケイト」本当はドリスに賛成だけれど、ケイトの感情を逆なでしても仕方ない。何か考えなくては。「わたしには三人の子どもがいるけど、あの子たちは生きがいだから」

「でも、上院議員選には出ない。うちの子は出るけど」

「しかも、当選まちがいなし」少し考えてから言った。「ねえ、ケイト。わたしはフレディを産むとき、二十四時間近くかかったの」

ケイトがえさに食いついた。「リチャードは四十八時間かかったわ。もしかしたら帝王切開すべきだったのかもしれないけど、ミリーがわたしを病院に連れていくのを怖がって」

「リチャードはどこで生まれたの？」

「ハナ家はノックスヴィルに別荘を持っているの。山のなかにある大きな屋敷。夏は親戚が集まるの。わたしは、そのとき妊娠した。中絶させられそうになったわ。まだ十六歳だったから。でも、ディックは耳を貸さなかった。ちょっと——」ケイトがわたしの肩に触れた。「——インターステートに乗って」

インターステートのランプに入ると、笑っているリチャード・ハナのポスターが次々と現れた。

「でも、ミリーはどうだったの？　夫と十六歳の女の子のあいだに子どもができたら歓迎はしないでしょう」

「ふん！　ミリーは大喜びしていたわよ。ディックの逃げ道をふさげたから。彼はミリーと離婚するつもりだったのよ。ミリーにもう子どもができる見こみがなかったから。尊ぶべきハナ家の名前を継ぐ息子を産んであげられないから。そうしたら、ディックが十六歳の娘を孕《はら》ませて、その娘が男の子を産むかもしれなくなった。ミリーは壮大な計画を立てた。みんなに自分は妊娠したと触れまわって、わたしが少し太ってくると、テネシーに一緒に落葉を観にいって流産しそうになったことにした。つまり、移動はだめ。静かな環境で、安静が必要。すなわち、ほかのひとがいないところで。わたしはミリーと一緒に数カ月も閉じこめられたの。ディックはきてくれたけど、どこにもいけなかった。テレビはないし、雪は降るし。でも、計画は成功。ミリーの体型があっという間に戻ったことに、みんな驚いていたわ。そして、ディックは息子を手に入れた」

「あなたはどうなったの？　学校に戻ったの？」

「ヨーロッパにいったわ。放浪の旅。そこでフライと知りあった。ここに戻ってきたのは、息子が十代になってからよ。もちろん、戻りたくなかったわけじゃなかった。でも、それが最善だったから。ディックが知事になって、ミリーが社交界の華になるまでは。わたしがどれだけリチャードに会っても、ふたりは気にしなかったわ。あの子がわたしをただの親戚だと思っているかぎりは」

「そして、あなたとディックはまた付きあいはじめた」

「また付きあいはじめたというのは、どういう意味？　わたしはずっとディックと一緒だったわ。もちろん、息子とも」

ハナ家に生まれた時点で、リチャードは生まれながらの政治家なのだろう。母親はリチャードが母親だと信じていたひとではなく、実母は殺人犯のいかれた女、彼自身は妻と正式に結婚できていない。父親については言うまでもなく、未成年の娘と関係を持ち、脅迫されてお金を払いつづけたうえに、おそらくはふたりの殺し屋を雇ってエド・メドウズを殺害した。そして、おじのジャクソンが何をやったのかは神のみぞ知る。

「フライとは、どこで知りあったの？」

「ストックホルムのユースホステルのボートで。フライが凍えていたから、コートを買ってあげたの。彼にはアラバマの気候のほうがあっていたみたい。道ばたでお店を開くっていうのは、フライの思いつきよ。いいでしょ。別にそれで生活できなくてもいいわけだし」ケイトは少しためらってから続けた。「もちろん、それで食べているわけじゃないけど」

「ちょうどいい場所よね」ドリスが言った。

わたしはドリスを見た。

「〈スクート&ブーツ〉の出入口に近いからね」ケイトが言った。

「ああ」ドリスはふたたび花に顔をうずめた。

わたしは時計を見た。まだ十二時四十五分。フレッドもリユーズ保安官も、わたしたちが三十分かそこら遅れても心配しないだろう。それに〈スクート&ブーツ〉のまえを通るひとがいて、車が一台停まっていることに気づいたとしても、不審には思わないはずだ。インターステートを走っているあいだに注意を引く必要があるが、何の方法も思いつかない。ライトを点滅させせても無駄だ。ハイウェイ・パトロールがスピードガンをインターステートに向けていることを知らせていると思うだけだろう。それに、ライトが点滅すれば、車のなかにいるケイトにも気づかれる。わたしにできるのはインターステートからおりて、〈スクート&ブーツ〉に向かうことだけだった。

　空はとても美しい青色をしている。嵐がかすみを洗い流し、すべてを輝かせている。「いい天気ね」わたしは言った。

「ええ」ケイトが同意した。「急いで。フライが待ちくたびれているわ」

「フライがいるの？」

「あなたがくることは知らないけどね、パトリシア・アン。動揺するでしょうね。あなたを気に入っていたから」

　一瞬、期待で胸が痛くなった。でも、ほんの一瞬だけだ。フライはケイトが望むことなら、何でもやるだろう。それがドリスと一緒に、わたしを殺すことでも。

　初めて見たときと同じように、店のわきには、蝶の絵が描かれた古いトラックが停まっていた。なかからフライが出てきて、笑いながら、ゆっくり近づいてきた。いかにも温厚そうな年老いたヒッピーだ。

「パトリシア・アン、こんなところで何をしているんだい？」フライが訊いた。

　ケイトがかわりに答えた。「ドリスを家まで送ってきたのよ」

「あいにくだったな」フライが悲しそうな顔をした。

「こんなことをする必要はないわ」わたしは言った。「わたしもドリスも何も言わない。血で宣誓書を書いてもいい。誓うわ。ほら」わたしはひとさし指を出した。

「卑屈な態度を取らないで、パトリシア・アン」ケイトが言った。

「卑屈になっているわけじゃないわ。きょうは死にたくないだけ」

「卑屈さ」フライが言った。「ドリスを見習うといい」

ドリスの肉体はここにあったが、心はどこか遠くにいっている。両手で花を握って身体から離し、目は虚ろだった。

「ドリスはショック状態に陥っているわ。危険よ」

ケイトとフライが満足げに笑った。

「よし。これからやろうとしていることは、かくれんぼのようなちょっとした遊びだ。パトリシア・アン、あんたとドリスが探しているものは、この下に隠れている」〈スクート&ブーツ〉の崩れた部分を指さした。「さあ、這いつくばって、その下に入るんだ。途中までは、おれもついていくから」

わたしは倒れた木や、空や、太陽を見まわした。そして清々しい空気を思いきり吸いこんだ。ケイトとフライの言うとおりだ。わたしは卑屈になっていた。わたしは両手足をついて、這いはじめた。

「ドリス、パトリシア・アンのあとをついていけ」フライが命じた。

壊れた屋根のすき間から、陽光が射しこんでいる。

「待て」フライがわたしの横を通りすぎて、無傷のまま屋根の壊れていない部分を支えている梁《はり》のほうに這っていった。「ここだ」フライがうしろに下がると、わたしは梁のほうに進んだ。すぐに、フライの意図がわかった。梁にはロープがつながれていた。ロープの反対側はきっとトラックに結ばれているのだろう。

「逃げられると思うなよ」フライが言った。「屋根全体が崩れてくる。だが、もし――」どこから板をひろって、フライがドリスの側頭部を強く打ちつけた。ドリスは音も立てずに倒れた。

「待って」わたしは言ったけれど、最後に聞こえたのは、板が風を切る音だった。

20

トンネルの向こうに光が見えた。まえから、わかっていたように。

「だいじょうぶだ」聞き覚えのある、愛する声が言った。「もう、だいじょうぶだ、パトリシア・アン。安心していい」

フレッドの声だ。フレッドに殴られて、天国にきてしまったの？　どうして、彼はそんなことを？

「ああ、マウス。愛しているのよ。死なないで。全部、あたしのせいだわ」

メアリー・アリスも天国にいるの？　何が、メアリー・アリスのせいなの？　よかったじゃない！　天国では何でも許されるんだから。

明かりが前後に揺れはじめた。

「じっとして」わたしは言った。

「ミセス・ホロウェル、もう一度目を開けてください」女性の声が言う。

「光を揺らさないで」

「約束します」

わたしは目を開けた。ふたりのフレッドが近づいてくる。ふたりのメアリー・アリスに、ふたりの医師に、ふたつの光。「わたし、死んでないの？」

フレッドがわたしの手を握った。「ああ、死んでないよ」

「これから点滴をしますから、ミセス・ホロウェル」医師が言った。

「病院にいるの？」

「まだよ、マウス。まだ〈スクート&ブーツ〉にいるの」メアリー・アリスの声は震えていた。

わたしは少し頭を働かせた。何か、確かめなくてはならないことがある。やっと、思い出した。「ドリスは死んだの？」

「いや。わたしたちは、やつらが屋根を倒す直前に着いたんだ。きみたちはふたりとも助かった」フレッドが手を握りしめた。

「あちこちが痛いの」わたしは言った。

「これで楽になります」医師が腕に針を刺すと、しばらくほかのことがわからなくなった。

次に目が覚めたときには、メアリー・アリスが隣でクロスワードパズルをやっていた。

「シスター」わたしは呼んだ。

「マウス」メアリー・アリスはパズルを置いた。「何か、ほしい？」

「お水を」

「わかった」メアリー・アリスはコップを持って、ストローをわたしの唇に近づけた。水はとてもおいしかった。

「フレッドは少し眠るために家に帰ったわ。ひと晩じゅう付き添っていたから」

「一日たったの？」

「ええ。指が何本立っているか、訊くことになっているの」メアリー・アリスがふざけて中指を立てた。わたしはひどく疲れていて、微笑むことしかできなかった。

「ドリスはだいじょうぶ？」

「無事よ。神さまに感謝しないと」

「どうして、あそこにいるってわかったの？」

「インターステートで、あんたの車のうしろを走っていたの。あんたの車がランプをおりていくのを見かけたんだけど、そこには三人乗っていた。誰が乗っているんだろうと思って近づいたら、ケイトだったってわけ。それで保安官に電話したのよ。あんたが危険な状況に陥っていて、いまあとをつけているって」

「ずっとあとをつけていたの？　見えなかったわ」

「あんたは慎重な運転手じゃないから」

「警察はケイトとフライをつかまえたの？」

「現行犯よ」

わたしは身震いした。その答えは少し直接的すぎた。

「刑務所に入れられて、罰を受けることになるわ」

「誰がエドを殺したの？」

「保安官はフライと、ディックが雇ったふたりの殺し屋だと考えているわ。ほぼ、あたしたちの推理どおりね。エドはしばらくまえからセイラを脅していたの。セイラはこれ以上対処できなくなったところで、ディックに真実を打ち明けた。たぶん、ディックはエドはいつまでも付きまとうと考えたんでしょうね。とりわけ、リチャードが上院議員に当選したら。それで、すべてを終わらせることにした」

「わたしたちに電話してきたのはフライでしょう？」わたしは眠そうに訊いた。

「きのう？」

「いいえ。デビーの家からってこと。ずっとまえに。それで、わたしがあなたを殺すって話しているテープを流して留守番電話に残したの」

「あたしたちを脅そうとしたのね。自分たちが弱いことを思い知らせて。あたしたちがどんな情報をつかんでいるのか探りを入れようとして、あんたの家にも、あたしの家にも、少なくとも一回は忍びこんだのよ」

「わたしの家にも？」

シスターはうなずいた。「警報装置なんて、たいしたことないわね」

わたしは身体を震わせた。「シスター、〈スクート&ブーツ〉はブルドーザーでつぶして。ぺっちゃんこに」

「あたしもそうしようと考えているところ」

結局、リチャード・ハナは当選しなかった。わたしも、わたしの家族も、彼に投票したのだけれど。今回のことはリチャードの落ち度ではないし、彼は立派な議員になると思ったから。リチャードとセイラは市役所で控えめに結婚式を挙げ、子どもたちとともにヨーロッパに発った。リユーズ保安官によれば、フランスのプロヴァンスで暮らしているらしい。いつか、心の傷が癒えたら、故郷に戻ってくるかもしれないけれど。

ディック・ハナは何の罪にも問われなかった。何も知らなかったと証言したのだ。エドの殺害を計画し、実行したのはジャクソンだとされた。反論する証拠はなく、フライ・マッコークルは話すことを拒否した。マッコークル夫妻の公判は来春に開かれる。

フレッドとわたしについて言えば、メアリー・アリスが結婚四十周年のパーティーを開いてくれたが、会場はもちろん〈スクート&ブーツ〉ではなく（といっても、まだブルドーザーでつぶしてはいないが）、ほとんど広さが変わらないメアリー・アリスの家だった。暖かい十一月の日で、アメリカ南部ではときおりあるのだけれど、ハナミズキが惑わされて、季節はずれの花を咲かせていた。テラスの扉を開放できたので、眼下の街の明かりと、飛行機の離発着を見ることができた。家具を壁ぎわに寄せたところでスワンプ・クリーチャーズ（ケニーは除く）が演奏し、丘を活気づけてくれた。

ヘンリー・ラモントとデビーは、ひとりがフェイを、ひとりがメイを抱いて現れた。この夜いちばん驚いたのが、娘のヘイリーがリユーズ保安官を連れてきたことで、驚いたことに保安官は何度か笑ってさえいた。

わたしたちはラインダンスの〝ダッシュプッシュ〟と〝エイキーブレイキー〟を覚え、わたしは赤いドレスの裾を回転させた。

フレッドとわたしはしっかり抱きあって踊りながら扉を出ると、そのまま暖かい夜空の下で踊った。

「わたしのフレッド」ささやくように言う。

「わたしのパトリシア・アン」

これからまた四十年、わたしはこのひとと生きていく。

訳者あとがき

〝わたし〟、パトリシア・アン・ホロウェルは六十歳。生まれも育ちもアラバマで、いまもアラバマで暮らしている。身長百五十四センチ、体重四十八キロ、髪はブロンド。三十年あまりの教員人生を終え、三人の子どもはみな独立、いまは四十年連れ添っている夫フレッドとともに穏やかな毎日を過ごしている……人騒がせな〝シスター〟さえ、面倒を起こさなければ。

〝シスター〟ことメアリー・アリス・テイト・サリヴァン・ナックマン・クレインは六十五歳。〝シスター〟という、そのままの愛称からもわかるとおり、わたしの姉だ。身長百七十八センチ、体重百十三キロ、髪はブルネット。これまで三度結婚して、三人の夫とのあいだにそれぞれひとりずつ子どもをもうけたけれど、夫たちは三人とも先立ってしまった……シスターに多額の遺産をのこして。

このとおり、シスターとわたしは姉妹なのに、何から何までちがう。ふたりとも自宅で生まれていなければ、両親は姉妹のどちらかが病院で取りちがえられたのではないかと疑っただろう。シスターは元気で騒々しかったのに、わたしは病弱でおとなしい子どもだったから。そして、シスターの性格はいまでも変わらない。

今回、わたしたちが殺人事件に巻き込まれたのも、すべては人騒がせなシスターの衝動買いがはじまりだった。「ラインダンスが好きだから」という理由だけで、カントリー・ウエスタン・バー〈スクート&ブーツ〉をポンと買ったのだ。わたしはシスターに無理やりそのバーに連れていかれ、前オーナーのエドに紹介された。うさん臭い目をした男。そう思ったけれど、エドは愛想よく、腕に入れたフラガールのタトゥーを踊らせて見せてくれた。でも、踊るフラガールを見たのは、それが最初で最後だった。翌日、〈スクート&ブーツ〉の店内にある〝願いの井戸〟に吊されたエドの死体が発見されたから――。

おばあちゃん姉妹探偵シリーズ第一弾『衝動買いは災いのもと』（原題 ***Murder on a Girls' Night Out***）をお届けします。

主人公はシリーズ名のとおり、六十歳のパトリシア・アンと六十五歳のメアリー・アリスの凸凹姉妹。でも〝おばあちゃん〟と呼ぶのが申し訳ないほど、ふたりとも元気で潑剌《はつらつ》としています。ただし、シスターことメアリー・アリスは少々元気すぎて、かなりはた迷惑なようですが。

さて、いつもシスターにふりまわされているパトリシア・アンですが、今回巻き込まれたのは、何と殺人事件！　人騒がせな姉がいるとはいえ、平穏な人生を送ってきたパトリシア・アンにはまったく縁がなかったことであり、今回も関わりあうつもりはありませんでした。教員時代の教え子、ヘンリー・ラモントが目のまえで警察に連行されるまでは……。

「教員にはときおり心の琴線に触れる生徒がいる」パトリシア・アンはそう語り、自分にとっては、そのひとりがヘンリー・ラモントだったと告白しています。誰からも愛され、パトリシア・アンを虜にし、将来を嘱望され、アイオワ大学で作家を目指していたはずだったヘンリー。そのヘンリーがなぜか地元のカントリー・ウエスタン・バーでコックとして働き、警察に連れていかれてしまった。あのヘンリーがなぜ？　警察はヘンリーを疑っているの？　ヘンリーが人殺しをするはずがない。パトリシア・アンは教え子を救うために動きます。

　さて、本書には元気なおばあちゃん姉妹以外にも魅力的な人物がたくさん登場します。なかでも強烈な存在感を放っているのが、〈スクート＆ブーツ〉店員のボニー・ブルー・バトラー。身長百八十センチで体重は百十キロ（以上）、肌の色はダークチョコレートだけれど、それ以外は持っているバッグまで、シスターとそっくり。まさに、アフリカ系アメリカ人版メアリー・アリスです。ボニー・ブルーはヘンリーのファンのひとりであり、その無実を証明するために、パトリシア・アンと力をあわせます。

　ほかにも、メアリー・アリスの迷惑な言動にイヤな顔をしながらも、いざというときには頼りになり、妻のパトリシア・アンに心憎い愛情表現をするフレッド、パトリシア・アンとフレッドの娘で、夫を亡くした悲しみから立ち直ろうとしているヘイリー、メアリー・アリスの娘で、精子バンクを利用して双子を産んだ弁護士のデビーなど、多彩な人物がわきを固めています。

さて、著者であるアン・ジョージは一九二七年に米国アラバマ州モンゴメリーで生まれました。作家であるとともに優れた詩人でもあり、一九九三年には詩集*Some of it is True*がピュリッツァー賞にノミネートされています。アン・ジョージもパトリシア・アンと同じくもと教員で、幸せな結婚生活を送っていたとか。そして元気で茶目っ気のあるいとこが身近にいたことで、メアリー・アリスというキャラクターが生まれたようです。

残念ながら、アン・ジョージは二〇〇一年三月十四日に死去しましたが、その十四年後にこうして日本のみなさまにおばあちゃん姉妹探偵シリーズをお届けできる運びとなりました。シリーズ第二弾の*Murder on a Bad Hair Day*も、原書房コージーブックスから二〇一六年二月に刊行される予定です。

アン・ジョージが遺してくれたおばあちゃん姉妹が、どうか日本でも多くのみなさまに愛されますように。

二〇一五年八月

コージーブックス

おばあちゃん姉妹《しまい》探偵《たんてい》①

衝動《しょうどう》買《が》いは災《わざわ》いのもと

著者　アン・ジョージ
訳者　寺尾《てらお》まち子《こ》

2015年　8月20日　初版第1刷発行

発行人　成瀬雅人
発行所　株式会社　原書房
〒160-0022 東京都新宿区新宿 1-25-13
電話・代表　03-3354-0685
振替・00150-6-151594
http://www.harashobo.co.jp
ブックデザイン　atmosphere ltd.
印刷所　中央精版印刷株式会社

落丁・乱丁本はお取り替えいたします。
定価は、カバーに表示してあります。
 ISBN978-4-562-06042-9 Printed in Japan